适当妥协，便是坚强；
刚者易折，柔则长存。

读史衡世·名将篇

战必求歼 白起

金泽灿 著

华中科技大学出版社
http://press.hust.edu.cn
中国·武汉

图书在版编目（CIP）数据

战必求歼：白起 / 金泽灿著 . -- 武汉：华中科技大学出版社，2022.11
ISBN 978-7-5680-8803-9

Ⅰ.①战… Ⅱ.①金… Ⅲ.①传记小说 - 中国 - 当代
Ⅳ.① I247.5

中国版本图书馆 CIP 数据核字（2022）第 199773 号

战必求歼：白起
Zhan Bi Qiu Jian: Bai Qi

金泽灿 著

策划编辑：	亢博剑
责任编辑：	李 祎
责任校对：	张会军
装帧设计：	今亮後聲 HOPESOUND 2580590616@qq.com ·任晓宇 贾梦瑶
版式设计：	曹 驰
出版发行：	华中科技大学出版社（中国·武汉） 电话：（027）81321913
	武汉市东湖新技术开发区华工科技园 邮编：430223
印　　刷：	天津中印联印务有限公司
开　　本：	880mm×1230mm 1/32
印　　张：	9.75
字　　数：	210 千字
版　　次：	2023 年 4 月第 1 版第 1 次印刷
定　　价：	48.00 元

本书若有印装质量问题，请向出版社营销中心调换
全国免费服务热线：400-6679-118　竭诚为您服务
版权所有　侵权必究

前言

白起，又名公孙起，郿城人，祖先是秦国的公族。人们普遍认为白起是中国历史上继孙武、吴起之后又一个杰出的军事家和统帅。

正史记载，伊阙一战，白起崭露头角，此战后秦国占据魏国大小城池六十一座，为东出崤函奠定了基础。之后，白起再夺垣城，轻取光狼，都是以最小的代价换取最大的胜利。再之后，白起领兵南下攻楚，拔鄢、邓等城池五座，陷楚都城郢，秦昭襄王封白起为武安君，又平定巫、黔中二郡。白起逢战必胜，杀伐果决，在那个年代，诸国闻之胆寒。白起是"兵家"代表人物，一生攻城七十余座，杀敌一百六十余万，不仅为秦国统一六国做出了杰出贡献，也创造了中国战争史上永远无法超越的神话。

战国末期"用兵最精"的四个人是"起翦颇牧"，白起位列四大名将之首，不只是因为他征战获胜的次数和杀敌人数最多，更在于他的作战指挥艺术代表了战国时期的最高水平。

白起用兵，善于分析敌我形势，采用合适的战术对敌人发起进攻。比如伊阙之战，采取逐个击破的战术，以数万之兵，歼灭韩魏数十万联军；华阳之战长途奔袭，歼敌十余万，也创造了远途奔袭的奇迹；长平之战诱敌深入，使赵军脱离既设阵地，而后采用分割包围的战术，歼敌数十万、俘虏数十万，创造了先秦战争史上最大的围歼战战例……其作战特点：善于抓住时机，对敌人猛打，往往伴败诱敌深入，然后全歼敌人，可谓"料敌合变，出奇无穷"。

真正让后世认识白起的，是那场史称坑杀赵国数十万降卒的长平之战。此战重创赵国，赵国从此再也无力与秦国抗衡，秦国开始雄霸天下，傲视六国。

可就是这样一位叱咤风云的战神，竟被秦昭襄王赐死于杜邮，其结局不能不令人扼腕。

自从芈太后生病不再临朝听政，秦昭襄王就开始独掌朝政，谋划削弱魏冉和白起的权力。首先，他不顾魏冉、白起反对，重用客卿胡伤为主将伐赵，但阏与之败让秦昭襄王认识到，争战的关键时期，可以没有相国魏冉，却不能没有战将白起。于是秦昭襄王先把魏冉的大权收回来，再迫使白起绝对听命于自己。

正在秦昭襄王筹谋时，魏人范雎进入他的视线。范雎窥测秦昭襄王内心，上书献策，二人一拍即合。他驱逐了以魏冉为首的"都城四贵"，得以独揽朝政，却又毫无底线地满足了范雎的私欲，绝对支持范雎提出的众多"远谋"之策。尤其是长平之战后，白起本拟乘胜灭赵，而秦昭襄王在范雎的蛊惑下贪小便宜，为得七座城池而放了赵国一马。由此一来，长平之战变得除了杀戮毫无意义。

白起是一个纯粹的军事家，他虽不能说一点不懂政治，但至少在政治上存在盲区，这也不能不使后人悲叹"自古功成祸亦侵，武安冤向杜邮深"。

本书以白起的生平为主线，深入探讨了白起的军事战略思想和战术指挥才能，也讲述了白起鲜为人知的诸多事件，多方面展现了白起的性格和精神内核。读者既能了解战国第一名将白起的传奇经历，又能了解战国时期的时代发展和演变，并从中体悟到一些人生哲理。

目 录

第一章 荒原之狼

- 第一节 一个提前到来的孩子 　001
- 第二节 秦岭之北，渭水之南 　004
- 第三节 在荒原野蛮生长 　007

第二章 混迹咸阳

- 第一节 寄食司马门下 　014
- 第二节 斗鸡博彩 　022
- 第三节 情迷宜春苑 　028

第四章 随军转战

第一节 请求参战 060

第二节 张仪巧脱困 068

第三节 武王新立 072

第四节 入蜀平乱 077

第三章 初入行伍

第一节 迈进蓝田大营 036

第二节 秦楚关系破裂 043

第三节 秦相张仪欺楚 048

第四节 秦楚之战 054

第三节 以兵伐交，各谋其局

第二节 内忧与外患

第一节 燕地风雪

第六章 风雨如晦

第四节 问鼎中原

第三节 攻取宜阳

第二节 息壤在彼

第一节 武王东进筹谋

第五章 息壤之约

083　089　094　099　　　　106　112　117

第四节　一战惊天下

第三节　赳赳老秦，共赴国难

第二节　冲击函谷关的第二股浪潮

第一节　白起追孟尝君

第八章　崭露峥嵘

第三节　楚围攻韩国雍氏

第二节　赵武灵王化装访秦

第一节　楚太子惹祸

第七章　战端再起

123　130　136　　141　146　150　153

第九章 大战中原

第一节 选兵锋,所向披靡 …… 161

第二节 秦、齐称帝闹剧 …… 168

第三节 六国伐齐 …… 173

第四节 轻取光狼城 …… 181

第十章 楚地哀歌

第一节 渑池会盟 …… 187

第二节 水淹鄢地 …… 197

第三节 哀郢 …… 204

第四节　睚眦必报

第三节　君臣相互成全

第二节　献远交近攻之策

第一节　范雎显才受辱

第十二章　将相恩怨

第二节　阏与之败

第一节　远程奔袭战华阳

第十一章　再战中原

第十三章 上党之祸

第一节 远交之谋 251

第二节 进取野王 256

第三节 祸水东引 260

第四节 上党拉锯战 263

第十四章 长平血战

第一节 纸上谈兵的赵括 269

第二节 战前大调整 273

第三节 赵军自掘坟墓 276

第十五章 杜邮之刎

第一节 悲喜之间 281
第二节 削官褫爵 285
第三节 一刎永生 291

第一章 荒原之狼

第一节 一个提前到来的孩子

凉棚下,公孙懒洋洋地躺着假寐,突然隐隐听到有呼救声。循声望去,只见路旁停着一辆马车。

公孙跑过去,发现车旁有一个十一二岁的女孩正四下张望呼救,车内躺着个临产的女人,羊水已破,胯下渗出淡色血水。小女孩以为女人快死了,对公孙说:"大叔行行好,快救救我主人吧!"

公孙感到为难:他从未见过女人生孩子,如何救?

公孙突然想起赵老丈住在附近,便赶着马车直奔赵老丈的茅屋。

这时,天空黑云翻滚,大雨将至。

赵老丈夫妇二人正为屋子会漏雨犯愁,忽见隐士公孙带着临盆女人造访，很惊讶。

"赵老夫人，这妇人怕是要生了，劳烦您照料一下。"公孙急匆匆地说。

老两口虽都年过花甲，但身体尚好。赵老夫人生过三个儿子，是过来人，忙吩咐老伴烧水，又递给公孙一张床单，让他撕成几大块备用。

屋外，暴风雨开始下了。

屋内，公孙、小女孩，还有赵老丈焦急地等待着。

赵老夫人一个人在里屋帮妇人生产，但很长时间里屋都静悄悄的。

傍晚，终于雨过天晴，天边出现了一道彩虹，云朵幻化出形态各异的图案：有的像奔马，有的像卧牛，有的像飞龙，有的像吼狮，其中一小片浓云特别像一头饿狼，仿佛要从空中一跃而下。

公孙正仰望天空，暗叹大自然的神奇造化，里屋突然传来婴儿的啼哭声。赵老夫人抱着婴儿出来，笑着说："是个胖小子！"公孙几人都围过来，只见这男婴脑袋圆圆的，脸颊肥嘟嘟的，小手紧握、不停地挥动，这是暑天出生的孩子的共性——好动。让人惊讶的是，出生不到一刻钟，他竟睁开了眼睛。

产妇吃力地讲述了事情的经过。

她娘家在洛邑，嫁到秦国故都平阳（秦国九都城第五城，在陈仓与岐山间）已经两年。她的良人是嬴姓白氏（名未详），乃秦国秦武公之子公子白后裔。天子周显王下诏聘白氏为周卿大夫。白氏临行，与已有两月身孕的妻子约定，如半年内不归，她就直接去洛邑。她在平阳等了六个多月，未见良人回来，于是雇了一驾马车，带着婢女前往洛邑寻夫君。不料行至半路，车主说要小解，将马车停在路边，钻入树林跑了。她随身财物也被车主偷去，幸亏遇到公孙施救，否则后果不堪设想。

几人听了产妇的遭遇，唏嘘不已。

赵老夫人对公孙说："公孙公子，你看老身这儿家徒四壁，也拿不出东西替这位娘子补补身子，还得烦你想想办法。"

公孙面露愧色，自己连招呼都没打，就给他们添了这样大的麻烦，赵老丈老两口自己的生活原本就捉襟见肘，现在又平白添了几张嘴，就更显窘迫了。公孙道："对不起，老夫人，因事出突然，我没来得及准备。您先熬点黍米粥应付一下，我这就去弄些食物来。"

三年前，公孙在郿县西北渭河之南垒了一个石屋，在屋前开垦出一片田地，种五谷以自给；还喂了三十多只羊。他又在石屋后面靠近渭河的地方，挖了一方水塘养鱼。他宰了一只羊羔，灌好一大罐羊奶，又捞起两条鱼，第二天兴冲冲赶到赵老丈家。

赵老夫人迎出来，黯然说："公孙公子，你弄来的这些东西怕是派不上用场。她昨日只喝了大半碗稀饭，今日就什么也吃不下，却坚持给孩子喂了一次奶。现在只剩下半口气了。"当天，产妇就离开了人世。

公孙毅然担负起抚养男婴的责任，但因孩子太小，只能交给有经验的赵老夫人照管，他每天送些食物过来。

一个月后，公孙按产妇嘱托，把小女孩送到她的父母处，又拿着产妇遗留的玉璧去周显王宫廷打听孩子生父的下落。姓嬴的倒是有几个，但却没有人属嬴姓白氏，也没有人来自平阳。最后，公孙既疲惫又沮丧，只能失望而归。

第二节　秦岭之北，渭水之南

西周第八代天子周孝王姬辟方在位时，西犬丘有个叫秦非子的人，因善于养马而得到周孝王的赏识，获封秦地，成为秦国始封君（封地不足五十里），号称秦嬴，建都秦邑。数百年内，秦先后东迁至汧邑、汧渭之会。

周幽王十一年（前771年），周幽王为西戎所攻杀，秦襄公因率兵救周有功，得到周平王的赏识。周平王元年（前770年），秦襄公派兵护送周平王东迁至洛邑（东周始），协助周室将犬戎赶出岐山和丰镐（丰、镐二京）一带。作为回报，周平王答应秦国驱逐犬戎后的周之故土归秦所有。自此，秦国正式成为周朝的诸侯国，在今陕西省岐山县建平阳邑为都。所以，周原地区不仅是周文化的发源地，也是秦国作为诸侯国的肇基之地。

春秋时期，秦国变得更加强大，凭借地处第二阶梯高地的地理优势，俯视东方各诸侯国。秦国第十一任国君秦武公继位（前697年）以后，诛弗忌等三族，集大权于王室，先后征服、并吞了绵诸、邽戎、冀戎、义渠戎、翟和貘等戎族，初设县制以管理所得之地，使秦国的势力达到了关中渭水流域。

秦武公有个儿子叫白（公子白），秦武公死后，武公的同母弟从公子白手中夺走君位，是为秦德公。秦德公抢了侄子的国君之位，在平阳也不好意思待下去了，于是将国都从平阳邑迁往雍邑，平阳则成为公子白的封地。后来，秦国疆域不断扩张，其都城一直向东迁移，从泾阳、栎阳，最终迁到渭河之滨的咸阳。

公子白的后人以白为氏。经过四百多年的生息繁衍，白氏人口虽然不断增多，但在秦国的地位并不怎么高。看来仓促间要找到孩子的亲属并非易事，公孙只得收养了这个男婴，以后再作打算。

"小白，小白！"随着公孙的呼唤声，一只全身雪白的"小狗"从羊圈里钻出来，热情地又蹦又跳，似乎是在迎接主人回来。

其实，这"小狗"是一只七个月大的狼崽。去年隆冬时节，公孙在雪盲谷狩猎时发现了一头野猪，就在他张弓搭箭时，突然一个雪团从山崖上滚下来，一直滚到他的脚边。他吃了一惊，定睛一看，原来是一只全身雪白的"小狗"，眼睛都还没有睁开，胖乎乎的，十分可爱。公孙动了怜悯之心，把它抱回家用羊奶喂养。过了一段时间，他才发现它不是狗，而是一只幼狼。他打算继续喂养、驯化它，还给它取名小白。半年多来的驯养成果让他很满意，小白比猎狗更精明、听话。

看着活泼的小白，公孙才想起应该给养子起个名字。孩子的父母都属于有姓有氏的贵族，孩子的名字自然不能太平庸。作为养子，跟自己姓公孙，用他生父的白氏，肯定是没问题的，需要考虑的只是名字。公孙从小就有一个梦想，要成为像吴起一样历仕鲁、魏、楚三国的大将军，他很早就听说过吴起杀妻求将的故事，又常听人们讲起吴起以少胜多的阴晋之战，这是发生在他家乡的真实战例。于是，他决定用"起"字作为孩子的名字。后来，人们便称这个孩子为白起或公孙起。

公孙的生活原本过得轻松惬意，现在不得不为白起和小白而操心。白起还好，羊奶或黍米粥便能对付，而小白则比较麻烦，为了驯化它，公孙只能给它吃各种煮熟了的野味，以免它对血腥味产生兴趣。平时，白起也会和小白待在一起，但公孙每次出门，都会在白起的腰部绑一根麻绳，然后将绳子的一头系在石屋里的一个木桩上，让他只能在绳长的范围内活动；因为担心小白一时野性大发，攻击孩子，公孙还将小白关进专为它制作的大木笼里，不让它靠近白起。小白很聪明，很快就学会了打猎的本领。但公孙从不带它出猎，同样是怕激发它的野性。

一晃三年过去了，小白已经"成年"，很"懂事"了，但白起连话都不会说，很多时候就像小白那样呜呜嗷嗷，似乎只有小白懂得他的意思。公孙觉得自己当初败给公孙衍，很大程度上是因为口才不敌。他想给白起请一位老师，专门教授孩子说话作文。可方圆十里，除了两个猎户和赵家的老两口，几乎难见人迹。公孙只得把白起送到赵老丈那里，让这位识文断字的老者充当他的启蒙老师。

赵老丈老两口以前住在雍邑，生有三个儿子，长子、次子都在秦军东征时战死沙场，为了让小儿子躲避兵役，他们从雍邑迁到了这个荒凉之地。可小儿子感受不到父母的良苦用心,一心想要从军出征,未经父母同意就跑去咸阳蓝田大营投军,至今杳无音信,生死未卜。儿孙绕膝、天伦之乐的生活,对赵老丈老两口来说已是一种奢望。白起给他们的生活带来了一些乐趣。赵老丈正儿八经当起了老师,教白起说话、识字,给他诵读流传很广的秦风古诗。赵老夫人一有空闲,就陪白起玩耍,和他一起做些小游戏。

公孙每隔五天来看白起一次,同时给老两口捎带些黍米、肉食。每个月白起会有三天的"假期",回家后他整天和小白待在一起,甚至晚上睡觉也不愿跟它分开。

日子一天天地过去,白起九岁这年冬天,赵老丈在一天早晨毫无征兆地去世了,赵老夫人伤心欲绝,没几日也跟着仙去。公孙内心有些怅然,但并不感到悲伤,赵老丈老两口能相继离世,也算是前世修来的福气。他将老两口好好安葬了,并在他们的坟头立了一块石碑,立碑人写的是"孙儿公孙起"。

第三节　在荒原野蛮生长

年底,接连下了几场大雪。

公孙一早起来,发现白起已经不在床上,他来到屋外,发现雪地上有一串深深的脚印,一直向石屋西边的那块平地延伸。他顺着脚印走过去,脚下的白雪发出咯吱咯吱的脆响,一阵寒风迎面扑来,他不禁打了个冷战,连忙捂紧了身上的袍子。小白也不在,他不由得心生疑惑:难道起儿这么早就带小白出门去了?

公孙又往前走了几步,才看见白起上身赤裸,含胸拔背、沉肩坠肘地练着把式,口里不时发出"哼——哈——"之声。白起的身边还插着一把长戟,小白则乖乖地靠戟趴着,一动不动。公孙停下脚步,默默地观看白起练功。那把长戟是他过去参战的武器,收藏得好好的,不知怎么被白起找到了。他也不知道白起练的是什么功夫,又是从哪里学来的,但明显感受到白起练得很认真、投入,这么冷的天气,上身却冒着热气。

公孙没有养育孩子的经验,过去几年,赵家老两口帮了他很大的忙,白起在他们的教育下,不仅认了不少字,还懂得了许多做人的道理。公孙觉得,如果他们能多教起儿几年,肯定比自己做得好。如今该他亲自教养这个孩子了,又该从何处着手呢?他默默地看了一会儿,见白起停止了动作,便走过去,关切地问道:"起儿,你不冷吗?快回屋去,可别冻出病来。"

"阿父,孩儿习惯了,不冷。"白起回道。

回到石屋后,待白起穿好衣服,公孙又问:"你练习的那些动作是从哪儿学来的?"

白起回答:"是赵爷爷教的,赵爷爷讲他年轻的时候当过卒长,参加过第四次河西之战。"

赵家老两口在世时,公孙虽与他们有些来往,但双方从来没有谈过各自的家世和经历,没想到赵老丈曾是一位文武双全的将领。

白起见父亲一脸严肃,沉默不语,以为他在生气,小心翼翼地问道:"阿父是不希望孩儿将来从军?"

公孙愣了一下,摇摇头说:"不是,为父在想,强健体魄只是成为一个兵卒的基础,若想成为一名将军,发展心智是更重要的。"

白起不解地问:"阿父是不是指要多用脑?可赵爷爷生前多次告诫我'千万锤成一器',难道不是说千百次锤炼筋骨,才能成大器?"

公孙笑了笑,说:"你的理解没错,只是不全面。锤炼,不是只'炼'筋骨,还在于苦心志,增智慧。"

白起似懂非懂地点点头,然后又问:"阿父会下六博棋吗?能不能与孩儿对弈三局,检验一下孩儿的下棋水平?"

公孙喜道:"起儿学会了六博棋?为父愿意奉陪!"过去他在军中,曾被誉为第一棋手。

六博棋由棋子、博箸、博局(棋盘)三种器具组成。两方行棋,每方六子,包括一枚"枭"、五枚"散"。比赛时,"投六箸行六棋",斗巧斗智,相互进攻逼迫,置对方于死地者获胜。投箸有运气的成分,行哪一个棋由天定——投箸决定行棋步数,但哪个棋怎么走,则有多种选择,要看行棋者的智慧。

父子俩兴致很高,连战十二局。公孙发现白起不仅行棋的方向、路线选择准确,就连运气也很不错,投箸大多能与他想走的棋子对上。最终,公孙仅赢四局,白起赢八局。公孙不得不承认儿子很有博弈天赋,他看出白起有潜在的军事才能。

白起十二岁那年,公孙从西犬丘买了一匹枣红色的吐谷浑马

（又叫河曲马），本想作为猎狩之用，结果被白起占为训练专用坐骑，每天骑马射箭。有时白起也会骑马进山，追猎野猪。

有一次，白起在一个峪口发现一群野猪，立刻驱马追了过去。野猪见有人突然闯入，吓得四散奔逃。一般来说，追猎野猪最好选择最弱且离自己最近的那头，白起却反其道而行之，瞄准最大、最强壮的那头追过去，他不相信野猪能比他的马跑得更快。

因为是在谷底，两边都是坡陡，野猪既不能爬上坡去，又无处躲藏，只能一个劲地向前狂奔。白起骑着马穷追不舍，一口气追了十几里。那头野猪跑不动了，趴在地上喘着粗气。白起跳下马，跨在野猪身上，正要从靴子里抽出猎刀，没想到野猪四脚一蹬，猛地站起来又向前冲去。白起大惊，迅速揪住野猪的两只耳朵，骑在野猪背上，两腿死死夹紧猪肚，不让自己摔下来。野猪背着一个人，又跑了七八里，终于一头栽倒在地，口里不停地吐着白沫。白起举起猎刀，果断刺向野猪的咽喉。

这次经历使白起信心大涨，对狩猎产生了很大兴趣。公孙也发现这个孩子不管做什么事都比较"拼"，性格有些固执。他想，对于一个还未真正建立起自我的孩子，如果任其野蛮生长，会长成什么样呢？对他的管束应该宽松还是严格？

就在公孙内心陷入纠结的时候，白起又做了一件事，把他给惹恼了。

这天清晨，白起又准备骑马出猎，经过小白的大木笼时，小白冲着他叫个不停。白起知道小白是想要出来，他想，带着小白一起去狩猎岂不更爽？于是，他打开笼子，放出小白，一人一马一狼一起欢快地奔向秦岭北麓。他们很快来到了野猪经常出没的地方，白起下马寻觅野猪的踪迹。小白十分亢奋，不停地嗅着小径边的草木。

在辨识动物踪迹方面，小白显然更在行，不一会儿，它就发现了一头野猪正在灌木丛中酣睡。白起示意它不要行动，自己悄悄地靠近。野猪虽然正在睡觉，但警惕性很高，当白起离它还有七八丈远时，它便发现了危险，猛地抬起头来。白起没有迟疑，马上朝野猪的脑门射了一箭，可惜箭头偏低了一点，只射中野猪的脖子。野猪惨叫一声，腾身而逃。一道白光闪过，小白飞身追了上去。很快，不远处传来了野猪的嚎叫声。通常，独狼捕猎一头强壮的野猪是很困难的，但这头野猪受了伤，小白对付它应该不难。白起搭箭在弓，赶了过去，只见野猪已奄奄一息，小白则满身是血，不过都是野猪的血。

白起又一次凯旋。到家后，他刚把马系好，就看见公孙一脸怒气地向他走来，紧接着，荆条就劈头盖脸地落在了他的身上。公孙把白起打了个皮开肉绽，又绑在屋前的大树上，将他饿了个两天两夜。

白起一下子被打蒙了，全然不知道自己犯了什么错。公孙气消后，才讲明其中原委：他驯养小白已经十几年，完全磨灭了它的野性，可白起这次带小白出猎，让他前功尽弃，这是其一；野猪为群居动物，即使能杀死一头野猪，但如果把其他野猪惹恼了，它们的反击能力是很强的，远不是一个小孩子所能对付的，这是其二。

白起听了不服气地争辩说，驯养小白虽然可以让它过安逸的日子，而且寿命也能延长，却极大地约束了它的本性，这不是它想要的生活；它像猎狗一样聪敏强悍，但不让它像猎狗一样去捕猎场，那么驯化它也就毫无意义了。

公孙收养这头白狼的时候，担心它长大后给人畜带来危险，于是才有了驯化它的念头。现在细想起来，这么做确实毫无意义。由小白推及白起，白起已经开始显露出叛逆少年的特征：敏感、蔑视、疑惑、渴望、好奇、残忍、顽强，往后是该为他规划好人生道路，还是顺应其本性，任其自由发展呢？公孙一时也没了主意。

十二岁以后的白起基本处于放养状态，到十四岁的时候，他又做出了一个决定——把小白放归自然，并为它夺取狼王之位。这事说起来像是天方夜谭，但他真的做到了。

白起带着小白，花了一个多月的时间去寻找狼群。一个宁静的早晨，他和小白爬上秦岭的主峰太白山，举目四下搜寻狼群出没之地。在天大地大的丛林里，狼居无定所，即使是小白，也很难找到自己的同类。

就在白起快要放弃的时候，他在半山腰的一个洞口附近发现了几只狼崽。有狼崽的地方必定有母狼，白起心中大喜，立刻示意小白过去。小白却有些胆怯，踌躇不前。

白起不明所以，探身向洞口望去，只见一头白狼昂首翘尾向他这边走来，身后还跟着七八头很壮实的狼。这头翘着尾巴的狼应该就是狼王，它显然已经发现了小白的存在。按照狼群的法则，两头狼相遇，强健的一头会将尾巴高傲地竖起，两耳伸向前方，另一头则会谦卑地垂下头去，蜷缩起尾巴，闪到一旁。眼下是狼王带着它的部下向外来者逼近，这种气势的威压，使野性尽失的小白不能不显露出谦卑之态。白起躲在大石后面，向小白发出指令，要它翘尾竖耳，向狼王发起挑战。小白犹豫片刻，接受了白起的指令。

  狼王见外来者竟然到自己的领地来挑衅，一场生死决斗就这样不可避免地展开了。进入战斗状态的小白不再胆怯，无论是奔跑的速度，撕咬的力量，还是腾跃的气势，它都碾压狼王一头。经过鏖战，狼王负伤败下阵来，夹起尾巴想要逃走。白起立刻弯弓搭箭，"嗖——嗖——嗖"，接连向狼王射出三箭。他不知道狼王的死活，射完箭就撒腿向山下狂奔，直到跨上枣红马，他才感觉自己安全了。这时，他听到远处传来的小白的嚎叫声，表示它已成为新的狼王。

第二章 混迹咸阳

第一节 寄食司马门下

周慎靓王五年（前316年）初春的一天，天刚蒙蒙亮，公孙便叫醒白起说："起儿，快起床，我们去咸阳！"

白起揉着惺忪的睡眼，问道："阿父，我们去咸阳干什么啊？"

公孙没有说话，眼看白起一天天长大，心性越来越狂野，他接触到的人又太少，不懂人情世故，将来如何能做得了像吴起那样的大将军？懂事理、知人性也是一种能力，这种能力必须在现实生活中培养历练，而秦国最能让人增长见识的地方非咸阳莫属。

傍晚，父子俩来到咸阳郊外，找了一处僻静的驿馆住下。之后，他们来到一个酒肆，点了几个小菜和一壶老秦酒。白起没有喝酒，狼吞虎咽地吃着东西。公孙一边小酌，一边打量着周围的环境，突然发现邻桌有个人正用疑惑的眼神看着自己。他觉得对方有些面熟，脑子里搜索一番后，试探地问道："你是田仲？"

对方点点头，回道："正是在下！"

这个田仲是来自齐国的谋士，十多年前和公孙、公孙衍等人一起从魏国来到秦国投靠秦惠文王。结果，他们几人中只有公孙衍受到重用，田仲则投到秦惠文王的异母弟嬴疾门下。嬴疾是秦孝公庶子，擅长外交、军事，足智多谋，绰号"智囊"。又因他的封地为樗里，故号"樗里子"，人称樗里疾。

后来，张仪来到秦国担任相国，公孙衍又被挤出了秦国。樗里疾乘机向秦惠文王举荐田仲、陈轸，却遭到张仪的反对。于是，陈轸去了楚国，田仲仍留在樗里疾府中作为门客。

两个不得志之人，久别重逢，似有千言万语，却又不知该从何谈起，公孙话到嘴边又咽了回去。两人简单聊了几句，公孙从田仲那里得到消息，樗里疾应诏从封地樗里来到了都城。田仲离开时，公孙望着他的背影，心里突然冒出一个想法：明日登门拜访樗里疾。

秦惠文王八年（前330年），樗里疾被封为右更，率兵攻打魏国的曲沃，将曲沃周围的土地全部并入秦国。此后十多年，樗里疾虽然没有得到晋迁，但在秦国公族中仍享有很高的声誉。当初田仲邀公孙一起投奔樗里疾，但公孙认为樗里疾为庶子，在强势的惠文王压制下，不可能大展抱负，于是婉拒了田仲之邀。没想到十四年过去了，他还是得求助于樗里疾。

第二天，公孙带白起拜访樗里疾。咸阳新城建在五陵塬上，位于九嵕山之南，渭水之北，城郭不断扩大，渭水南北都有了不少亭阁楼台，比起十几年前，外城足足扩大了一倍。

对于第一次离开荒原来到都城的白起来说，这里的世界无比新奇。展现在他眼前的城门牌楼高大而雄伟，廊腰缦回，檐牙高啄；楼阁互相勾连，又各抱地势，以奇巧之姿在晨雾中时隐时现。街市十分热闹，行人熙熙攘攘，似乎秦国人全都集中于此了。白起不由得感慨：原来这就是都城！

公孙心里有事，没什么心情欣赏新城景致，拉着白起直奔樗里疾在城内的宅邸。他们运气不错，恰好碰到樗里疾从外面回来。公孙大步迎上前去，躬身行礼。樗里疾向来喜好结交天下豪杰，毫无架子，他一下子就认出了公孙，两人虽然已十几年不见面，但公孙以前给他留下的印象实在太深刻了。他把公孙当作老朋友，和公孙边寒暄边走进宅邸。

"这么多年过去，右更大人风采如常啊！"公孙尽管笨口拙舌，还是尽力说些好话。

樗里疾微微一笑，说道："多事之秋，大争之世，诸事烦忧，劳力费神，我也力不从心了。"

公孙闻言，顺口说道："右更大人是国之智囊，不仅学识渊博，且通古今之变，什么事情还能难倒大人？"

樗里疾面露忧色，说："眼下还真有一件烦心事。"说到这里，他顿了顿，考虑要不要跟公孙提及，沉思片刻后，又说道："这次王兄召见，是因为巴国、蜀国互相攻击，都来求救。如何处理这件事，王兄一时拿不定主意，征询众卿的意见，我正犯愁如何回奏呢！"

公孙也是一个谋士，樗里疾想听听他的看法，于是将事情的原委细细道来。

巴国和蜀国都在四川盆地一带，早在商朝末年，巴国曾加入周武王伐纣的行列。周灭商后，巴成为周的一个诸侯国，国君为巴子。战国时期，各国称王，巴子也称巴王。蜀国的先祖则是由冉族和羌族融合而成的蜀族。鱼凫氏杜宇正式建立蜀国，定都于鱼凫城，到如今的蜀王开明氏杜芦，已历十二世。

巴、蜀两国一向不和，征战不止。本是蜀国藩属国的苴国，却与巴国来往密切，此举激怒了蜀王杜芦，他下令开凿石牛道，兴兵征伐苴国，打算另立苴侯。苴侯自知不敌，只得向巴国求救，巴王便兴兵伐蜀。两军大战，巴军大败，忙遣使往秦国求救。蜀王恐秦国帮扶巴国，也派人携厚礼来到秦国，希望能够联秦灭巴。秦惠文王感到十分为难，便与众臣商议。众臣争论不休，难以决断。秦惠文王只得多给众臣一天时间考虑。

对于平息诸侯兼并战争的上上之策，公孙也有自己的见解，此前他也曾在魏国和秦国宣扬过，现在见樗里疾问及这个问题，他再一次畅谈自己的主张。他认为应该帮助周天子建立起比各诸侯国军队更强大的军队，重新树立起周王室统摄天下的德望，扭转道德沦丧、礼乐崩坏、滥用刑罚、诸侯恣意挑起战争的混乱局面。

然而，周王室东迁后，继续分封土地、赏赐功臣，最后土地分封殆尽，而诸侯的势力越来越大，天子被无视，别说号令诸侯国，就连平息诸侯间的争端都做不到。诸侯们都想称霸，有谁甘愿辅佐周天子一统天下，而自己为臣呢？况且周王室的地盘很小，没有足够的钱和人，根本不可能建立起强大的军队。

周天子既无法树立德望，又无力建立强大的军队，所以，公孙的政治主张无疑是空中楼阁。樗里疾显然也明白这一点，于是转移话题，问公孙此次来访所为何事。

"我一向听说大人解衣推食，不遗寸长，希望能得到大人提携，以供驱使。"公孙十分谦卑，但樗里疾知道他素有大志，不是能屈就小官职之人。当年并不是王兄不重用他，而是他与公孙衍竞争大良造失利，不甘居于公孙衍之下才愤然离去。现在公孙衍虽然离开了秦国，但手握大权的相国张仪也不是那么好说话的人，况且张仪对公孙家族一向没有好感，如果举荐公孙担任要职，必遭张仪反对，倘若力争，王兄会认为自己结党。举荐公孙担任军职也无可能，因为掌握咸阳城军权的是小弟嬴华，他把权柄抓得紧紧的，从不让别人染指。

樗里疾思来想去，为难地说："我知道公孙先生有非凡的才干和智慧，却无力帮助先生在都城谋取一个满意的职位。如果先生愿意到郡邑去吃苦受累，我倒是可以办到。"

樗里疾以为公孙仍像以前那样心高气傲，不肯屈居于人下，其实公孙只是希望有个官职拿俸禄，能维持他和白起在都城的日常生活就可以。但他也没过多解释，只是说："去郡邑任职肯定不行，给大人添麻烦了。我还有一个不情之请，望大人答应。"

"所求何事？请尽管直言。"樗里疾爽快地说。

公孙指了指白起，说道："我这个养子，出自嬴姓白氏，是公子白的后裔，本该得到良好的教育，可他年近十五，仍一直生活在荒原。他有志于行伍，在下想让他拜大人为师，受教于大人门下。"

樗里疾看向默默站在一旁的白起，这个精壮少年，鼻梁坚挺，目光清澈，隐隐透露出一种不羁。"原来令郎是本家宗亲，拜师倒没有问题，"樗里疾笑道，"不过，他若真的志在行伍，有一个人更适合。"

"不知何人能比右更大人更合适？"公孙追问。

"大名鼎鼎的司马错将军，想必公孙先生也是认识的。"

公孙自然知道此人，只是没有什么交情。据说司马错师从鬼谷子，称得上是奇才，为秦国攻城略地，战功赫赫。白起若能投到他的门下，那是再好不过了，但司马错会同意吗？

樗里疾也看出了公孙的顾虑，安慰说："放心吧，司马错是真正的君子，你明日就去，保你不会失望。"

第二天，秦惠文王再次召见众臣商讨出兵伐蜀之事。他本人倾向于出兵，但若出兵讨伐蜀国，道路险峻难行，韩国又可能来侵犯，所以他才有些犹豫。

大夫司马错首先发表了看法，他说："巴、蜀相攻，是灭掉巴、蜀的大好机会，千万不要错过。"

樗里疾、田真黄都赞成司马错的观点，但相国张仪却表示反对："伐蜀不如去征讨韩国。"

秦惠文王说:"请张先生谈谈自己的见解。"

张仪也不拐弯抹角,直言道:"蜀、巴乃西部穷乡僻壤,是戎狄杂处的荒蛮之地,劳师动众去攻打它,打胜了不足以成名;得到了它的全部土地,也说不上有什么利益。秦国应该与魏、楚亲善友好,然后出兵黄河、伊水、洛水一带,攻取新城(伊阙)、宜阳,兵临周王都,控制象征王权的九鼎和天下版图,挟持天子以号令天下,这样各国就不敢不从。我曾听人说,要博取名声应该去大周朝廷,要赚取金钱应该去定陶集市。现在的黄河、伊洛一带和周朝王室,正好比天下的朝廷和集市,大王您不去那里争雄,反倒纠缠于远方的戎狄小族争斗,这与建立帝王之业相差太远了!"

司马错闻言,当即反驳道:"相国所言不合情理。我也听说有这样的话。若想使国家富强,必须先开疆拓土;若想使军队强大,必须先让老百姓富庶;若想成就帝王大业,必须先树立威德。只有具备了这三个条件,帝王大业才能水到渠成。现在大王的国家地小民贫,军力也不够强大,应该先从容易之事做起。巴、蜀二国,是西南偏僻之国,又是戎狄之族的首领,政治昏乱,如同夏桀、商纣之时。以秦国的军队去攻打蜀国,就像豺狼驱赶羊群一样容易,秦国军队无须付出大的伤亡就可以使蜀国屈服。占领它的土地,可以扩大秦国的疆域;得到它的财富,可以使秦国百姓富足。既锻炼了军队又不损伤民众,蜀国就乖乖地臣服了。这样,吞并了一个国家而天下并不认为秦国强暴;得到了蜀国的财富,天下也不认为秦国贪婪。我们一举两得、名利双收，更享有制止暴乱的美名。这与挟天子以令诸侯相比，孰胜孰劣，不辩而明。秦国若真去攻打韩国，劫持周天子，必会臭名远扬，被诸国群起而攻之，却不见得有什么实际利益。蒙受不义之名，攻打天下人都不希望进攻的地方，危险也是显而易见的！"

司马错顿了顿，继续说道："尽管各位心知肚明，但请容许我再啰嗦几句。周王朝，是天下尊崇的王室；韩国，是周的友好邻邦。如果周天子知道自己将要失去九鼎，韩王也预感要失去伊洛一带的领土，两国一定会联合起来，共同谋划，求得齐国、赵国的援助，并与有旧怨的楚国、魏国和解，甚至不惜把九鼎送给楚国，把土地割让给魏国。对此，大王您只能束手无策。这就是我所说的危险。所以，攻打蜀国才是十拿九稳的上策。"

张仪闻言沉思良久，无言以对。秦惠文王听了司马错的建议和分析后，十分果断地下令起兵伐蜀，派司马错为将，张仪、张若、都尉墨等同行。

司马错的建议被秦惠文王采纳，心情大好，走出咸阳宫时脸上还有几分得意。他坐着马车返回城北的宅邸，刚下车就看见大门口站着的两个人迎上来向他施礼问好。司马错在宫里已经听樗里疾说过白起拜师一事，猜想这两人定是为此而来，于是也不客套，开门见山地说："承蒙公孙老弟看得起，愚兄愧不敢当！"他做了一个请进的手势，继续道，"礼乐诗书愚兄可是教不了，只能传授点兵法。"

"能得到司马将军亲自指教，是犬子前世修来的福分，也是我的荣幸。"公孙见事情如此顺利，不禁喜出望外。

进至屋内，司马错问白起以前读过什么书，是否练过刀剑。白起如实作答。司马错一边听一边点头，随即向后院喊道："小梗、小靳，快出来，爷爷给你们介绍一个学伴。"

一胖一瘦两个少年应声从后院跑来。司马错指着瘦弱的少年说："他叫司马梗，因体质太弱，所以让他从小习武，但他对武学毫无兴趣。"他又指了指稍胖的少年说："他叫司马靳，生性顽皮，既不习文也不习武，实在让人头痛，连他们的师傅都被他气走了。"

司马错的儿子司马骁已战死沙场，他因此对两个孙子宠溺有加，以致他们都不太听话，他的话里有着深深的自责。接着，他向两个孙儿介绍了白起，又说："这下好了，我给你们找到了一个榜样，希望你们像他一样努力修文习武。"

就这样，白起便成了司马错的门生。

第二节　斗鸡博彩

司马错收下白起做自己的门生，同时也让他作为司马梗和司马靳的伴读，不过，因为忙着做出征巴蜀的准备，司马错并没有立刻施教。一个月后，司马错率大军经石牛道入川，在张若等属地官员的密切配合下，一举攻克蜀、巴全境，回头又灭了古苴侯国。秦惠文王把蜀王降为侯，并将巴、蜀合二为一，任命张若为蜀国守，陈庄为蜀国国相。

在此期间，尽管司马错出征前给司马府中的三个少年安排了习文练武的任务，并请来四海闻名的夫子尹子教授他们，但这怎么约束得了处于叛逆期的三个少年？

商鞅推行新法期间，虽然对商业、手工业、娱乐业等也进行了限制，但带来了社会的安定、经济的发展和国家的强盛。变法失败后，商鞅制定的许多法令法规被废止，咸阳城的商业、手工业、娱乐业等又渐渐活跃起来。比如在娱乐方面，便有吹竽、鼓瑟、击筑、弹琴、斗鸡、走犬、六博、蹴鞠、投壶、荡秋千等繁多项目，对好奇心很强的少年们充满了诱惑力。

这天，白起像往常一样鸡鸣即起，在后院练了长戟，又射了箭，然后盘膝而坐，双目微闭，开始修炼心法。他正练得入神，司马靳忽然一步跨到他面前，叫道："你怎么坐在这里打瞌睡？"白起受到打扰，没好气地瞪了司马靳一眼，说："除了捣乱，你还能不能做点正经事？"

司马靳嬉皮笑脸地说："坐着打瞌睡也是正经事？听说起兄从荒原来，还未曾到闹市玩过吧？咸阳乃天下第一集市，今日我们去逛逛，咋样？"

白起在荒原无拘无束惯了，本想着到咸阳城后要忍受一些约束，没想到这个比他小两岁的少年野性更大，而其兄长司马梗喜静不好动，经常待在书斋里足不出户。白起和司马靳连拉带拽地将司马梗"请"出了书斋。

赶早市的人熙熙攘攘，街道上十分拥挤。林立的商铺，五花八门的商品,看得他眼花缭乱。他们并没有购物的打算,逛了一圈,觉得有些无趣。白起说:"这里热闹是热闹,却不值得多看,不知还有没有什么更刺激的?"

司马梗虽然少言寡语,知道的东西却很多。他抢先回答说:"在城北有不少以动物为主的游乐场,可以斗鸡、跑犬、赛马。不过,跑犬不是每天都有,要看主办者的告贴。赛马更是每年只有两次,一次是选拔,大致在仲春举行;一次是竞赛,一般在仲秋举行,都是由官府主办。而斗鸡几乎每天都有,一般是在上午巳时、下午未时进行。"

白起一听顿时来了兴致,高兴地说:"那我们去看斗鸡,如何?"

司马梗、司马靳都点头说好。于是,三人穿过街市,前往城北的游乐场所。当他们来到雅驰斗鸡场时,场内已聚集了上百人,还有不少人陆续赶来。白起往里一看,只见一大圆台用三尺多高的竹栅栏围着,台上两只鸡正仰着脖子,相互对啄。

司马梗说:"你看那只红褐色的鸡,必是一只强悍的斗鸡。"

白起第一次看斗鸡,不懂其中门道,忙问:"何以见得?"

司马梗分析起来头头是道,他说:"你看,它的头、颈仰起,颈、胸、胫几乎成一条直线。冠红色,冠、髯、耳垂不发达。眼大而锐,喙粗短、坚硬呈楔形,尖端微弯而甚锐。颈粗长灵活,腿强劲有力,胫长。距发达,长而锐。爪粗大、坚硬锋利。全身羽毛稀薄、粗刚、短而紧贴体表,并富有光泽,翼羽拍打有力。"

"那你认为红褐鸡和大黄鸡哪一只能胜？"白起又问。

"自然是红褐斗鸡胜啰。"司马梗十分肯定地说。

果然，红褐斗鸡很快胜了第一场。按照规则，每对斗鸡以五战三胜定输赢，现在红褐鸡和大黄鸡才战了一场，大黄鸡还有机会。不过，接下的第二场、第三场，仍是红褐鸡完胜，白起不得不佩服司马梗的眼光。

过了一会儿，裁判席上一人站起身来，向观众介绍说，下一轮的斗鸡一只叫"芦花"，一只叫"小白"，并说明了它们的年龄、重量、特点、战绩、下注赔付比率等。接着就有两个人分别抱着"芦花"和"小白"上场亮相，以便观看斗鸡的人去博彩坊下注。

白起听到斗鸡叫"小白"时，立刻想到了白狼"小白"，一种莫名的情绪萦绕心中。他看了斗鸡"小白"一眼，决定赌它赢，于是询问司马梗怎样下注。司马梗说："拿钱到旁边的博彩坊下注，他们会给你一个骨牌，上面刻有你所下注数、斗鸡编号、赔付比率之类的标识……"

还没等司马梗说完，白起便一溜烟地向博彩坊跑去。"斗鸡'小白'是几号？我要下注！"他跨进坊内，喘着粗气问坊主。坊主看了他一眼，淡淡说道："四号。你要下几注？"

白起伸手从袖子里掏出一个袋子，发现袋子里只有五枚布币（铜钱），坊主谑笑道："孺子，一看就没钱，还学那些纨绔子弟咋呼！"

白起闻言，既生气又自卑。来这里下注的大多是权贵和豪族子弟，而他寄人篱下，衣食都要依靠司马家，哪有资格赌彩？他羞恼地低下头，无意中看见自己腰间佩戴的一块玉璧，于是摘下来，问坊主："我能不能用这块玉璧押注？"

　　坊主做博彩这行，接触的人大多非富即贵，他接过玉璧，翻来覆去看了几遍，不禁神色大变。这是一块周天子封赏侯爵所赐的卧虎玉璧，是爵位的象征。如今周王朝式微，但它至少说明持璧者的家族曾经地位显赫。坊主好奇地问白起这块玉璧从何而来。白起不满地看了坊主一眼，说道："玉璧是我阿母留下的遗物。"

　　坊主说道："好吧，你可以用这块玉璧下注。每注布币十个或银一两，你要下多少注？"

　　白起想了想，说道："我下三十注。以玉璧相抵，够吗？"

　　坊主说："这块玉璧暂时由我保管，你若赢了，马上可以赎回去；若是输了，就拿三百布币来换。"坊主顿了顿，又补充了一句，"本人姓赵名镛。"

　　白起急着回去观看比赛，没有心思与坊主搭话，拿着骨牌匆匆回到斗鸡台。这时，"芦花"和"小白"的第一场战斗已经结束，"小白"获胜。白起兴奋地对司马兄弟说："我赌对了，'小白'赢了！"

　　但司马梗却不以为然地说："四号斗鸡'小白'一开场就用尽了全力，虽然险胜一场，但后面还有好几场呢，如果它每一次都全力而战，必输无疑。"

"为什么？"白起不太明白其中道理，急忙问道。司马梗还没来得及解释，第二场比赛又开始了。"小白"和"芦花"被同时放到圆台上，它们怒视着对方，随时准备战斗。片刻之后，"芦花"转身慢慢退走，只见它迈着平缓的步子，好似闲庭信步。"小白"受到蔑视，腾空而起，伸出一双锋利的爪子，将"芦花"扑倒在地，趁势压在它的背上，用尖锐的喙猛啄它的脖子，一下、两下……"芦花"血溅当场。人们都替"芦花"担心起来。突然，"芦花"使劲把身子一翻，将"小白"压在了底下，同时伸出铁喙猛啄"小白"的脖子、鸡冠和眼睛。"小白"扑扇着翅膀，鼓着眼睛，不停地跳跃、冲撞、搏斗，但还是被"芦花"啄得鸡毛乱飞，鸡冠鲜血直流。

白起不由自主地发出一声凄厉的"嗷呜"声。司马梗、司马靳都吃惊地扭头看向他，不明白他为何发出一声狼嚎。周围的人也纷纷投来诧异的目光，白起窘迫地低下了头。

接下来的一场战斗，斗鸡"小白"以更快的速度败下阵来。白起不想再看第四场了，拉着司马梗、司马靳离开了斗鸡场。

回到司马家后，白起寝不安席，食不甘味，早晨练功也提不起精神，老夫子给他们讲读诗文，他更是心不在焉。等夫子离开讲堂，他才清醒过来，凑到司马梗身边，和他聊各种游乐竞赛。司马梗虽然身体羸弱，不喜运动，但对斗鸡、走犬、赛马、蹴鞠都颇有研究；他喜欢吹竽，更喜欢六博、围棋等智力游戏。白起请他解释那次斗鸡为何"小白"先胜后败。

司马梗也愿意卖弄一下自己的学识，他耐心地解释道："其实'小白'和'芦花'实力是相当的,'小白'之所以会输,完全是因为战术有问题。它性急,想先发制人,以全力一击去制服对手。然而,鸡的作战武器是喙和爪,很难在短时间内给对手造成重大甚至致命伤害,相反一开始就全力出击会消耗自己很多体力,对方一旦躲过了它的攻击再进行反击,力量对比就有了悬殊,随着战斗的持续,力量消耗多的一方必败。"

白起听了司马梗的解释,若有所思。

此后,白起一有机会,就去雅驰斗鸡场看斗鸡,成了那里的常客。当然,他再也没有钱下注了,只能当观众。他抵押在坊主赵镛那里的玉璧也没能赎回来,那是母亲留下的唯一一件遗物,他发誓要想办法把它赎出来。

因为经常光顾斗鸡场,白起与博彩坊主赵镛也混了个脸熟。赵镛其实是秦惠文王之弟嬴华手下的一个卒长,嬴华为了捞钱,私设博彩坊让赵镛主持。几次接触后,赵镛看出白起是个可造之才,想将他收在门下,白起也有些心动。这时,司马错收服蜀国凯旋,于是,司马家的这几个小子又被套上了缰绳。

第三节　情迷宜春苑

一晃又是一年,白起十六岁了。这天吃完早餐,司马错仔细打量着白起,只见他身材壮实,发亮的眼眸显得深邃,嘴唇绷紧成一条直线,有一种难以言喻的刚毅,唇边已长出细细的胡髭,充满青春的活力和狂野的气息。

司马错沉声静气开口道:"公孙公子长大了,到了学御射的年纪,不知有这方面的兴趣吗?"

白起一听双目放光,回道:"有兴趣,我早就想学了。"

御射融体育与军事技能,学得好,就有资格竞选武骑士。但是,学御射需要一定的经济实力。平民百姓大都买不起马,而好马又都被征为战马,即使有钱也不容易买到。国家虽辟有教学用的训练场,但并不是想学就能学的。白起知道自己不够资格,眼神又黯淡下来,下意识地摇了摇头。

司马错看透了白起的心思,宽慰道:"只要你愿意吃这份苦,其他的我来想办法。"他的孙儿司马梗已经完全放弃了御射,而司马靳年纪还小,几个孩子中白起是他最为看好的。

在都城,司马家族也只是勉强可以挤进权贵之列。不久,司马错打通关节,把白起安排到王家校场训练。王家校场设在都城渭水南的宜春苑附近,而司马家在渭水北,与校场相距二十余里路程。白起每天清晨骑马到校场训练两个时辰,然后又骑马返回,且不说训练有多苦,仅路途上的折腾就已经够他受的了。每天训练回来,他都筋疲力尽。

暮春的一个傍晚,训练归来的白起看见了一个熟悉的身影,原来是他的养父公孙来了。自从把白起托付给司马错后,公孙已经有一年多时间没跟白起见面了。这段时间,他奔走于洛邑、大梁之间,始终未得安身立命之所,但他无时无刻不在思念白起。这次寻得一匹纯白色的好马,于是专程给白起送来,料想儿子会用得着。

　　白起得到良马，喜极而泣。公孙没有久留，又与他匆匆作别。白起不知道父亲将去向何方，但他知道自己该怎么做。

　　司马错家原有两匹马，一匹是司马错的坐骑，一匹为白起训练所用。白起现在有了自己的马，司马靳就动了心思。"起兄，今日去训练时带上我吧？"他平时称呼白起为白公子，现在突然改口称兄，显然是有所求。司马靳又把目光投向司马错，轻叫一声："阿翁！"司马错知道孙儿的意图，但念及他年纪尚小恐怕经不起这样的折腾，不过又想到有白起在，让他提前去见识一下也好。

　　司马错不吭声，表示默许。司马靳高兴地拉着白起向马厩跑去，不一会儿，二人便并排着骑马跨上了渭水桥。他们正有说有笑地走着，对面桥头驶来了三辆马车。他们愣了一下，一时不知是进是退。从外观来看，对面驶来的是王室的马车，按理他们应当退避让路，但眼下二人已经快要过桥了，退回去未免有些不甘心。白起思索片刻，继续驱马向前，司马靳无奈地紧随其后。

　　靠近马车时，白起低着头，正准备从一侧溜过去。"站住！"一声怒喝传来，白起连忙勒住缰绳。

　　"竖子，滚回去！"一个军士挥舞着长鞭命令道。

　　司马靳一眼就认出了马车上穿皂色袍子的是大王子嬴荡，慌忙下马，半跪行礼道："仆从司马靳拜见王子！冲撞了大驾，还请恕罪！"

嬴荡看向司马靳，问道："你是司马家的？司马错将军是你什么人？"

"是仆从的阿翁。"

嬴荡又指着骑在马上的白起问："这厮是何人？"

军士见白起坐在马背上不动，猛地一鞭向他挥过去，重重地打在他的手臂上。但白起依然不下马，反而将身板挺了挺。司马靳急了，一边向白起使眼色，一边禀告王子。

这时，军士又向白起挥出了第二鞭。这下白起不再忍着了，伸手将鞭子抓住，顺势一拉，竟将鞭子夺了过来。嬴荡脸色大变，没想到这小子如此大胆，他戏谑地笑了笑，说道："你小子还挺硬气。"他走下车来，一脸倨傲地打量白起，然后又看向白起所骑的白马，啧啧道："还真是无知者无畏！马，倒是一匹良马，只是不知你的本事是否配得上这匹良马。"

白起跳下马来，毫不退缩地直视嬴荡："王子意欲如何？"

嬴荡笑了笑，说道："本王子看上了这匹白马，不过本王子一向敬重勇士，从不仗势欺人。你若想保住这匹马，得证明你是一个真正的勇士。"

"如何证明？"白起神情冷漠。

嬴荡握拳挥了一下，说道："本王子天生神力，若跟你比力气，那是占你便宜。既然想得到你的马，那就比赛马。你若输了，白马归我；你若赢了，往后见本王子不必行礼。如何？"

"好，希望王子说话算数！"白起爽快地答应。

"你别高兴得太早了，这场赛马不在校场比。"嬴荡的一个手下轻蔑地看了白起一眼，手指着远处说，"校场南边便是宜春苑，这场比赛就围着宜春苑跑一圈，谁先回到起点算谁赢。王子以为如何？"

嬴荡一向恃强好勇，喜欢挑战，他对手下的提议深表赞同。他们之所以安排围着宜春苑跑圈，是因为嬴荡已经跑过好几遍，熟悉这里的地形。宜春苑正在修建之中，一整圈足有四十里，途中有平地、湿地，有羊肠小道，也有山丘丛林，比在校场跑十圈难百倍。

一行人很快来到宜春苑，划定起点。嬴荡骑上他的赤焰马，白起也跨上了白马，随着一声"起开"，一红一白两匹马如离弦之箭，飞奔出去。

为了王子的安全，两名军士骑马紧随其后。嬴荡和白起渐渐消失在众人的视线中。约莫半个时辰后，一个白点跃入人们的视线，并迅速变大，白起很快便回到了起点。又过一刻钟，嬴荡骑着赤焰马也回来了，只是人和马都很狼狈。嬴荡不仅身上满是污泥，衣裳也破了几个口子。嬴荡是个豪爽之人，此时丝毫没有王子的架子，他走到白起跟前，赞道："白公子果然有些本领，堪当本王子的兄弟！"

这场比赛，白起虽然没有得到什么实际好处，却给大王子留下了深刻的印象。当然，此时白起考虑的并不是名利得失，他在想，战场不可能像校场一样平坦，一个弓弩手在校场上训练得再好，也不一定能适应战场上的生死搏斗。明白这一点后，他对校场御驾训练兴趣大失。

又过了半个月,白起已经学会了"单""骈""骖""驷"车的驾驭,远远超出了御科的教学课程,可以提前结束训练了。

这日恰逢宜春苑对外开放,这是一个大好的机会,错过了就不能随意进出其间了。所以,白起邀司马梗一起去逛一逛这座王室林苑,司马梗也欣然应允。司马靳前段时间一直在校场骑马射箭,不曾留意宜春苑,也想跟着去看看。于是,三人便一同前往宜春苑。

他们轻车熟路地来到宜春苑外,步行入苑。苑中绿树成荫,百草丰茂,数间亭阁隐现于花木之间。走数百步,有一方池水,池中荷叶亭亭、菖蒲青青。池边的水榭回廊,错落有致。他们在廊下驻足,呼吸清新空气,眺望云雾缥缈的太乙山,司马梗有了吹竽的冲动。就在这时,远处传来一阵悠扬的琴声。司马梗招呼白起和司马靳一声,寻琴声而去。

白起对吹竽抚琴没有兴趣,但还是跟了过去。他们来到一个小亭之下,见有两个女子一站一坐,一个吹竽,一个抚琴。那个端坐着演奏锦瑟的绿衣少女,眼如秋波,睫毛微微颤动,纤纤十指拨动琴弦,随着勾、剔、抹、挑的变换,琴音跌宕起伏,时而如千军万马奔腾,时而如流水潺潺;时而低回,时而高亢。白起不懂音乐,此时却能感受到音符跳跃流泻给自己带来的快乐。又或许,让他感到欢愉的并不是这美妙的琴音,而是拨动琴弦的人。她端庄温婉,清秀可人,气质典雅而不失亲和力。

白起有些迷醉，两腿站得有些麻木都不肯移动。这时，一个满面春风、器宇轩昂的年轻男子走到演奏的两位女子面前，低语一句。绿衣少女站起身来，广袖长袍，轻盈飘逸，掩不住那窈窕身姿。临走时，绿衣少女向白起投来动人的一瞥。她离开后，白起像失魂落魄一般，不仅对游园赏景已兴致全无，连对他最喜爱的射箭比试和六博对决都提不起精神了。为了不扫司马兄弟的兴致，他才勉强坚持到最后。

回到司马家后，绿衣少女的身影不时在白起眼前浮现，令他每天心神不宁。此后数日，他都以遛马为由，跑去宜春苑北门，希望能够邂逅绿衣女子，却未能如愿。

重阳节前一天，白起在校场附近遇到了大王子嬴荡，斗胆向他打听绿衣女子的情况，因为他认定她出身名门权贵。不过，仅依据白起的描述，嬴荡也无法推断她是谁。白起又把那天出现的男子也描述了一番，嬴荡想了想说："那男子定是芈八子的表侄向寿。"

白起欣喜万分，只要询问向寿，肯定能知道绿衣女子的消息。可是，如何能认识向寿呢？白起希望嬴荡能为自己引荐一下。嬴荡一直对向寿没有好感，讥讽地说："向寿总标榜自己是少年天才神射手、六博高手，明日定会来宜春苑游乐。你若够胆，就找机会与他比试，以艺会友。"

其实，嬴荡已经大致猜出那女子可能是大夫魏冉府上的，但他看透了白起的心思，故意不告诉他。

重阳节到了，秦惠文王在宜春苑举行大酺。白起费了点心思，找机会在宜春苑与向寿进行了射箭比赛和六博棋对决，结果，白起在射箭上完胜向寿，六博棋则是险胜。

事后，白起不仅见到了那日心仪的少女，而且他的武艺、棋艺深受魏冉的赞赏。也是从这一年开始，白起真正跻身王公贵族的生活圈子。

第三章 初入行伍

第一节 迈进蓝田大营

周赧王元年、秦惠文王更元十一年（前314年）冬季的一天，司马错从王宫回到家里，叫来白起和两个孙儿，告诉他们一个好消息："王上在殿中宣谕，要在本月征召数千新兵。"

司马靳还没等阿翁说完，就叫嚷起来："这算什么好消息。大秦连年东征西战，有哪一年不征兵？"

司马错不高兴地说："混账小子，你懂什么！"他扫视几人一眼，接着说，"今日老夫就先给你们补一堂军事常识课。大秦招兵分为征和募两种形式。募，是与耕战国策相对应的，凡十五岁以上、五十五岁以下者，都在应募之列，由地方郡县负责，一户三丁抽二。所募兵卒自备粮草、装备，在战争结束或服役一定时间后，绝大多数返回原籍，由地方发给补贴。征，一般只招年二十五岁以下的年轻人，受训合格后列入常备部队，武器装备统一由国家军事机构配给；现役和退役都没有补贴，只享功赏。本次征兵不同于往常的募和征，是王上直接特招，挑选严格，入役后的训练也极为严酷。最后从数千人中再挑选一小部分，组建成'锐士'，作为秦军中的精锐。"

"听起来不错，恐怕我是选不上了。"司马梗说道。

"我要去应征，我就不信有多难。"司马靳声音很洪亮，但他未满十五岁，这只能是一句空话。

白起没有说话，他在想一个问题，按司马将军的说法，这似乎是在招选都城禁卫的"正卒"，去给那些权贵站岗看门、巡逻防匪，他对此可是一点兴趣都没有。

司马错看出了白起心中的疑虑，耐心解释道："锐士在商鞅变法期间就已经有了，而且其他诸侯国也有类似的部队，齐国的'技击'、魏国的'武卒'、韩国的'材士'等都与之相当，这些精锐全部都用到了征战的关键时刻。大秦现有的数十万士卒中，仅有锐士千余人，可见锐士是多么稀缺。"

听了司马错的话，白起的眉头渐渐舒展开来，坚定地说："志在成功，绝不辜负将军的厚望。"

司马错之所以苦口婆心地劝导白起，是因为他看出白起是一个难得的可造之才，假以时日，必成大器，现在需要做的就是为他提供机会。更何况，把他羸弱的长孙送到炽热的熔炉里锤炼，也是百利而无一害。

目前的时局也很有利。几个月前，右更樗里疾率军攻占了魏国焦地，接着又败韩军于岸门，斩首万余人。这极大地激发了秦惠文王向东方扩张的决心和信心，之所以要训练锐士，便是想用作征伐先锋，以震慑敌国。

几天后，一架驷马高车辚辚碾过咸阳郊野，将白起、司马梗等五人送至太乙山东端北山麓。几人下车时，天色已然昏暗，只看见低矮的石墙围着一座大院，猜测这便是蓝田大营，但他们围着石墙转了一圈，却不得其门而入。他们正疑惑间，传来了一个苍老的声音："你们是想进去吗？搬开那几块石头。"

众人扭头望去，见不远处有一位矮小老者冲他们喊话。几人没有迟疑，马上搬开了堵住门的几块石头。之后，又传来老者低沉的声音："每人挑一间屋子就宿，不许串门！"

偌大一个院子，除了他们几人，见不到一个人。那个给他们下命令的老者一直站在院子外面，也不进来给他们介绍情况。他们都有些懵了：怎么回事？难道这就是赫赫有名的蓝田大营？

但现在想那么多也没有用，既来之则安之吧，他们各自选了一个房间。进入昏暗的房里，白起扫视一圈，发现除了一长石桌、矮石凳，别无他物。他们虽然都带了简单的行李，但薄薄的一床被子根本无法抵御刺骨的寒风。如果能与同伴协作，把被子合在一起，或许能共同抵御寒冷，但他们已接到不许串门的指令。

这时天色已经全黑，天上没有星星，四野漆黑一片。白起向屋外的院子摸去，他依稀记得，院子里有很多干草堆，若能抱些干草进屋，可以让自己暖和一点。黑暗中，白起动作敏捷地跑向一个草堆。然而,他失望了,那些干草是长在土里的,他用手拔了拔,竟没有拔起。他又摸向旁边,结果摸到一块石头,凑近仔细摸了一遍,这个长方形的石头上似乎刻有文字,他大吃一惊,这竟是坟堆。

白起吓得腾身而起,大步跑回屋内,钻进被子里。半夜,呼啸的寒风从门缝、墙缝钻了进来,冻得他牙齿咯咯直打架,肚子也咕噜咕噜地抗议着。这一刻,他第一次感受到了什么叫饥寒交迫。

好不容易熬到天亮,那个苍老的声音又响起来了:"快起床,出来!有没有冻死在屋里的?如果没有,那就立刻出发!"

白起艰难地起床,揉了揉早已麻木的双腿,把被子往包袱里一塞,便跑出屋子。他扫视了一下大院子,这才看明白,原来这里是个埋有上千人的大坟场。出了院子,他的心还在狂跳,但他不认为这是害怕。很快,其余几人也都出来了,一个个脸色苍白、嘴唇泛紫。

"都还活着啊,好!"老者随即发出下一道命令,"沿脚下这条路,向东南二十六里的营地进发!限一个时辰内到达,迟到者,自己回家!"

众人面面相觑,但没有提出任何异议。正常情况下,一个时辰是可以步行二十里的,现在要走二十六里,步子就得加快不少,而他们还饿着肚子,能不能撑下来,谁也没有把握。他们不敢迟疑,迈步小跑,直奔目的地。

一路小跑对白起来说不算什么,但司马梗和另外三个同伴都是来自咸阳权贵之家，平日出门不是骑马就是坐车，哪受过这般累？白起每跑三五里，就要停下来等他们一会儿。"司马公子，走路我帮不上你，把行李给我吧。"白起伸出手，对司马梗说。司马梗气喘吁吁，面露愧色，但还是把行李递给了白起。白起又说："跟上我，不然会迟到的。"

卯时最后一刻，白起终于看见路边的一棵大树上挂着一个牌子，上书"蓝田军营第三校场"。他兴奋地跑向高大的木栅门。门口站着四个手持武器的军士，齐声喊道："欢迎！"白起内心顿时涌起一股身为军人的自豪感。

第二天早晨，兵卒列队于第三校场。将军嬴华走上看台，发表了简短而铿锵有力的讲话：

"强秦百余年，为了生存和发展，骁勇坚强的秦人踊跃参战，慷慨从军，开疆拓土，称霸西戎。这一切，少不了勇猛将卒上阵杀敌。因此，从踏入军营的这一刻起，你们也就踏上了光荣而神圣的征程。

"为了守卫大秦的每一寸疆土，为了横扫一切强敌，大秦需要打造一支所向无敌的精锐之师。今日站在这里的好儿郎们，都是自愿加入行伍的勇士，经过大营的熔炼，你们将成为精锐中的精锐……现在，你们每个人都有机会证明自己，你们来到这里，只有一个目标，那就是千锤百炼，把自己变成一个真正的锐士！"

接下来，一名校尉军官上前讲解了训练项目、步骤、要求和注意事项。白起觉得这个军官很面熟，待队列解散后，他立刻跑向看台，冲着那位校尉喊道："赵坊主，果然是你！"原来，这个人正是咸阳斗鸡博彩坊的坊主赵镛。"这里没有坊主，"赵镛目光锐利地盯着白起说，"叫我校尉。"

第二天，新兵在校场按部就班地进行训练。上午进行体能强化训练。新兵在接受体能训练后应该达到以下要求：每个新兵在吴起制定的"手执一柄长戟，身背二十支长箭、一张铁胎硬弓，携带三天军粮，连续疾行一百里，能立即投入激战"的标准上，再增添全副甲胄、一口阔身短剑、一把精铁匕首和一面牛皮盾牌，总负重八十余斤，行进一百五十里。

下午则进行阵列训练。秦军步卒的常规建制是：五人为"伍"，设伍长；二五为"什"，设什长；五五为"两"，设两司马；四两为"卒"，设卒长（百夫长）；五卒为"旅"，设旅帅（千夫长）；五旅为"师"，设师帅；五师为"军"，设军将。五人为一个基本作战单位，各持主战武器弓、殳、矛、戈、戟，持长武器者位于前。

数千将卒在校场上训练，军容整肃。一个月过后，将卒的素质便有了很大提升，各种阵式的练习也十分熟稔。一部分素质过关的人，开始进行兵器技击训练。

白起在阵列中的主战武器是长戟（破天戟），个人兵器技击训练则选择了长剑。每天清晨，他都比别人早起半个时辰，独自训练一套剑法。

这天，白起和往常一样练完一套剑法，然后向河谷中的一块巨石跑去。在距离巨石六七尺时，他腾身跃起，身形猛然侧翻，借俯冲旋转之力向巨石挥出一剑，剑光闪过之后，巨石炸响，石破天惊。白起稳稳落地，呼气平心收剑。

他还没去看自己那一剑的杀伤效果，就听见身后响起了掌声。他回头一看，忙抱拳道："长官！"

赵镛赞道："好一招天地腾挪！"他走近白起，"不知师从何人？"

"禀长官，从赵阿翁一残谱自学而得。"白起回答说。

赵镛早就看出白起这一招出自鬼谷纵横剑法二十四式，但纵横剑法一向不得机缘不传，几乎无人能得此剑法全谱，流传的多为自悟自创的残谱。他家就有一本残谱，小时候阿父教他习剑，其中便有"天地腾挪"这一招。他猜想白起这招可能与他家的残谱有点关系。真是无巧不成书，白起的残谱是赵阿翁所送，而赵阿翁正是赵镛之父。

弄清原委后，赵镛面露愧色。当年父母先后离世时，他正在河西与魏军作战，没能回家守孝，甚至丧葬事宜都是公孙代为料理，每每想起便觉羞愧难过。他从袖中摸出白起抵押给他的那块玉璧，还给白起，随即转身离去。少顷，远处传来沉郁的歌声：

"渐渐之石，维其高矣，山川悠远，维其劳矣。武人东征，不皇朝矣。……有豕白蹢，烝涉波矣，月离于毕，俾滂沱矣。武人东征，不皇他矣。"

白起静听良久，若有所思。

第二节　秦楚关系破裂

暮春初夏，白起与司马梗躺在绿油油的草地上，海阔天空地畅聊。他们虽然一同进入蓝田军营，但并不在同一旅，平日里也难得一见。

聊着聊着，司马梗突然坐起身来，一脸严肃地问道："公孙兄，你有没有想过为何入行伍？"

白起也坐起来，庄重地回答道："我要成为像吴起那样的战神，名扬天下！"

司马梗笑道："公孙兄有此壮志，那可得付出比常人更多的血汗啊！"

二人沉默良久，司马梗又说："其实我更尊崇孙武的兵法，窃以为，孙武兵法才是最高境界，因为它教的不是战法而是不战之法。兵书有云'上兵伐谋，其次伐交，其次伐兵，其下伐城。'不战而屈人之兵才是兵法的最高境界。只要善于政治谋划、利用外交人情就能达到这种效果。"

白起听了反驳道："靠嘴皮子是不可能彻底解决冲突的，因为强国致力于用武力兼并弱国，弱国所能做的只是尽力防守。当今之世，首要任务是生存，然后以弱胜强，蚕食掉对自己威胁最大的国家。而要做到这一点，就必须增强国力，实行'霸道'，而不能实行儒家主张的'王道'。行'霸道'，哪会没有杀戮？"他顿了顿，继续说，"从长远的战略来看，两军交战，即使不能一次性消灭全部敌人，也要最大限度地消灭其生力军，这样，以后敌人再看到你，还有胆量跟你打吗？而且，生力军被消灭了，敌人能拿什么跟你打？唯一出路就是降和，这才是不战而屈人之兵！"

司马梗不服气地说："天下百姓莫不渴望和平，好战者，人皆痛恨之；杀人者，人恒杀之。杀孽太重是要背负骂名、遭天下唾弃的。"

白起神色肃然，眼里闪过一抹寒芒，说道："国以人为本，只要杀掉他们的士兵和所有成年男子，女人还能干什么？仗也就根本打不起来了。杀一是为罪，屠万即为雄；屠得百万，方为雄中雄。"

司马梗听了，不禁打了一个寒战。

就在白起与司马梗各抒己见时，秦都咸阳城王宫，秦惠文王正召集百官分析天下大势，做出战略决策。

国相张仪说道："大秦东服韩、魏，西败义渠，国力已今非昔比，远在各国之上。当务之急是以战逼迫韩、赵加入连横阵营，以对抗楚、齐的合纵联盟。"

秦惠文王唯恐有人提出反对意见，忙对张仪的建议予以肯定。其他大臣一看这阵势，哪还敢自讨没趣。于是，秦惠文王命右更樗里疾为将、魏章为副将，领兵攻打韩、赵。

三晋中，韩国实力最弱。韩宣惠王闻报有些恐慌，忙召集群臣商议对策。大夫公仲侈和张仪一样主张连横，他一眼看穿了秦国出兵的用意,对韩宣惠王说:"王上不必惊恐,秦相张仪惯用威逼利诱手段,目的是逼迫我们对抗楚、齐,秦国出兵只是想要韩国归附连横同盟。"

"那我们该怎么做呢?"韩宣惠王心里松了一口气,问道。

公仲侈回奏说:"大王请使臣入秦面见张仪,就说韩愿割让一座城求和,并愿派一批精兵助秦伐楚。秦必会掉转兵锋,去对付楚国。此乃一举两得!"

相国公孙衍则反对公仲侈的建议,主张联楚待援。但楚国援军迟迟不来,韩军已在岸门大败,多数大臣都觉得公仲侈言之有理,于是韩宣惠王不再犹豫,决定依计而行,加入连横同盟,并将公子仓送到秦国作为人质。公孙衍在韩国难以立足,只好辞去相位,离开了韩国。

随后,樗里疾将主力转向赵国,仅数十日便攻入赵境。当时,赵武灵王的主要目标在北方,不太想参与中原的战争,而且他认为赵国离楚国较远,秦国要对付楚国,跟赵国没有多大关系;赵国又与燕国是同盟,即使秦国真的要攻打赵国,赵国也有与其较量的资格。

于是,赵武灵王命赵豹为大将军,率赵军迎战。两军实力相当,在蔺邑交战,历经数十次小规模交锋,各有胜负,随后进入相持状态。樗里疾尊王命,试图逼和赵军,但赵军坚决抵抗,让他十分恼火。秦军劳师伐远,拖下去无论是粮草还是士气,都对秦军不利。于是,经与副将魏章商量,他使出一招诱敌深入之计,大败赵军,并掳获其主将赵豹。赵武灵王闻报心中惊惧,只好遣使到秦军大营请和，表示愿意加入连横同盟。秦惠文王收到捷报，非常高兴，不等秦军回师就封樗里疾为严君。

秦国的强势出击，刺激了曾经的兄弟联盟楚国。楚怀王芈槐继位时，楚国刚经历了"宣威盛世"，为了维持这一大好局面，楚怀王十几年来启用屈原、唐眛等人进行变法，使得楚国的国力达到了又一个巅峰。一些纵横家把楚国作为重点拉拢对象，但楚怀王自视甚高，既不愿连横，也不愿合纵，用得着谁就与谁结盟。因此，楚与秦保持着联姻同盟关系，又与齐保持着朋友关系。

秦楚关系破裂的第一道裂痕是秦国在前一年出兵收服巴蜀。楚怀王早就把巴蜀视为自己的囊中之物，但他认为巴蜀没有中原之地重要，所以没有着急动手。没想到秦军竟直接越过楚国地盘汉中，把巴蜀全抢走了。这件事，楚怀王忍一忍还是能过去的，但他的忍让助长了秦惠文王的野心，秦、魏、韩、赵形成连横同盟，已对楚、齐合纵同盟构成了极大威胁，楚怀王哪里还忍得下去？他接受谋士陈轸的建议，派柱国景翠、大夫屈匄等领数十万大军去攻抢秦国占据的曲沃。为了做到万无一失，他还派人去联络齐国，让齐国出兵攻打魏国；又派人分别到巴蜀和义渠，煽动这两个地方反叛秦国。

楚怀王此招，不可谓不高。如果此计成功，秦国将面临艰难的局面。楚军发重兵突袭，很快攻占曲沃，一刀切掉了秦国东进中原的触角。秦军败退后，楚、齐联军南下围攻商於。

秦惠文王正在病中，闻报立刻召集群臣商讨。右庶长嬴华说:"齐、楚都是大国,不可与之硬碰。要解除眼前的危机,必须先破坏齐、楚合纵之盟。"

秦惠文王问:"那应该怎么做呢?"

众臣一时也想不出什么好方法,但战事十万火急,秦惠文王只得一面命樗里疾为大将军率秦军出关援救,一面让群臣继续商议破齐、楚联盟之策。

这时,张仪说道:"臣下有一双管齐下之计,当可一试。"

秦惠文王一听愁眉舒展开来,点头说道:"好,相国不妨说来听听。"

张仪说:"让严君出关后只管痛打齐军,臣下则以商於之地为礼,南下游说楚怀王,使之与东边的齐国绝交,改而与秦国交好。"

商於之地是楚国的发源地,地处华夏、苗蛮、东夷三大族团的交错地带,也是秦国与楚国、三晋争夺的焦点。楚怀王做梦都想把它拿回来,肯定很难抵御这样的诱惑。但不管游说能否成功,张仪都是在冒险。

秦惠文王心中不忍,说道:"游说楚国事关重大,秦楚已为仇敌,相国亲自前往,实在是太危险了,不可行!"

张仪再三解释赴楚的必要性,并声称他这张嘴可抵数万雄兵。秦惠文王只好应允,为安全起见,他又派嬴华陪张仪一起前往楚国。

第三节　秦相张仪欺楚

经过了十多天的准备，张仪和嬴华一起带上若干精锐之士以及珍宝财物，来到楚国郢都。得知秦使来到楚国时，楚怀王正与宠妃郑袖在长湖泛舟，并未理会。

张仪作为秦国之相竟遭受此等冷遇，心想：楚怀王竟敢如此托大，日后定要给他好看！他对嬴华说："楚已视秦为敌，楚怀王的好日子只怕快过到头了。"

嬴华见张仪一脸笃定，赞道："相国这是胸有成竹啊！"

张仪准备进行私访，他要拜访的第一个人是昔日好友靳尚。靳尚原本是屈原的属下，楚怀王继位后，他担任王宫郎中，护守王妃郑袖，深得楚怀王和郑袖的信任，晋升为大夫，目前是郢都炙手可热的人物。

张仪带了厚礼前去拜访靳尚。二人见面后，免不了重温昔日情谊，诉说离别之苦，还谈论了天下大势及秦楚和睦亲善对挽救当前危局的重要意义。经靳尚引荐，张仪结识了掌握军政大权的楚怀王幼子、令尹子兰，贿赂了郑袖身边的人。

搞定了楚怀王的近臣后，张仪再次请求拜见楚怀王。楚怀王心中矛盾重重：如果见张仪，担心惹怒齐国；如果不见，于情于理都讲不通。昭睢、靳尚等人劝见后，楚怀王终于打消了疑虑，传旨召见张仪。

张仪进殿叩拜后，楚怀王问道："先生乃天下名士，远道而来，寡人多有怠慢，希望先生不要介意。不知先生这次到楚国来有何见教？"

"大王客气了。这次来楚，只为秦楚修好，并无其他目的。"张仪直言道。

"今日秦、楚，已非昔日之秦、楚。如今秦国增兵数十万，东征西讨，拓地千里，令诸国惊恐。楚国不仅失去了巴蜀，中原腹地也岌岌可危，秦楚之好又怎么可能修复呢？"楚怀王直言不讳地说。

张仪微微一笑，说道："大王所言恐怕有失偏颇，自周王室东迁以来，哪个诸侯国不曾征战，哪个诸侯国不在力图强盛？秦国就不能这样做吗？"

一旁的陈轸忙代为应道："我王上的意思是虎狼之邦不可交。"

楚怀王点点头，接过话头说："楚国既是仪礼之邦，又是强盛之国，自然要结交对楚国友善的强邦，凭什么要跟秦国站在一起呢？"

张仪不急不缓地说："当今天下虽然七强并立，但真正的强者只有楚、齐、秦三国。秦虽居西僻，但如果秦与东边的齐结交，那齐国在诸侯国中的地位就更显重要；如果秦与南边的楚为盟，那么楚也就更重要了，这是显而易见的。况且，秦、楚接壤千里有余，本来是友好的邻国，若相互为敌，深受其害的不是秦就是楚。"

楚怀王不知道张仪葫芦里卖的什么药，便直奔主题道："那就请先生说说，改弦更张，楚国有何好处？"

"大王几次派重兵征伐，无非是想要取得商於沃土，对吧？其实，我有办法让大王不费一兵一卒，便得到商於六百里土地。"张仪亮出了底牌。

"什么办法？"楚怀王有些急不可待。

张仪神色肃然道："只要大王宣布退出合纵，与秦结盟，并封锁东方边境，和齐宣王绝交，秦愿奉送商於之地六百里。"

楚国谋士陈轸一向跟张仪不对付，插嘴道："商於本来就是楚国的，自当归还，何来'奉送'之说？"

楚怀王不满地瞥了陈轸一眼：管对方是"送"是"还"，能拿到手就行。他还想得寸进尺，又问道："商於之地尚为画饼，是否还有更实际的利益？"

张仪心想，这个芈槐还真是贪心不足，那我就送上一张更大的饼。他说："大王如果真能听从我的劝告，我可以让秦太子做楚国的人质，让楚太子做秦国的人质，让秦女做大王侍奉洒扫之妾，并献出万户大邑，作为大王的汤沐邑，从此秦、楚永结为兄弟之国，互不侵犯。"

"好，就这么定了！楚愿与秦结盟。"有这样的大好事岂能错过？兴奋不已的楚怀王立刻宣太卜进宫，将这一重大事件记录下来。合约还得盖印为凭，但张仪推说未随身携带信印，楚国可派使者到秦国去完成这一必要程序。

楚怀王下朝后来到后宫，向宠妃郑袖传达喜讯。郑袖高兴地说："大王真有魄力，为楚国争取到巨大利益，可喜可贺啊！"

第二天，楚怀王举行了答谢宴会，群臣纷纷表示祝贺。这时，陈轸再次发出不和谐之音："臣敢预言，不仅商於之地不可得，楚国还会招来祸端。"

但楚怀王听不进去，在宴会上赠送给张仪不少金银珠宝，并决定派偏将军逢侯丑随张仪一起前往秦国，在合约上加印，接收商於六百里土地。

张仪志得意满，高高兴兴返回秦国。逢侯丑发现秦国以高规格之礼迎接自己，心里满是喜悦。张仪更是得意扬扬，不想乐极生悲，他的坐骑不知怎么突然受惊了，将他重重地摔下马来。

逢侯丑前往秦国后，楚怀王天天都等着他的消息。陈轸更是惴惴不安，反复提醒楚怀王："必须先让秦国割让商於六百里土地，我们才能与齐国绝交；如果先与齐国绝交，然后再割地，楚国必受欺于张仪，到时候秦、齐结盟，楚国就危险了。"大夫昭雎也劝楚怀王不要轻信张仪的话。

大夫靳尚却提出异议："臣以为，诈术是行不通的，总要有一方先履行协议。楚国既不撤军，又不声明与齐绝交，秦国怎么会割让商於之地呢？"

其实楚怀王也想过这个问题，只是寄望于秦国先行动。他不知道，张仪"摔倒"后就立马前往咸阳王宫，把自己的全盘计划禀告秦惠文王，然后装病闭门不见任何人。

逢侯丑多次请见张仪，均被婉拒，不由得心生疑窦。他进宫要求面见秦王，秦惠文王则推说，须相国同来说明情况，才好做出决断。

如此推来推去，逢侯丑不觉在秦国待了月余，十分焦急。

楚怀王想，天下没有不透风的墙，像张仪这种重量级人物的来访，怎能瞒得住齐国，说不定那些合纵派早把这个消息透露给齐宣王了，不如声明与齐国绝交，促使秦国履行割地的承诺。万一秦国仍不肯割地，那数万楚军还没有撤回来，就算强抢也要抢过来。

事情正如楚怀王所想，齐宣王早就得到了情报。他想，既然楚国背叛在先，那就别怪齐国报复于后，于是也暗中派遣使者与秦国接触，寻求结盟。

楚怀王公开宣布与齐国断交后，张仪的"病"也好了。当他准备入朝议事时，在宫门口遇见逢侯丑，他故作惊讶地说："逢侯为何还在秦都？"

逢侯丑见到张仪如同见到救星一般，上前施礼道："相国伤愈是我的幸运啊，终于可一同入宫拜见秦王，以证割让商於之地一事了。"

张仪故作不解，说道："逢侯此话何意？此等小事哪里需要奏禀王上！"

逢侯丑一听懵了，割地六百里还是小事吗？他在秦国等了一个多月还没办成。他惊讶地说："我受楚王之命来接受商於六百里土地，这是国家大事，相国怎么能说微不足道？"

张仪一本正经地解释说："秦国的疆土是成千上万将卒奋战得来，寸土不可让，何况是六百里，谁有这么大的脑袋？这肯定是楚王听错了,我是说过要奉送土地六里,但那是我的封地,完全可以自己做主。"

逢侯丑一听心肝肺都要气炸了,当即破口大骂:"张仪,你果然是奸猾狡诈的小人!只恨当初昭阳君没将你置于死地!你可要当心了,如落入我手里,必不让你好死!"他立刻修书一封,快马急报楚怀王。

楚怀王看完逢侯丑的书信,大怒道:"张仪如此欺辱寡人,若抓住他,一定要生食他的肉,以泄寡人胸中之恨。"随即传旨召集群臣商议伐秦之计。

众臣觉得秦国欺人太甚,都支持出兵伐秦。这时,陈轸又出来劝阻说:"王上,盛怒之下不适宜做出决断。王上冷静地想一想,如今以楚国孤军之力,又无齐国的支援,能打得过秦国吗?"

楚怀王沉默良久,问道:"依卿之意,应该怎样做呢?"

陈轸回禀道:"臣以为,与其攻打秦国,不如割让二城贿赂秦国,让秦国和我们一起攻打齐国,齐国必不能敌。这样楚国虽然失去了两地,却可以从齐国那里捞回来,不会有什么损失。"

楚怀王听了很不高兴,自己被秦国骗了,居然要割地去讨好秦国,这是什么馊主意?他愤愤地说:"卿的主意实在是太离谱了,是秦国欺骗了楚国,齐国有什么罪过?联合敌人去攻打友国,绝对不行!"

陈轸心想,我讲的是计谋,而不是道义,既然你不听,那就再出个正一点的计谋。他说道:"如果大王实在不肯联合秦国去攻打齐国，那么臣以为，秦、齐都不可攻打。如果王上一定要兴兵泄愤，应当攻打连横同盟韩国，这样既可以试探秦国的立场，也可以试探齐国的态度。"

楚怀王决定按他的计谋行事。

第四节　秦楚之战

周赧王三年（前312年）春，楚怀王命令柱国景翠率兵伐韩。韩宣惠王大惊，一边调兵迎战，一边派人向秦国求助。

其时，楚军主帅景翠和副帅屈匄都在商於一带与秦军魏章的人马远距离对峙，樗里疾的人马则在魏国协同魏军与齐军交战。是战是和，以及谁跟谁打，都有待秦、楚两个大国的谈判结果。

景翠最先接到楚怀王向韩国进军的命令，尽管觉得莫名其妙，但还是毫不犹豫地攻入了韩境。攻打一个弱国，他还是挺有信心的。紧接着，樗里疾也接到了秦惠文王援助韩军的命令，于是，他置观望中的齐军于不顾，挥师向南，在韩国雍氏（今河南省禹州市东北）与韩军会合，联合抵抗景翠的楚军主力。

楚怀王得知秦国支援韩国，勃然大怒道："秦国欺人太甚，不给商於之地也就罢了，寡人惹不起，那就去打韩国，没想到秦国还是要插上一脚，简直岂有此理！既然如此，商於之地寡人还就非取不可了。"

楚怀王命令屈匄与秦军开战，争夺商於，增派偏将军逢侯丑去援助屈匄。秦惠文王也不甘示弱，命魏章全力回击。秦楚之战由此正式打响。

秦军且战且退，请求增援。秦惠文王立刻派左更司马错、右庶长嬴华从蓝田大营点兵数万，火速奔赴战场。司马错、嬴华经商邑反击商於之地的楚军，再出武关东南大门，向南快速推进。魏章得到增援后，对屈匄发起反击。

当秦军追击屈匄至秦楚交界的丹阳时，恰好遇上楚军逢侯丑的增援部队，双方的人马旗鼓相当。在此情形下，双方硬碰硬，肯定是两败俱伤，何况楚军是复仇而来，气势更强一点。嬴华对魏章说："魏将军，屈匄是楚国的猛将，勇冠三军，不可轻敌，不如先避其锋芒。"魏章同意，当即命大军在丹阳城北立营，并加固城防，闭门不战。

逢侯丑见秦军已完成部署，不敢冒进，也劝屈匄扎寨，与秦军对峙。但屈匄自恃勇猛，求胜心切，虽然同意扎寨待机而战，但仍天天到丹阳城下向秦军叫战。

逢侯丑见状，劝说道："屈将军，秦人狡诈，不可轻敌。末将以为，秦军闭门不战，一定是想避我军锋芒，寻机偷袭。"

屈匄不屑地说："将军为何如此惧怕秦军，是不是在咸阳被吓傻了？"

逢侯丑闻言，再也不给屈匄提建议了。

两军相持数日，屈匄实在按捺不住，于夜间派出一队人马去偷袭秦军城北营寨，结果楚军的伤亡比秦军还多。屈匄终于不敢轻举妄动了。

一天，探哨前来报告，说楚军营寨四周都有秦军在活动。屈匄以为是秦军主动出战，心中大喜，命令楚军全力出击，围歼秦军。没想到楚军刚杀出营寨，埋伏在四周的秦军便蜂拥而上，打了楚军一个措手不及。

这支秦军并不是魏章、嬴华的人马，而是从韩国战场赶来增援的。原来，樗里疾与韩军在雍氏打败景翠后，便分出一部分兵力来支援魏章。留在韩国的那一部分人马，则根据齐军下一步的行动而采取行动。

魏章见时机已到，下令全军出动，烧了楚军的粮草，又与援军合力夹击楚军。经过一天一夜的激战，楚军大败，被斩首数万，屈匄、逢侯丑等七十余名将领被俘。

秦军虽然大获全胜，但并没有让楚国屈服，反而激起楚人的斗志，楚怀王开始调集兵马，准备反扑。

这时，一些想要趁火打劫的邻邦也蠢蠢欲动。巴蜀出现叛乱迹象，楚将昭鼠加强了汉中的防守，秦军则从丹阳战场分兵给司马错、甘茂去攻打汉中；韩国想乘乱攻入楚国；齐国则以大夫声子为大将军、匡章为副将，以宋军为后援，加紧攻打魏国，魏军败退至重镇煮枣城坚守，秦将樗里疾奉王命回师援助魏军。

樗里疾率领秦军急行，赶到煮枣城外安营扎寨。齐军副将匡章对主将声子说："煮枣城难以攻破，秦国援军又来了，不如趁早退兵。"声子不同意，态度坚决地说："我军奉命攻打魏国已有数月，可以说劳军伤财，眼看就要有所斩获，岂能无功而返？"

煮枣交战进入胶着状态。与此同时，司马错、甘茂率部迅速横扫汉中，打败了昭鼠所率的数万楚兵。

楚怀王又举全国之兵，杀气腾腾向丹阳扑来。楚军主将是柱国景翠，副将是司马子椒，大夫昭雎为先锋，楚怀王随后亲自督战。这阵势，显然是想拼死一搏了。

楚军为复仇而来，气势如虹。驻守丹阳至商邑一线的秦将魏章兵力不足，哪里扛得住，只得紧急求援。但秦惠文王把秦军主力一东一西派遣出去了，根本没想到楚军刚经历一场惨败，还能迅速组织起如此大规模的反击。

楚军一路北进，势如破竹，一举拿下丹阳后，又继续北进。魏章只能且战且退，收缩战线，准备死守武关。楚军在武关遇阻后，抢占了商於之地。但楚军并不打算就此止步，而是加强了对武关的攻势。

秦惠文王立即召集张仪、嬴华、魏冉等大臣商议。但这个时候，除了紧急调兵援救，还有什么法子呢？可是增兵，又能从何处增？樗里疾在魏国东面作战，与魏军联合在煮枣打败了齐军，俘获齐军主将声子，并把齐军赶过了濮水。调樗里疾一军，显然是远水解不了近渴。司马错刚收服汉中，距离武关稍近，但路途难行，回援也存在很多不确定因素。现在看来，唯一可调用的就是嬴华了。

蓝田的驻军已全部调空，只剩下还在训练中的几千名后备"锐士"，秦惠文王对其视如宝贝，不肯轻易调用；而且万一武关失守，这支队伍也可当作后手。于是，他命嬴华从骊山大营带万余禁军驰援武关。

武关是秦、楚咽喉之地，秦、楚两军在这里激战数日，伤亡惨重。楚军担心夜长梦多，把攻城武器全部压上，日夜攻城。嬴华料想武关守不住，打算出城回去部署都城咸阳的防御。他认为武关背后的商邑无险可守，商邑背后便是蓝田，而蓝田大营和都城咸阳的兵力都很空虚，他的本职是守卫都城，秦国的城邑哪一座都可以丢，唯独咸阳不能丢。

魏章得知他的想法，劝阻说，出城太危险，咸阳有张仪、公子荡、魏冉等人在，他们都可担起守卫都城之责。但嬴华执意出城，仅带了十几名禁军护卫，结果被截击身亡。

武关随即被攻破，楚军直扑商邑，一路势如破竹。魏章打算撤到蓝田，利用蓝田关一带的有利地形进行防御阻击。

在蓝田大营第三校场，正在训练中的白起接到命令：早饭后整装出发，赶去蓝田关道入口处。白起不知道发生了什么事情，也不知道去那里干什么，他早早准备好长戟、弓箭、靴刀，穿上轻装铠甲，等待出发。

蓝田关道沟通秦岭南北，直通荆楚。白起随千余名预备"锐士"一路小跑，在天黑之前赶到了蓝田关道入口。他抬眼四望，只见周围险峰林立，悬崖峭壁，置身其间，仿佛掉进了深不可测的枯井。

众人一夜无眠。天微亮时，突然响起一阵短促的鼓声，白起抬头向前望去，谷道上一队人马正小跑而来，细看，他们的旗子和服装都是土黄色的，原来是楚军！

虽然听出刚才的鼓声是"冲杀"指令，但众人还是稍有迟疑。在十人组中，什长还未下达命令，白起大喊一声"杀"就冲了下去。顷刻间，喊杀声在山谷震响，兵器的碰击声不绝于耳。

收兵后，白起才知道这支百多人的楚军是来探路的，没想到秦军会在此地设伏。楚军发现被围堵在山谷间，难以逃命，所以刚一交战就投降了。被俘的军官还交代，楚军主力将在三日内攻占蓝田，直逼咸阳。

不过，三天后楚军主力不仅没有来，反而全部撤退了。原来，樗里疾的人马已从魏国赶回，司马错的人马也从汉中向东横插过来，准备截断楚军的退路。韩、魏联军则乘楚国国内空虚，攻入了楚国境内，逼近宛城。楚怀王闻报大惊，心想：如今破秦入咸阳难了，如果司马错截断楚军退路，韩、魏联军又攻占后方，楚军就危险了。他召集众将商议对策，除了景翠，其他将领都赞同昭雎的建议，以一部佯攻，做出决战架势，掩护楚怀王和楚军主力悄悄撤退。楚怀王虽然心有不甘，却也只能空怀遗恨，依计退兵。

第四章 随军转战

第一节　请求参战

白起第一次参加实战，还没打过瘾就结束了，实在有点遗憾。回到营地后，他去找司马梗，和好朋友分享兴奋的心情。

"这一仗好比一桌美味佳肴，还没动筷子就被端走了。"白起说。

"公孙兄，你比我幸运啊。"司马梗羡慕地说。他并非因为未能上战场杀敌立功而懊恼，而是自认为身体不如白起强健，战术技能也比不上白起。

白起云淡风轻地说："其实我与司马公子各有所长，我比你有力气，你比我有脑子。将来我若当了将军，肯定少不了你这个大军师。"

"志向不小啊，我可没想那么远。以我这点能耐，如果训练结束后能通关进入锐士行列,那我就心满意足了。"因为兴趣和自身体质的原因,司马梗更喜欢钻研军事理论,对上战场实战多少有些信心不足。

"还有四十多天,加油吧,我相信你一定行的。"白起鼓励道,"真心希望我们能在一起,像兄弟一样并肩战斗。"

四十天一晃就过去了,白起以三个甲等的成绩正式进入"锐士"队列,并担任什长。更让他高兴的是,司马梗也以一个甲等、两个乙等的成绩通关,而且被编到了他的"什"中。白起想趁休假的几天回一趟咸阳,看望老将军,顺便告诉他这个喜讯。

司马梗和白起一起回咸阳家中,等到很晚,司马错才回来。白起躬身拜礼,司马错却兴致不高,只是简短地回应一句:"哦,你们回来了。"然后就进了自己的书房。白起明显感觉到将军情绪不佳,但又不方便问。

司马靳从外面回来后,白起询问他才知道,原来秦惠文王对这次秦楚之战很不满意,认为秦国不仅没有捞到实际利益,而且损兵折将,右庶长嬴华还阵亡了。司马错为此很自责,他本来就有病在身,现在的病情更加严重了。不少人说这一战唯一的斩获是攻取了汉中,司马错和魏章都功不可没;也有人反驳说,如果不是司马错分兵去打汉中,那么丹阳至商邑一线就不会出现险情,仅差三天,楚军就要打过蓝田,危及都城,这个责任应该由司马错来承担。司马错听到这些议论,还能有什么好心情呢?白起深为司马错抱不平,但他还无法为司马错分忧。

第二天,白起与司马梗、司马靳上街闲逛。这一年多来,咸阳城正在修建新城垣和几处新宫殿。王宫不远处还建了一个校场，供禁卫军平时操练之用，秦惠文王有时也会在这里点兵派将。他们发现很多人都在往校场跑，说公子荡正在招一些武力超群的人，指望他们利用更加难以掌控的作战器械去打仗。人们正在进行诸如制伏蛮牛，驾驭烈马，手举超过自身体重数倍的重物，挥舞很重的戈、矛，拉开强弩之类的展示。公子荡天生神力，又恃强好斗，常与人较力，完全不注意自身形象。

他们也加快脚步，赶到校场，只见校场上站着一黑铁塔似的壮汉，戴黑色铁矛头盔，赤裸的上身套着一件短软甲。他向人群抱拳施礼，面带微笑，准备进行他的表演。一个军士牵来一头强壮的牸牛，壮汉从军士手中接过牛绳，扯掉盖在牛头上的黑布，牸牛竖起两角就朝壮汉猛冲过来。壮汉半步不退，扔掉牛绳，双手抓住两只牛角，用力一扭，牸牛"砰"的一声倒在地上。壮汉用一只胳膊压住牛头，另一只手抽出靴刀，用力刺向牸牛的脖颈又拔出，一股鲜血喷涌而出。看客们惊叫连连。

白起也一脸惊愕，问司马靳："这人是谁呀？"司马靳小声道："公子荡的门客孟贲，据说他'水行不避蛟龙，陆行不避虎犀'。"

接下来，另一个大力士两手各拎着一个约三百斤重的石碾，沿校场走了一圈。普通人别说左右手各拎一个，即使双手能拎起一个都是神力了。

白起正看得起劲，公子荡发现了他，招呼他过去，问道："公孙公子，听说你加入锐士受训，结业没有？要不要加入我的帐下？"白起拘谨地回道："禀公子，锐士训练结束了，但我可没神技，恐怕会辜负公子的好意。"

公子荡呵呵笑道："我就这么一说，不勉强你。我的力士怎么样？锐士中有没有跟他们一样勇武，甚至比他们更强的？"

白起思索一会儿，想起同旅有个人叫任鄙，在技击训练时使一把自制的铜柄铁头长戟，重约五十斤，于是向公子荡推荐了他。

这时，司马梗和将军府的一个事务军士过来，叫他们三人赶快回去，司马将军有话要交代。回到司马家，白起才知道司马错又要出征了，这次的任务是领兵增援正在楚国召陵与楚将昭常对战的甘茂。白起顿时来了精神，向司马错请求随军出征。

"不行！"司马错拒绝得很干脆。

白起哀求道："司马将军，您鼓励我加入行伍，不就是要上阵杀敌的吗？现在到了考验我合不合格的时候，您怎么又不给机会了呢？"

"不是我不给你机会，"司马错苦笑道，"你对我们军队的日常管理、调遣、指挥体制还不清楚，趁我还有点时间，给你们讲讲吧。"他把司马兄弟也叫过来，细心地给他们讲解：

"大秦军队的体制很复杂，秦军中专职边防、征伐的，称'更卒'；拱卫京师的禁军、特殊兵种，称'正卒'；在地方郡县听差或本地驻防，称'戍卒'。而'更卒'又分为征、募两种，募卒在没有大的战争发生时，一年更换一批；征卒属常备军，实际上无法做到一年一换。

"再说兵种，有步卒、车骑、骑兵三种，如果将'锐士'单列，则有四种。你们所属的锐士二旅，是王上钦定的兵种，还没有确定归属。之前管理锐士部队的是嬴华将军，所以你们极有可能划归'正卒'，单列兵种。现在嬴华将军已为国捐躯，调用这支部队的人马，恐怕得王上特批才行。"

司马错顿了顿，接着讲道：

"且不说调用锐士，即使调用普通将卒，也是很严格的。军队的日常管理权与军事行动指挥权是分离的。一个将军不管有多高的爵位（九级爵位以上均可称为将军），要调用五十人以上的兵马，都必须持有王上的调兵虎符。虎符由两半组成，王上拿一半，将军拿一半，当王上派遣某位将军去执行任务时，就将另一半交给将军，两半扣合起来才能去军营调兵。将军府虽然设有文书、军师、情报、器械等职位，但并不负责军营的日常管理。军营按人数分等级，从最小的'伍长'到最高的'军将'，负责军营将卒的管理。也就是说，将军只有手持兵符执行军事任务时，才有对所调兵马的指挥权。"

白起听完，多少理解了司马错的难处，但还是坚决请求到真正的战场上去磨砺自己。司马错经不住白起的软磨硬泡，只好说："我正好要去宫中跟王上谈事情，顺便替你说说看，至于成或不成，我可不敢保证。"

司马错在进宫的路上，恰好遇上相国张仪，他上前招呼道："相国大人，步履匆匆是不是有什么急事？"

张仪一向是个大嘴巴，司马错这一问，他便毫无保留地说道:"秦楚一战,楚军败退后,楚怀王召回了被流放的屈子(屈原),恢复了他三闾大夫的职务,并准备派他再次出使齐国,修复已经破裂的楚齐关系。王上正为此事着急,所以召我入宫。"

他们一边说着,一边走进咸阳宫后殿。秦惠文王拖着病体与他们商谈国是。原来,秦惠文王担心屈原出使齐国将重新建立合纵联盟,这对秦国非常不利;加上因蜀相陈庄叛乱导致蜀地动荡,他更怕陈庄投靠楚国。于是,秦惠文王派使者前往楚国,想用汉中一半的土地换取属于楚国的黔中不毛之地,并表示愿意与楚国言归于好。可是,楚怀王对秦国早已失去了信任,他对使者说:"不用交换土地,楚国愿得到张仪,而献出黔中土地。"

张仪果断地表态说:"臣愿意使楚。"

秦惠文王却十分担忧:"相国这么机敏的人,难道看不出来这是个圈套吗?相国欺骗楚国,楚国又屡败于秦,楚怀王久怀盛怒,现在若派相国去楚国,必遭杀身之祸,寡人岂能置相国的生死于不顾?"

张仪见秦惠文王如此看重自己,感动地说:"如今之势,秦强楚弱,有大王您的声威,楚国定不敢对臣怎么样。况且臣和楚怀王的宠臣靳尚关系很好,靳尚又深得楚怀王的宠妃郑袖信赖,臣若有难,靳尚会求助于郑妃,而郑妃所说的话,楚怀王没有不听的。这样臣就不会有危险了。如果臣运气好,还可以促进秦、楚之盟。"

秦惠文王听了半信半疑地说:"相国虽然才智过人,但凡事皆有意外,且楚怀王吃一堑长一智,如果你在楚国陷入困境,脱身并非易事。"

但张仪仍然执意前往。秦惠文王便命人准备礼品文书,派张仪再次使楚。

张仪走后,司马错不解地问道:"王上既然派相国使楚议和,为何又让臣去攻打楚国召陵呢?"

秦惠文王清了清嗓子,说道:"这邦交之事,一要靠嘴巴,二要靠拳头,只有拳头硬,嘴巴说的话才能算数。"

司马错笑了笑,又鼓起勇气提出调用锐士之事。秦惠文王点头应允。

第二天凌晨,十多匹快马直奔蓝田大营,白起也在其中。司马错点了锐士、骑兵、步卒,共万余人马,向魏楚交界的召陵急速开进。

此时,甘茂率领的秦军与昭常统领的楚军陷入拉锯战。一个月来,双方多次交战,虽然只是小规模的战斗,但是每战都有不少伤亡,双方力量耗损近三成。

这天,秦、楚两军又在激战,眼看天色渐暗,甘茂正要下令鸣金收兵,突然望见两面黑色的军旗从北边不断靠近,心中大喜:援军到了!他连忙下令调整布阵,准备再战。正要脱离战斗的将卒们都懵了,不是应该收兵的吗?大家都已精疲力竭,而且天很快就黑了。

楚将昭常也不清楚秦军搞什么鬼,只见一支秦军从右前方冲杀过来,心里暗骂道:"这是疯了吗?"他不敢有丝毫犹豫,忙传令后营的人马火速顶上。

双方向前营增兵，一般会重新布阵后再相互冲杀。但这一次，秦军没有布阵就开始冲杀，也没有给楚军布阵的时间。秦军的一个甲士手持长戟，一马当先，大喊着杀入楚军阵中，长戟一顿直刺横扫，数名楚兵应声倒地。楚军的阵形本来就已经打乱，再经这个猛士冲击，更是混乱不堪。

　　久经战阵的司马错和甘茂都发现了战机，命令骑兵迅速绕到敌阵后面，阻截楚军后营的人马，步卒一起压上，围剿前营楚军。不到半个时辰，楚军便全线溃败。

　　入夜，在甘茂的营帐里，甘茂毫不客气地训斥白起道："一个小小的什长，又不是骑兵，为什么不听号令，擅自行动？难道你没学过军令军规吗？还有不鼓不成列的规矩，你也不遵循吗？"白起不敢吭声，低着头受训。

　　司马错知道甘茂并无恶意，所以装作没有听见。突然，他灵光一闪：把锐士和骑兵合二为一，战斗力是不是会更强大呢？

　　与此同时，在楚军的土黄色大营里，楚将昭常和屈原四目相对，默然无语。屈原奉楚怀王之命出使齐国，顺道前来犒军，没想到刚到营地就目睹了楚军的惨败。他曾亲临战场，经历数次生死考验，但从来不曾像现在这般感伤难过。他沉默良久，开口道："昭常将军，明日就让我去把战亡将卒的尸身讨回来吧。"

　　这一战，数万人仅剩几千。昭常缓缓点头，承认战败。

　　第二天早晨，军士来到甘茂的营帐报告说："楚国三闾大夫屈子前来议和。"甘茂对屈原向来没有好感，因为屈原一直主张合纵。见到屈原后，甘茂淡淡地说："屈大夫这般不辞辛劳地为楚怀王卖命,却没落个好,何必呢?"

屈原不卑不亢地说:"我不是为了怀王,而是为了楚国,为了楚国的百姓。"

甘茂说:"屈大夫此次东行,只怕是愿望要落空吧。"

屈原微微一笑,没有应答,只请求将楚国将卒归葬。甘茂同意了。当天,楚将昭常率领残兵撤离召陵。

第二节　张仪巧脱困

张仪奉秦惠文王之命出使楚国,刚到郢城,就被楚怀王打入大牢。楚怀王准备用张仪的人头祭奠太庙,告慰祖先。

张仪的随从赞叹道:"相国真是神人,所料无差。"随行的魏章却说:"《黄帝阴符经》云,行不得其时,动不得其机,就如同沉水入火,有杀无生,自取灭亡。我们现在要做的是帮相国大人脱困。"

按照张仪事先的安排,魏章等人拿着金银宝器四处打点。张仪的老朋友靳尚、上官大夫、子椒及楚怀王的宠妃郑袖都接受了贿赂,并以各自的方法出手施救,其中最卖力的是靳尚。他原本以为张仪是不会再回来了,没想到张仪竟敢再次出使楚国,而这次恐怕没那么幸运了。靳尚并非只是贪财,他更担心自己被牵连。

靳尚反复思量后,入宫拜见楚怀王说:"臣得知王上抓了张仪，要用他的头祭祖，终于可以一雪前耻了，特来道贺！"

"这是张仪自己送上门来的，寡人只是捡了个便宜罢了。"楚怀王没好气地说。

靳尚故作惊讶道："那这事也太奇怪了，张仪明知道王上要杀他，为什么还自己送上门来呢？这不是太愚蠢了吗？"

"他无非是想再来欺骗寡人一番。"楚怀王不以为然地说。

靳尚道："臣真是想不通啊，这次张仪恐怕是真心实意的了，不然他不会连自己的性命都不顾。"

楚怀王恨恨地说："张仪是楚国的罪人，不管他是真心还是假意，寡人都要杀了他。"

靳尚劝谏道："王上这样做实在不妥。张仪为了秦、楚交好，不顾自己的性命，可王上为了个人私怨却置社稷安危于不顾。张仪是秦王的宠臣，又是代表秦国来与楚国结盟的，王上不愿结盟就罢了，如果杀掉张仪，秦王必定愤怒。楚国丧失了秦国这个盟友，天下人就会轻视王上，趁机入侵。秦国可依托汉中、巴蜀攻打楚国的西面；又可把召陵拿去做人情，送给魏国，韩、魏肯定会与秦国联合攻打楚国的北面，那样的话，楚国能够坚持多久呢？"

听闻此言，楚怀王心中大不快，但又无法反驳。

靳尚又去找郑袖，煞有介事地说："夫人受宠的日子快到头了，怎么办？"

郑袖不解，忙问："为何？"

靳尚问："夫人可知张仪使楚？"

郑袖说:"知道,大王已经将他下狱,等选好了日子,就要将他杀了祭祖。"

靳尚说:"臣听说秦王得知大王要杀张仪,愿意将侵占楚国的土地归还,并且把亲生女儿嫁给大王。据说秦王的女儿长得十分漂亮,而且能歌善舞。这样一来,夫人还能独享大王的恩宠吗?"

"那如何是好?"郑袖有些急了。

靳尚说:"夫人若劝王上放张仪归秦,秦女就不必入楚了。"郑袖点头应允。

晚上,楚怀王回到后宫,见郑袖默默地掉泪,忙问:"爱妃为何伤心?"

郑袖擦了擦眼泪,说:"婢妾听说楚国很快就要大祸临头了!想到与大王难以长久,所以食不甘味,深感悲伤。"

"夫人为什么这样说呢?"楚怀王不解地问道。

郑袖说:"婢妾听说秦王愿把汉中一半的土地分给楚国,所以秦王派张仪出使楚国,以示愿与楚国和好。可大王却不愿得汉中之地,一心只想得到张仪,还囚禁了张仪,想要杀掉他。秦王能不生气吗?"

楚怀王生气道:"这都是因为张仪欺楚太甚!"

郑袖继续说道:"张仪欺楚可杀,但身为臣子,各为其主。秦王派张仪使楚,是秦王有求于大王,杀张仪是小事,可惹怒秦王,秦国必与韩、魏结盟伐楚。婢妾不愿置身险地,请求大王让我们母子都搬到江南去住。"

楚怀王沉吟半晌，说："夫人说得很对，让寡人好好想想吧。"

第二天早朝，楚怀王与群臣商议如何处理张仪。靳尚说："臣以为，杀掉张仪对秦国来说没有什么损失，却破坏了楚、秦之谊，对楚国来说有害无利。不如留他一条性命，使他感恩于大王。楚秦和好，乃万民之福。"

司马子椒说："目下合纵的基础已经崩坏，不是靠一个人一张嘴就能修复的，臣以为，无论是讲求实际利益还是从长远的战略出发，与秦国和好都是最明智的选择。"

令尹子兰、上官大夫、昭睢等人也主张和秦，对靳尚的意见表示赞同。

楚怀王昨夜经郑袖劝说，已经动摇了，今见多数大臣愿与秦和好，于是顺水推舟，送大家一个人情："既然诸位爱卿皆有此意，姑且就免张仪一死吧。"

张仪入宫拜见楚怀王，谢过楚怀王不杀之恩，又谢过群臣，然后向楚怀王谈起"连横"之术。他说："当今天下皆'连横'于秦，'合纵'之事已无人再提。"他知道屈原已前往齐国，却装作不知情的样子，接着说："大王若背'纵约'而和秦，能够得到的好处是显而易见的。秦、楚本来就有舅甥之亲，且山水相连，如果秦、楚能够和好，停止相互之间的攻战征伐，两国百姓都会感念大王的仁德。"

在张仪的游说下，秦楚和好的口头盟约顺利达成。

回到驿馆后，张仪唯恐楚怀王反悔，立即让魏章和随从整理行装，星夜返回秦国。

过了两天，出使齐国的大夫屈原回来了，他得知张仪来楚国再次蛊惑连横，而楚怀王不仅没有杀掉张仪，还答应与秦国重归于好，肺都快气炸了。看来齐国这趟是白跑了，而且秦、楚和好的可能性也绝不会有了。因为楚国若向秦国示好，齐国必然与楚国决裂；楚国失去了齐国的支持，秦国对楚国也就无所顾忌了，哪里还用得着割地送礼讨好楚国？

屈原马上入宫，对楚怀王说："前些时候，大王被张仪欺骗，现在张仪送到眼前，臣以为大王一定会把他放进油锅炸了，吃掉他的肉；没想到大王不但不杀他，反而又听信他的歪理邪说。张仪与楚国，结下的是欺国之仇，而不仅仅是大王的私怨，即使是大王的私怨，小老百姓还不忘仇恨，何况一国之君呢？"

楚怀王马上就后悔了，连忙让靳尚率甲士追赶张仪。靳尚追了几天，仍不见张仪的踪影，加上他本来就打算敷衍了事，所以也没有穷追不舍。也算是靳尚倒霉，他正要打道回府，不料被一队魏军截住，并因此丧命。

第三节　武王新立

张仪回到咸阳，见有秦王的仪仗在东南门牌楼下迎接，以为是秦惠文王亲自出城迎接自己，不由得满心欢喜。他下马趋步向前拜见时，却发现大马金刀坐在行榻上的是嬴荡。他踌躇了一下，上前行顿首之礼。

这时，站在嬴荡身后的太师颜率厉声说道："相国大人，该不会连稽首之礼都不会了吧！"

张仪有些愕然：相国给太子行顿首礼，不算失礼啊！太师颜率见张仪一副茫然无措的样子，又说："先王崩逝，公子已继位，你等当以君臣之礼拜见。"

张仪一听，心顿时凉了一半，他还想向秦惠文王邀功呢，没想到两个月不到，已经物是人非。他知道新王嬴荡（秦武王）一直对自己不感冒，对于未来，他还得仔细筹划一番。

这时，东南面有一支几十人的队伍走来，原来是司马错与甘茂率军凯旋，秦武王是来迎接他们的。

司马错、甘茂来至近前，向秦武王行稽首之礼。看来他们都已知晓都城的变故，张仪心中更不是滋味了。按说大军凯旋应该有数万兵马，但这才百余人，想必都是有军功爵的将领。白起也在其中，他刚被提任卒长（百夫长），还未授爵，在这些人中只能算是一个小卒，不知道为什么要把他这个小人物列于其中。

随后，秦武王来到王宫东校场。校场外已经挤满了围观的人。秦武王的驷乘华盖马车穿过人群后，他从马车上下来走到校场看台旁，亲自宣读对张仪、魏章的嘉奖，对司马错、甘茂、樗里疾以及从未参战的魏冉等十多人加封军功爵，甚至对公子壮、向寿等年少的王族外戚也授封官爵。之后，秦武王在渭南兴乐宫设宴犒赏有功将卒，王族贵胄和文武大臣也参加了。这是秦国迁都咸阳后第一次举行这样特别的盛宴。

近百乘马车驶向渭南。左庶长甘茂邀白起同车,这让白起受宠若惊,一路上十分拘谨,一句话也不敢说。过渭水桥的时候,白起偶然抬起头来,发现前面的驷乘华盖马车渐渐慢了下来。突然,秦武王侧过头来,冲他喊道:"公孙起,考虑好没有,要不要做禁军虎贲武士?"没想到秦王还记得这件事,白起心里不太愿意,但又不知道该怎么回绝,毕竟对方已经是秦王了,伴君如伴虎,一不小心就可能惹祸。他看向秦王身边的禁军卫队,发现锐士任鄙骑马走在队列前面,显然是卫队的头领。在王的身边,可优先享受到很多好处,但这与白起的初衷相悖,他大声回道:"回禀王上,小卒对虎贲武士早已心向往之,只是小卒的体魄技能还需在沙场上锤炼三年。"

秦武王闻言并不生气,大声道:"好,记住你的三年之约!"他的驷乘华盖马车走得慢,其余车辆不敢越前,整个车队都慢了下来。秦武王从驭手那里拿过鞭子,"啪"的一声,扬鞭催马奋蹄,这位年轻的大王竟亲自当起了驭手,众人看得目瞪口呆。

白起随众人来到兴乐宫,他还从未进过王宫,真想好好看看。突然,一个靓影映入他的眼帘,是她?他走过去,却不敢靠得太近,隔着几丈远他依然看得那么清晰:她的鼻子小巧笔直,微薄的嘴唇不点而红——是自己思慕已久的绿衣女子。

周围的一切对白起都没有吸引力了。宴会开始,他记不得自己吃了什么、喝了什么,只把心上人的一颦一笑都印刻在了心里。

第二天，秦武王召集文武重臣在咸阳宫朝议，由右更樗里疾主持，议题有两个：其一，天下局势复杂，秦国应当采取怎样的邦交策略；其二，义渠、巴国内患已重，是抚是剿，派遣谁去。

张仪首先发表看法："臣九死一生，才能回来见到王上，楚王的确畏惧秦国，但即使这样，也不要让臣对楚国失信，请大王割让一半汉中，再与楚国通婚。"

司马错表示反对："臣听说，楚国的屈子出使齐国并没有达到目的，既然合纵联盟无法形成，秦国暂时也就没有了顾忌，而楚国也不可能主动来惹事。臣以为，和楚之事可暂时放一放。"

又有几人附和司马错，张仪也不好反驳，于是把话题转移到对待东方各国的策略上来，他说："东方发生大的事变，大王才能趁机多割得土地。听说齐王十分憎恨臣，臣居留在哪里，齐国必定要去攻打那里。臣请求到魏国去，齐国必定讨伐魏国，大王便可以趁机攻打韩国，进军三川，挟持天子，掌握天下的版图，这是帝王大业呀！"

太师颜率与张仪的主张完全一致，他们曾在先王面前争宠抢功，但总是被张仪抢了先。这一次，张仪又把他想讲的抢先讲了出来，他心里顿感不爽，于是说道："相国说得好，这也是大王正在考虑的。大王早有'下兵三川（黄河、洛水、伊水一带），以临二周之郊，据九鼎，按图籍，挟天子以令诸侯'的宏志。不过，相国应该知道，秦国的国力虽然越来越强，但还不足以同时在东、西两面作战，东进虽然重要，但义渠、蜀国平乱更为急迫……"

太师颜率滔滔不绝，樗里疾不好打断他，于是把目光投向秦武王。秦武王会意，马上说道："应对东方的战略，尚需细细筹谋。如今西北的义渠、西南的蜀国皆已反叛，寡人想对它们用兵，请众卿推举主将人选。"

众臣经过讨论，认为可以让严君樗里疾去平定义渠，司马错、甘茂去平定蜀国。秦武王早料到会是这样的结果，从即位那天起，他为了拉拢各方势力，花费了不少心思，但真正可用的也就那么几个人。樗里疾年老，还要负责都城的守卫，让他去打义渠、丹犁，实在有些不忍心，但不可否认他是最佳人选；司马错也不年轻了，如果让甘茂出任主将，可以给司马错减少一些压力，同时抑制他的权势。

想到这里，秦武王突然有了培养年轻将领的紧迫感，最终决定：公子壮随右更樗里疾入义渠、丹犁，是抚是剿，由樗里疾自行定夺；左庶长甘茂为主将，中更司马错为副将，入蜀平定叛乱；客卿魏冉暂代都城守卫之职。

第二天，张仪辞去相国之职，交出了相印。秦武王命人取黄金百镒赠给张仪，张仪却不肯收。秦武王不高兴地说："难道相国是嫌少吗？"张仪只好收下。秦武王又命人给张仪准备革车三十乘，随张仪前往魏国；他自己也准备和魏襄王在临晋会盟。

第四节 入蜀平乱

周赧王五年（前310年）仲春，甘茂、司马错率领数万人马，再次踏上了讨伐蜀国的征途。

司马梗第一次上战场，一路上十分忐忑，身子微颤不止，不知是因为恐惧还是寒冷。方洛加快一步走上前去，笑着对司马梗说："你这公子哥儿没吃过这种苦吧？等到翻越秦岭之后，你就不会冷了。"白起和他们并肩走在一起，插话道："不是翻越秦岭，是从褒斜谷穿越。不过，过了秦岭就能欣赏到春暖花开的美景了。"

司马梗问道："卒长你怎么知道？还要多久才能穿越呢？"

白起笑道："我就是在褒斜谷附近长大的。再走三天，差不多可到汉中。"

几天后，大军穿越斜谷，进入汉中。正如白起所言，秦军将卒在这里感受了浓浓的春意。不过，大家高兴得有点早了，因为要横跨汉中郡到南郑邑向西进入金牛道，才算真正踏上了入蜀之路。这条路，栈道千里，犹如天堑。

入金牛道至烈金坝，甘茂命白起、乌获为先锋，到前面探路，大军在后面二里处跟进。司马错叮嘱白起说："这一路多为人工栈道，上有绝壁，下有激流，凶险无比，千万不可大意；沿途又有十多处大小关隘，过每一关都要小心。"

白起等人走后，甘茂担心地说："司马将军，叛贼会不会在沿途设伏？"

"可能性不大，"司马错自信地说，"穿越巴山至古巴国约四百里，没有适合大队人马埋伏的地方，再说叛贼也不知道我大军何时经过，不太可能提前出动大队人马干等着。"

"那叛贼有没有可能毁坏栈道，以阻止我军入蜀？"甘茂又提出了一个担忧的问题。

司马错想了想，说道："这倒是可能。派先锋去探路，就是为了看看道路交通有没有被破坏。不过，敌方即使这样做，料想也不会破坏得太严重，毕竟毁坏容易重建难啊！"

甘茂点头表示赞同，但心里仍有些七上八下的。

突然，众人惊呼起来，原来栈道上有人坠崖了。白起跑上前一看，坠崖的竟是司马梗。他像壁虎一样扒着，绝对撑不过三十息时间。"快拿绳索来。"白起大喊一声，丢下手中的长戟和背上的弓箭，将绳索绑在腰上，又喊，"乌获你们抓住绳头，放我下去！"

经过众人努力，司马梗终于脱险。他惊魂未定，满脸是血，自嘲道："一个锐士，初次出征，若没有死在战场而置身鱼腹，那真成笑话了。"

又过了三道关口，前军逶迤到达牛头山侧，树林里，一条石阶小道曲曲折折地通到关上。白起对乌获说："从司马将军提供的草图来看，过了江，前面应该就是进入巴蜀腹地的葭萌关，叛军肯定会在此阻截，是不是该提醒大家提高警惕？"

乌获刚应声，突然传来一声呐喊，山坡上瞬间冒出了两队甲士，箭如雨点般飞来。原来，蜀相陈庄听说秦军到来，急忙向葭萌关增兵，并亲自坐镇督战；同时加强了牛头山和天雄关的防守，与葭萌关成掎角之势。

白起一边下令就地反击，一边带着十多个锐士向一处高坡冲去，但他们很快便被一阵箭雨挡了回来。白起让全体士卒后撤五十步，摆开防御阵式。他对乌获说："仅靠前军二百人攻上去显然不可能，但我们得探查清楚叛军的兵力，好向将军禀报。"乌获想了想，说："拦截我们的不过千余人，但守关的敌军肯定更多。只有破关上去，才弄得清楚。我们可以发起一次突袭，掩护几人上去查看叛军营帐，当可推断出大概的情况。"

白起点头表示同意："那就让锐士全体进行突击，你我各带十人从两侧突破。"

一声令下，二百名锐士疾如豹、猛如虎。司马梗冲杀在前，扑向一队叛军。这时，叛军如潮水般不断涌出，迅速聚拢，将突击的锐士三面围住。

白起带了十人从一侧冲上去，只见叛军的营帐从后坡一直延伸至葭萌邑城；向西望去，看不到敌营，只见牛头山上有战旗飘动。因为无法继续深入，白起下令突击的士卒迅速撤退。秦军锐士伤亡二十余人。

这时，甘茂、司马错所率大军在葭萌关十里外扎下了营寨，商议破关之策。司马错说："葭萌关地势险要，易守难攻，叛军只要有数千人守关，便足以挡住我数万大军。如果不能速胜，必会给我军带来不可估量的伤亡。"

甘茂说:"关隘不适合进行大规模阵战,很难速胜,能不能偷袭?"

司马错说:"偷袭当然可以,不过,即使偷袭葭萌关成功,后面还有更为险峻的牛头山、天雄关。如果叛军首领善于用兵,来一个前后夹击,我军就很危险了。"

二人正说着,白起、乌获赶回来报告敌情。甘茂得知叛军不少于两万,心里一沉。司马错也没料到叛军会有这么多,看来蜀国是举全国之兵了,叛首陈庄必定来关督战。司马错沉吟片刻,说:"擒贼先擒王,先把陈庄杀了,叛军就不会顽抗了。"

"可是,如何能擒住陈庄呢?如果我们攻势太狠,他势必会向西撤往蜀都,一路又是关隘重重,何时能捉住他?"甘茂忧心忡忡地说。

司马错说:"陈庄不太可能西逃蜀都,西边包括蜀都为百濮之地,如果那些大氏族知道因为陈庄叛乱而引来战火,极有可能会联手杀了他,哪里会成为他的后援?如果他败逃,多半是往南逃,经阆苑前往江州,他在江州若扛不住,可能会向楚国求助,那就更麻烦了。"

白起见两位将军面有难色,提议道:"两位将军,小卒认为唯夜袭可行。"

甘茂摇头说:"突袭已经被否决了。因为突袭成功后,将面临两种可能。要么我大军遭到葭萌关、天雄关的叛军夹击,被迫退回;要么我大军强行突破,不仅代价大,陈庄也有足够的时间撤走。"

白起闻言，立刻解释说："左庶长大人，小卒说的是夜袭牛头山、天雄关。"

司马错听懂了，呵呵笑道："真是突发奇想！天雄关四周群峰耸立，山势奇险，你是否知晓需从江岸攀岩才可绕过去，这岂是一般士卒能做到的？"

白起却信心满满地回道："我们是秦军精锐之士！我们能战胜一切艰难险阻！"

司马错与甘茂认为，倒也可以冒险一试，于是命白起为旅帅，率数百锐士，于当夜丑时出发去攀越牛头山，寅时以火箭为号，突袭天雄关；大军主力同时在正面佯攻，吸引叛军的注意力。突袭天雄关得手后，白起等人迅速转向南，截断陈庄在阆苑方向的退路。

夜深时，锐士在星光下快速奔向巴子梁。这道梁像极了一头牴牛低头喝水，从江岸的峭壁爬上去，就可骑上牛脖子。白起一声令下，乌获带着一队士卒率先攀岩。白起也带了一队士卒，开辟另一条道路。他手握一把斫山斧，每遇到岩石缝隙，就挥斧而砍，三两下就能放下一脚。

半个时辰后，数十丈高的峭壁已经被这两个勇士踩在了脚下。他们垂下绳索，其余锐士两路并进，全部爬上了牛头山。随后，白起和一个猎手出身的锐士同时射出两箭，将前哨射杀。白起数了数营帐及隐约可见的战旗，判断守军大约有一千人。他命四个卒长各自带领队伍包围敌营，准备突袭，然后又令信号兵射出一支火箭。

顷刻间,远远传来阵阵喊杀声。白起立刻下令全体出击,锐士们从昏暗处冲出,杀向还在睡梦中的叛军。白起一边砍杀一边大喊:"杀!不许留活口!"

牛头山上的战斗,很快就结束了。白起下令烧毁叛军营帐,然后整队下山,绕到葭萌关南侧,截断了唯一一条南去阆苑的道路。

次日卯时,白起发出三支响箭,甘茂立刻命主力发起正面强攻。陈庄见秦军要动真格的了,连忙命主力坚守关隘,他自己则带着数百亲兵,准备逃往江州。但他没有想到,白起早在半路上等着他了,眼看难以逃脱,他只得投降。

甘茂没费多大劲就攻占了葭萌关,叛军伤亡数百人,另有万余人投降。陈庄被白起押过来后,甘茂当着所有降卒的面,历数陈庄的罪状,然后亲自将他斩杀。

之后,甘茂跟在蜀国的内应、蜀国守张若取得联系,并派出两小队人马,一队向西去蜀都,一队向南去江州,宣读秦王谕令,安抚巴蜀官民。

第五章 息壤之约

第一节 武王东进筹谋

在甘茂、司马错率领平叛大军回师之时，秦武王也从魏国临晋回到了都城咸阳。在王宫东侧的校场，秦武王阔步登上看台。他身着黑色朝服，头戴琉璃珠王冠，神情肃穆，不怒而威。众人参拜礼毕后，秦武王对平乱的将卒行嘉奖令：凡平乱有功者，评功授爵，凡有军功爵者晋升一级；对有重大贡献的锐士卒长乌获、白起，晋爵三级，升为不更；对主将甘茂、副将司马错各给予黄金二十斤、绢帛百匹奖励，不再晋爵。

宣令完毕，场上数千将卒激情澎湃，欢呼声回荡在都城上空。

众人散去，秦武王召司马错到王宫。他开门见山地说："寡人的虎贲武士营刚开始组建，人数尚缺，不知道司马将军有没有什么好主意？"

司马错早就知道秦王嬴荡要组建一支禁军特别卫队,到诸侯国和周天子面前去炫耀,先王之所以给他取名为"荡",除了纪念成汤,还希望他以后能够荡平列国,一统天下。不过,耀王之威与耀国之威是有区别的,一个国家倘若要依赖禁军卫队去战斗,那么这个国家也就危险了。但这话可不能跟秦王直说,所以,司马错语气平淡地问道:"王上的虎贲武士营需预备多少人?"

"至少一千!眼下已有三百余人,司马将军有合适的人选吗?不限于军队内。"

在这次平叛中,司马错见识了锐士们的骁勇,先王临终前嘱托他要对锐士多费点心,他自然不敢怠慢,一有机会就让锐士们出去锻炼,使他们具有铁血意志、非凡战技和强大的心理素质,为他们植入老秦人耐战不怕死的精神内核。如果把一些优秀的锐士推荐给秦武王,相信能符合秦武王的要求。想到这里,他说:"先王征召的锐士已经成长起来,此次平乱,有个名叫乌获的卒长不仅臂力惊人,头脑也灵活,臣把他和他所带的百人举荐给王上,不知道是否合适?"

其实,秦武王最想要的人是白起,但被白起婉拒了两次。他不知司马错为何不推荐白起,于是问道:"这个乌获和公孙起相比如何?"

司马错回道:"各有所长,平分秋色。"

"乌获真的可与公孙起一比?"秦武王有点将信将疑,"寡人倒想亲自考查一下。还有更厉害的人物没有?"

司马错说："据臣所知，比他们二人更厉害的，只有蓝田军营第三校场校尉赵镛。但他已经年过不惑，在商君推行新法时就是屡建功勋的骑兵校尉，他一直不赞同军功爵制，所以不愿受封爵位，人们便称呼他为校尉。"

"这个校尉倒是有趣。"秦武王说，"若让他当虎贲教官，年龄不算大吧。"他既像是问司马错，又像在自言自语。

司马错见秦武王像先王一样对锐士有兴趣，便借机说道："如今各国都在打造精锐之师，臣下也想从步卒锐士中挑选精英，当骑兵专训，以作为王上东进先锋。"

"好，太好了！"秦武王大声说道，"对付赵、魏、齐的那些虎狼之师，我大秦决不能有一丝一毫的示弱。司马将军，这事你就自行处置吧，寡人只有一个要求，无论遇到多强的敌手，战则必胜。"

秦武王与司马错密谈时，白起也被传唤入宫，但不是去咸阳宫而是往高泉宫。白起对都城和外围王宫知之甚少，不知道高泉宫在哪里。一辆驷乘华盖马车载着他向西驶出咸阳城，然后走上他熟悉的道路。大约一个时辰后，白起下车被引进高泉宫。进到前殿，白起的目光快速扫过几个侍女，最后落在一个端坐于矮桌后、三十出头、雍容华贵的贵妇身上。

领着白起进来的侍从小声道："这位便是芈太妃。"白起愣了一下，忙趋前当芈太妃行礼。芈太妃不动声色地说："你是公孙公子，是吧？"她侧瞥了一下侍女，"看座。"

白起坐下后，芈太妃又问："你与犀首公孙衍是同宗吗？"

白起回道:"小卒不认识公孙衍,只听说养父与他同宗。"

芈太妃点点头说:"听说你的家族为嬴姓白氏,不知亲生父母为何人?"

"回太妃,小卒不曾见过亲生父母。养父告诉我,生母在我出生第二天就去世了。"

芈太妃若有所思,问:"你的亲生父母有没有给你留下什么信物?"

白起说:"生母留下了一块玉璧,这也是她留下的唯一的遗物。"他说着,从腰间拿出玉璧呈上。

芈太妃接过仔细翻看,随后放在矮桌上,没有退还的意思。之后,她转换话题说:"听说你与向寿比赛射箭和六博,两项都赢了,是吗?"

"是的!"白起点头应道。

"那你可识宫商谱?喜欢鼓瑟吹笙吗?"芈太妃问。

"小卒只言壮士之志,歌乐靡靡非我所好。"他正说着,突然发现芈太妃的脸色渐渐变得阴沉,忙话头一转道,"周人戒殷商竟日歌乐,孔子也戒郑卫之音,皆因为这极美之音,会使人沉溺其中。小卒也曾为琴瑟之乐所迷醉,担心不能自拔,所以不敢有此爱好。"

"青春年少,有几人能不喜歌乐?对了,公孙公子年方几何?"芈太妃又微微露出笑容,像突然想起来似的。

"小卒年至弱冠。"白起如实回答,他不知道芈太妃为什么对他这个对自己身世一无所知的无名之辈刨根问底,好在芈太妃只是点点头,没有再问下去了。

白起心慌意乱地从高泉宫出来,自己的玉璧也顾不得讨回。他做梦也没有想到,这次莫名其妙的觐见之后,芈太妃竟为他定下一门婚事,那块玉璧成了他与心上人的定亲信物。

此后半年多的时间,白起一直在进行骑射训练。司马错计划组建一支名为"铁鹰锐士"的精锐之师,训练目标是下马步战以超越魏武卒,上马骑战以超越赵、齐骑士与匈奴胡骑。白起有可能成为这支部队的副指挥,训练比其他人更苦。锐士卒长乌获,还有司马梗等二百人,都被秦武王选中,去了虎贲武士营。赵镛也成了虎贲营教官。这让白起很失落,幸好这时司马靳也加入锐士中来了。

在魏国,张仪取得了魏襄王的信任,第二次担任魏相。消息很快传到了齐国,正如张仪所料,齐宣王很不高兴,他忌恨张仪,更担心张仪重新组织连横,于是决定发兵攻打魏国。魏襄王闻讯,连忙找张仪商议对策。

张仪说:"大王不用担心,我自有退兵之计。"

魏襄王知道张仪有柱国之才,见他一副云淡风轻的样子,一颗悬着的心也就放下了。

随后,张仪派舍人冯喜去齐国游说齐王。冯喜对齐宣王说:"大王虽然恨张仪,但您如果现在攻打魏国,就恰好中了他的诡计。"齐宣王听了很是不解。冯喜又解释道:"张仪离开秦国到魏国,本来就是希望引起齐、魏交兵,秦国得利啊!"齐王一听,便立即罢兵。

消息传到秦国,正在谋划东进中原的秦武王嘀咕:张仪真乃神人,正所谓一言可以兴邦,一言可以亡国啊!他虽然不喜欢张仪,但张仪给秦国制定的"下兵三川,以临二周之郊,据九鼎,按图籍,挟天子以令诸侯"的方略却很合他的心意,他甚至有了重新召回张仪的冲动,于是召太师颜率、右更樗里疾、中更司马错、客卿魏冉等重臣商议。

颜率率先发言道:"老臣以为,东进早成必然之势,并非张仪之独见,怎么可能只有此人堪用?"他曾是周王朝的谋士,也是一张名嘴,从来没有服过张仪。

樗里疾说:"臣以为,不如趁各诸侯国观望、犹豫之际,加紧巩固我大秦的西边和南边,改善民生,加强军备,全面提升实力。"他主张暂缓东进,息兵养民。

魏冉则说道:"臣以为,当今的强国,秦、楚、齐实力相当,但还没有哪个国家有一举而扫天下之雄威,我大秦地处偏远,若想图谋中原,应当步步为营,向周边蚕食更为稳妥。"

秦武王闻言心中不悦,他见司马错一直没有说话,问道:"不知司马将军有何高见?铁鹰锐士还需要训练多久,才可以为大秦东征?"

"回禀王上,至少需要一年时间。"司马错回答得很干脆,他认为秦武王过于急功近利,所以不想当场表明自己的观点。

秦武王默然不语。就这样,东征的行动计划暂时搁置了。

第二年,张仪在魏国病逝,秦武王想起他为秦国所做的贡献,怅然若失。之后,他进行了官职改革,决定在王廷设置左、右丞相，任命樗里疾为右丞相、甘茂为左丞相，魏冉以客卿辅政，司马错执掌国家军事，公子壮负责都城守卫。同时，将乌达地区划归义渠戎国管辖，加强对义渠的军事威慑和政治影响力；又向蜀国派遣文武官员，负责治理地方。

第二节　息壤在彼

秦武王耐着性子等了一年，在新的一年（前308年）刚到来之时，他便急不可待地把甘茂召入宫中，询问东征之事。他对甘茂说："寡人想乘着垂帷挂幔的车子，通过三川郡，一睹周天子王城的辉煌。如果能满足这个愿望，即使死去也心满意足了。"

甘茂的军功爵仅为左庶长，却行使丞相之权，也算是一步登天了。但作为客卿，他行事又不得不小心谨慎。入宫之前，他就料到了秦武王要说的事情，于是应对道："大王若真有此意，为何不请魏国一同出兵伐韩呢？"

秦武王笑着问道："难道丞相早有筹谋？"

甘茂不置可否，只是说："请允许臣下出使魏、赵两国，与两国相约去攻打韩国，并请官大夫向寿和我一同前往。"

秦武王爽快地答应下来。

甘茂和向寿率领百余随从，来到魏国的都城大梁。魏襄王得知秦使到来，第二天便召见了他们。甘茂一番慷慨陈词后，魏襄王同意和秦国合作，一起攻打韩国。

甘茂回到驿馆，对向寿说："你回国告诉王上，魏王愿意共同攻打韩国，但是请王上不要出兵。"

向寿有点摸不着头脑，问道："敢问丞相，为何不让大王出兵？"

甘茂说："我在魏国还有要紧之事没有办妥，你只管照我的吩咐禀奏即可。"

于是，向寿先行回国，向秦武王如实奏禀。秦武王大为不解，不高兴地问道："为何不出兵？"

甘茂从魏国回来时，秦武王亲自赶到息壤迎接他，并询问道："丞相既然已经下定决心攻打韩国，魏国也已经同意，为何反而劝寡人不要出兵？"

"出使大梁前，臣极力赞同王上出兵攻打韩国，然而当魏王答应出兵时，臣才查清宜阳之外已是强兵齐聚。而且，宜阳是一个大县，上党和南阳的财富积累已经很久了。它名义上是一个县，其实相当于一个郡。现在王上要离开自己所凭据的几处险要关隘，奔袭千里去攻打它，取胜是很难的！"甘茂神情镇定、不疾不徐地说，"从前，孝子曾参居住在费邑，鲁国有个和曾参同姓同名的人杀了人，有人告诉曾参的母亲说'曾参杀了人'，他的母亲正在织布，听了这话仍泰然自若。过了一会儿，一个人又来告诉她说'曾参杀了人'，曾母仍然神色自若地织布。不一会儿，又有一个人告诉她'曾参杀人了'，曾母赶忙扔下梭子，翻墙逃跑了。曾参是贤德之人，他母亲对他也绝对信任，有三个人说曾参杀人，曾母就相信了。现在我的贤能比不上曾参，大王对我的信任也比不上曾母对曾参的信任,可是怀疑我的决非只有三个人,我担心大王也像曾母投杼而走啊!当初,张仪向西兼并巴蜀的土地,向北扩大了西河郡之外的疆域,向南夺取了上庸,天下人并不因此赞扬张仪,而是认为先王贤能。魏文侯让乐羊出兵攻打中山国,打了三年才打下。乐羊班师回国后要求评定功劳,魏文侯却把一箱子的小报告拿给他看,吓得乐羊一连两次行跪拜大礼说,'这可不是我的功劳,全靠主上的威力啊!'如今我只是一个外来的臣子,樗里疾和公孙大奭二人会以韩国国力强大为理由,与我争论攻打韩国的利弊,大王一定会听从他们的意见,这样就会造成王上欺骗魏王,而我却要遭受韩相公仲侈怨恨的局面。因此,臣才劝王上不要出兵伐韩。"

秦武王闻言肃然,说道:"我跟你盟誓,不破宜阳,绝不班师!"

甘茂见秦武王如此果决,十分感动,决定亲自率兵东征,誓要夺取宜阳。

在蓝田大营第三校场,从锐士和重甲骑兵中精挑细选出来的"铁鹰锐士"还在紧张训练之中。司马错承诺的一年时间已经到了,甘茂要点兵,"铁鹰锐士"自然是首选。

这天结束训练后,白起正在琢磨赵国"胡刀骑士"的刀法与自己剑法的优劣,司马靳掀帐而入,兴奋地说:"据可靠消息,王上与左丞相立下盟誓,东进韩国,不取宜阳不息兵。"

白起愣了一下,问道:"这可是重要军机,你怎么知道的?"

司马靳嬉笑道:"这算什么机密,不仅我这个小卒知道,连魏国、韩国的老百姓也知道。公孙兄,我一定要一战晋三级!"

白起一时想不明白秦王为何要如此高调地用兵。

周赧王七年(前308年)初夏,秦武王在咸阳城郊举行了隆重的郊祭。第二天,他给甘茂下达命令:"攻克宜阳,打通三川,五月进军洛阳!"

甘茂随即率步卒、车卒、骑兵及虎贲营武士数万人,开始东征。

苦等的司马靳没在出征之列,十分懊恼。白起劝慰他道:"不要着急。"

"大军都出发了,还有我什么机会?"司马靳沮丧地说。

白起道:"耐心等着吧。这些天正好把你那招'回戈一击'再练练。"

甘茂率军出发几天后,韩襄王便接到了来自宜阳的急报,虽然他早就知道秦国要出兵,但仍显得有些慌乱,忙召集群臣商议对策。

相国公仲侈说:"宜阳地势险要,西有崤、函诸山,东南有伊阙深谷,暴鸢的守军支撑两个月没问题。臣愿意领兵赶往宜阳附近驻扎,随时驰援宜阳。为确保万无一失,王上可修书一封给楚王,请楚国出兵增援!"

于是,韩襄王一边向宜阳增兵,让公仲侈率军入宜阳督战,一边派使者前往楚国求援。楚怀王在双重利益的驱使下,派柱国景翠率人马增援宜阳。但景翠并不是真心帮助韩国,他驻兵在楚韩边界，打算隔岸观火，坐收渔利。

处于焦虑中的还有周天子周赧王，他问大臣赵累："赵卿，秦国举兵攻打宜阳会是怎样的结局？"

"秦必取宜阳而休兵。"赵累语气肯定地说。

周赧王不解，说："宜阳地险兵重粮足，怎么说也能撑个两三年，况且还有楚国景翠的援兵伺机而动，寡人倒认为秦国不可能攻取宜阳。"

赵累分析道："秦王派去攻打宜阳的将领是甘茂，此人是寄居于秦国的客卿，以左庶长居左丞相高位，又领秦王的亲兵出战，倘若攻下了宜阳，那么他就会成为秦国的周公旦；如果没有攻下，那他必然被削去官职、赶出秦国。况且，秦王要以此战立威于诸侯，如果攻不下宜阳，秦王会被天下耻笑，所以臣认为宜阳一定会被攻下。"

周赧王听了赵累的话，更加心慌，急忙向楚国、齐国派出使者。

事实上，宜阳的确难打。甘茂率大军打了五个月依然没能拿下。消息传回咸阳，秦武王十分不满。这时，樗里疾和公孙奭趁机提出反对意见。秦武王传令甘茂撤兵。

甘茂和向寿、乌获、左成等正全力围攻宜阳，忽见秦王的使者到来，交给他一封密简，上面写道："丞相远征伐韩，多有辛劳，而今兵困宜阳，五月而不拔，可见其难。寡人念及丞相与秦师征伐已疲，不宜久战，请速退兵。"

甘茂沉思良久，亲自给秦武王写了封信，交给来使带回咸阳，然后继续攻城。他信中只有四个字："息壤在彼。"

秦武王看过后，立刻召集大臣商议破敌之策。樗里疾说："韩国宜阳城高墙厚，积蓄丰足，易守难攻，即使劳师伤财，也很难攻破。如果楚将景翠再动手，秦军就危险了。"

秦武王沉默不语。这时，大夫冯章也附和道："右丞相说得对，如果韩、楚两国联合，趁我军疲惫之时进攻，那么我方的处境就危险了。不如大王许诺将汉中郡割让给楚国，让楚国退兵，这样韩国必然被孤立，我军的胜算也就大了。"

秦武王思索良久，决定派冯章出使楚国，向楚怀王许诺割让汉中之地；同时派樗里疾率兵增援甘茂，争取速战速决；又封原蜀侯公子通之子公子恽为蜀侯，由司马错率巴蜀联军，监视楚军动向，伺机而动。

第三节　攻取宜阳

樗里疾是反对过早向东进军的，但秦武王决定遵守息壤之约，他只好听命出兵。

此时白起已任二五百主，领千名铁鹰锐士，走在大军的最前面。司马靳说："公孙兄今天真是威风啊，什么时候能成为右更大人这样的大将军？"

白起瞪了司马靳一眼，说道："行军中不许多言。"转而一想又觉得自己态度过于生硬，于是补了一句，"征战意味着杀戮，生死成败一半靠天命。"

司马靳打了个冷战，不敢再说话了。

樗里疾、公孙奭率领大军一路疾进，十日后进抵宜阳城外。白起在先锋之列，已随先头部队抵达城下，开始攻城。守城主将暴鸢见秦军勇猛，下令弓箭手加大射箭的密度和精准度，并让投石队做好准备。秦军一时损失惨重。

甘茂下令："传令下去，抛石器再靠近五丈，云梯位于中央，四周人手持盾牌护卫云梯，快速前进！"

谋士对他说："上将军，抛石器如果再靠近，就会受到韩军的弓箭威胁，甚至城上的滚石也会砸毁抛石器。"

但甘茂想在援军到来前作最后一搏，先攻破城池，他说："如果抛石器不能对城墙上韩军的强弩车造成打击，对城墙也不能造成破坏，那要它也无益。拼一下，或许会有突破。"

就这样，秦军将卒义无反顾地冒着箭雨向前推进，抛石器开始对城墙上的韩军造成打击；云梯也终于架在了宜阳城的城墙上，秦军士兵奋不顾身争抢着往上爬。不过，城墙上的石块仍不停地滚落，秦军被砸得惨不忍睹。

白起远远望见一队人马从远处而来，带起了漫天的尘土，飘扬的帅旗上有一个大大的"嬴"字。他兴奋地拍马上前，高声喊道："大秦援军到了！"

甘茂回头一看，铁鹰锐士已至城下，黑压压的一片。眼下他有两个选择。一是在援军投入战斗前，继续拼死攻城，若攻下了，则攻城功劳是他的；如果仍攻不下，他就要为惨重的损失承担罪责。二是暂停攻城。他思考片刻,决定鸣钲收兵。

甘茂将樗里疾、公孙奭迎入中军,一起商议破城之策。樗里疾的军功爵和职务都最高,作战经验也最丰富,但他还是把主导权交给了甘茂。甘茂首先通报了六个多月来的战况,说明了宜阳久攻不下的原因。宜阳守军虽然只有数万人,但守将暴鸢凭借山川之险,顽固坚守。秦军以各种方式攻城,都无功而返,伤亡不小。同时,韩襄王见秦军久围宜阳不退,担心日久生变,又让相国公仲侈率人马增援,使得守城兵力与秦军相当,攻城更加困难。

接下来,众将领各抒己见。有人主张集中兵力迅速拿下宜阳,虽然这要付出很大代价,但在无法引蛇出洞的情况下,也没有其他好办法;有人主张挖地道,潜攻入城,但地道入口至少要离城墙三十丈,穿越城墙入城也不会少于二十丈,总长超过五十丈,耗时费力不说,一旦被韩军发现,就前功尽弃了;有人主张一边围城一边分兵去拦截韩国援军,但是分兵后,攻城兵力就更加不足,说不定会遭到韩军两面夹击,更何况还有数万楚军在伺机而动。大家一时没有定论。

当天晚上,白起站在营帐前,望着五里之外的宜阳城发呆,空气中隐约弥漫着一股淡淡的血腥之气。白起不停地自问自答,突然一个想法冒出,他于是立刻转身去了甘茂的大帐。

这些日子,甘茂心中焦虑,面色憔悴,夜不能寝。这时,有人进帐报说白起求见。白起拱手行礼之后,不卑不亢地说:"自商君变法以来,大秦兵锋所向无敌,皆因上下同心,将卒尽抒己见,庙堂方能算无遗策。以小卒浅见,这次大军轻率东征,目的并不在于宜阳一城,但如果执迷于攻取坚城,大军必然陷入泥沼难以脱身。"

甘茂听了,不解地问道:"军中无戏言,你这话是什么意思?"

白起不慌不忙,娓娓道来:"大秦精锐之师久攻宜阳不下,并不是将卒不善战不勇战,而在于上将军太过执念于一城一池的得失。韩王知道您对宜阳志在必得,于是集一国强兵固守,韩军占据地利人和,即使上将军最终能攻破宜阳,也是杀敌一千自损八百。如果让大军佯装去攻打韩都新郑,在下不信韩军还敢固守宜阳不出战!"

甘茂听了白起的建议,觉得倒也可以一试。

第二天清晨,甘茂向全军将卒重申兵法及攻破宜阳的决心,然后说:"我们攻打宜阳已经五个多月了,却没有成功,实在是无颜见秦国父老!今日一战,胜则破宜阳,入城同庆;败则同死,愿天哀之。"

众将卒感慨万分,纷纷表示愿共赴死难。但甘茂只留下万余人攻城,主力十余万人分两路向城东进发,迎战韩襄王派公叔婴带来的数万韩军。白起率千余铁鹰锐士,乌获率千余虎贲武士,雷河率千余骑兵,作为先锋,突袭敌营,然后绕至敌后,断其退路,配合主力对韩军形成包围之势。

公叔婴没想到秦军会来拦截自己,慌忙组织反击。可是,他更没有想到的是,秦军不只是拦截,而是以主力对他进行围歼。等他反应过来时,秦军已经形成了包围圈。公叔婴气急败坏,大骂秦军不讲规矩,一边强力突围,一边派快骑到宜阳城求援。

韩相公仲侈正在宜阳督战,闻报大惊,同时也觉得这实在有些可笑,公叔婴是来增援宜阳的,现在却反而向宜阳求援。公仲侈本来不想出援,但对韩国来说,公叔婴所率的精兵占了全部精兵的将近三成,他不能坐视不理,只得从城中抽调数万人马,亲自率兵去援助公叔婴。

然而,公仲侈出城不久,就传来公叔婴已经溃败的消息。公仲侈经过权衡,决定立刻回城,以免宜阳有失。不料他刚掉转方向,便遭到秦军骑兵的拦击。因为一时无法突破秦军的阻击,公仲侈只能望城兴叹,命令韩军绕过宜阳城往北逃去。

宜阳城内的守军,得知公叔婴的援军被围歼,相国公仲侈带着主力出城后又一去不复返,顿时军心大乱。暴鸢也失去了守城的信心,率部乘夜悄悄逃出城,结果遇上围城的秦军,在黑夜中双方混战一场。暴鸢的人马死伤过半,宜阳城被攻破。

随后,甘茂整顿兵马,向北追击公仲侈的主力。公仲侈见势不妙,又改向东往都城新郑方向奔逃。甘茂率部渡过黄河后,与魏军相呼应,于次年初攻占了韩国的武遂邑。

第四节 问鼎中原

韩襄王闻知宜阳城被破,武遂邑又失,大惊失色,唯恐秦军乘势进攻都城新郑,忙问计于相国公仲侈。

刚刚逃回的公仲侈一脸羞愧,无计可施,便对韩襄王说:"臣以为,当今之计唯有向秦国乞和。"他还不知道甘茂根本就没有继续东进的打算。

韩襄王觉得自己损兵折将,又失去两城,还要低声下气去讨好秦国,实在是太憋屈了,但他思虑再三,也没有其他办法,只得派公仲侈去秦国议和。

秦武王攻打宜阳只是想为东进中原开一条道,并没有灭掉韩国的意图,现在见韩相公仲侈主动前来求和,自然是乐见其成。

这时,楚怀王也派使者景鲤来到秦国,向秦武王讨要冯章出使楚国许诺要割让的汉中之地。

秦武王故作惊讶地说:"之前寡人命冯章出使楚国,只是为了加深秦、楚之间的友谊,哪有割地一说呀?莫非是冯章仿照张仪的做法,再行欺诈之术不成?寡人最恨的人就是张仪,怎么会让冯章也这么做,待寡人责问冯章再议此事。"

景鲤唯恐重蹈张仪欺瞒逢侯丑的覆辙,坚持不肯退下,他对秦武王说:"大王可速召冯章前来对质,以明真伪。"

秦武王只得派人传旨召冯章入朝。待冯章入朝,秦武王便大声责问道:"现在楚国令尹景鲤前来讨要割让的汉中之地,你当初是如何承诺的?"

冯章装作一副无辜的样子回答说:"大王可以重重责罚臣,但臣不过是一个小小的大夫,哪里有资格自作主张割让汉中之地呢?"

景鲤闻言无语至极,赶紧回国将出使秦国的情况如实禀告楚怀王。楚怀王勃然大怒道:"以前寡人受欺于张仪,现在又受欺于冯章,此仇不报,寡人还有何脸面立于天地之间?"于是遣使前往韩国,想联合韩国一起讨伐秦国。

秦武王也不甘示弱,准备联魏伐楚。楚怀王担心联韩伐秦不成,反遭秦、魏伐楚之祸,经过反复权衡,他觉得还是和为上策,于是又派人带上厚礼前往秦国,再续秦、楚之谊,不再提及汉中土地的事情。

秦武王无端挑起战争,但打了一仗后,反而让韩、楚两国主动议和,这让他觉得拳头永远比舌头更有力量。他在得意之余,决定马上亲自率领大秦的精锐之师,开赴洛邑,耀武扬威于周天子城下。太师颜率奉承道:"经过宜阳,即可进入洛邑,十分便利,大王可借觐见周天子之名,观赏中原的风貌。"

周赧王八年(前307年)初夏,秦武王率领十几个近臣,由任鄙、孟贲等一班亲信武士护卫,另有随从及禁军千余人,从咸阳出发,到洛邑觐见周赧王,一窥周王室。

十多天后,秦武王来到宜阳城外。甘茂、樗里疾率领三军列队十余里,夹道迎接秦武王。白起也在欢迎队列中,看见秦武王从驷马华盖高车上走下来，头戴琉璃长冠，身穿玄黑锦衣，虎背熊腰，表情刚毅，浓眉大眼，不怒而威。

宜阳是秦武王即位以来秦军夺取的第一座城邑，对他来说有着特殊的意义。入城以后，他封赏了有功将卒。甘茂、樗里疾、公孙奭等高级将领皆晋爵一级；向寿、乌获、左成、白起等年轻一辈因战功显著，晋爵三级。白起晋为七等公大夫，已入"大夫"之列；方洺、司马靳等也晋升"士"之列。这也表明了秦武王优先提拔年轻将领的意图和决心。

司马靳对白起两次连晋三级羡慕不已，笑道："恭喜啊，你这是第二次'三级跳'了。若再来一个'三级跳'，你就是军中的娃娃将军了。"

秦武王在宜阳检阅了军队，命甘茂率领东征大军主力返回秦国，以防楚国毁约；又吩咐樗里疾率领百辆战车先行开路，驶往东周都城洛邑。

周赧王派亲兵列队迎接樗里疾，对他礼敬有加。楚怀王得知此事十分气愤，毫不客气地责骂周赧王自坏礼乐，不应当如此敬重秦国来的不速之客。周王室的谋士游腾赶紧替周赧王劝说楚怀王道："从前智伯攻打仇犹时，曾用赠送大车的方法，让军队跟在大车的后面，结果消灭了仇犹。仇犹为什么失败呢？就是因为智伯让他失去戒备之心啊。而今秦国如狼似虎，派樗里疾率百辆战车进入周都，居心叵测。周王派手持长戟的兵卒在前面、佩带强弓的军士在后面，表面上说是护卫樗里疾，实际上是对他进行监视，以防发生意外。作为周朝的天子，赧王怎么会不担忧周朝的天下呢？周朝一旦亡国，也必将给大王带来麻烦。"楚怀王听了游腾的话，转怒为喜。

数日后，秦武王亲率数千兵马，以虎贲武士营为开路先锋，巡游中原。周赧王听说秦武王来洛邑觐见，心中忐忑不安，不知是祸是福，亲自率领群臣到郊外迎接。秦武王见周赧王如此周到，也故作谦恭，向周赧王施礼表示谢意。二人相互客套一番，同乘"天子驾六"进入都城洛邑。

在秦武王面前，周赧王没有了真命天子的威严，一连几日在宫中设宴款待秦武王，并亲自陪同他游览洛邑名胜。秦武王在宴席上大快朵颐，还饱览了洛中独特的山川风光和人文景观，大开眼界。他政治野心极度膨胀，提出想要看看象征天下最高权力的九鼎，试试它们的重量。

九鼎象征天下社稷和国家政权，被夏、商、周三代奉为传国之宝。最初，禹王收取九州的贡金，用这些贡金铸造九鼎，荆、梁、雍、豫、徐、扬、青、兖、冀九州，每州各一鼎，并有本州的标记。鼎上还镌刻有本州的名山大川、奇异之物及土地贡赋之数。秦武王探知九鼎放在周王室太庙旁室之内，便奏请周赧王前往观看。

周赧王一听，脸色变得十分肃穆：这神圣之鼎岂是能随便让人参观的？可是，他知道城外驻有秦军百乘车兵和数千禁军，城内还有千余虎贲武士，哪里敢阻拦，只好答应说："三日之后，祭天观鼎。"

三天后，秦武王率领虎贲武士前往周王室的太庙观鼎，只见那九鼎一字排开，足、耳等处皆刻有龙纹，精美异常，确实是天下难寻的宝器。

秦武王虽然急于观鼎，但祭天之礼还是要参加的。他祭拜天地之后，进入周太庙焚香上礼，然后直奔九鼎而去，兴奋地说："果然名不虚传啊，不愧为镇国宝器！"任鄙、乌获、孟贲等武士也随之惊呼：这哪里是九座宝鼎，分明是九座小铁山，真不知到底有多少斤两！

周王室一个叫巫丰子的人说道："周平王东迁之时，将九鼎迁至洛邑，动用了数十万人，一路上舟载车负，辛劳至极。"

孟贲听了，指着龙文赤鼎，不屑地说："太夸张了吧，这只鼎我一个人就能把它举起来。"

秦武王上前细看，对身边的武士们说："此鼎就是雍州之鼎，也可说是秦鼎。寡人理应将雍鼎移至咸阳！"

周王室的官员连忙阻拦，说道："万万不可！此九鼎皆为镇国宝器，是九州的象征。九鼎在一起，象征着天下和平统一，怎么可以将一鼎移到咸阳呢？"

秦武王略显歉意地笑了笑，刚才高兴过头了，口快失言。他想掩饰无心之过，忙道："其实，寡人只是想知道雍鼎到底有多重。"

守鼎的老吏解释说："自九鼎铸成以来，从来没有哪个人敢称其重量，因而无人知晓鼎的重量。曾有人私下估计，此鼎约有千钧之重。"

秦武王回头问身后的武士："你等虎贲勇士，敢试举一下此鼎吗？"

任鄙回答说："臣力只能举起百钧的重量，此鼎重达千钧，别说是举，就是挪动一下恐怕也不行。"

乌获也摇头，唯有孟贲跃跃欲试。

秦武王见孟贲勇敢地站了出来，便说："孟贲，来来来，和寡人比试比试举鼎吧！"

"遵命，大王！"孟贲在一旁逞强道，"臣可以试一试，若不能举起，还请大王不要见怪。"

秦武王命人取来绳索，系在鼎耳之上。孟贲束紧腰带，挽起双袖，用两只铁臂套入丝络，猛地大喝一声："起！"只见那龙文赤鼎被举起半尺高。而孟贲因用力过猛，眼珠子都快掉出来了，血流不止，已然是力不能支，瞬息那鼎又重重地砸在原地。

众人见状无不惊叹。秦武王哈哈笑道："爱卿果然神力！到一旁休息片刻，看寡人一试。"

任鄙见秦武王真要举鼎，连忙上前跪阻道："大王乃万乘之君，不可与臣下一争高低，万不可试啊！"

樗里疾也上前谏止，但秦武王却不以为然地说："你们不必阻拦，寡人这次巡游洛邑，正是要让天下知晓本王的风采！"他卸下锦袍玉带，用大带束紧腰身，将两手套入绑在鼎上的丝绦，屏住呼吸，也大喝一声："起！"随之使出全身力气，只见宝鼎也离地半尺有余。

秦武王正要转步，岂料力尽失手，龙文赤鼎猛地砸落下来，正砸在他的右脚上，"嘎吱"一声，他小腿的胫骨应声而断。

秦武王大叫道："痛啊！痛死我了……"然后昏死过去。众人见状都大惊失色。任鄙、乌获等武士慌忙上前救助，合力将雍鼎搬开，呼唤半晌后，秦武王才苏醒过来。他的断腿血流不止，众人七手八脚地将他抬回驿馆，请来名医抢救。

当天晚上，秦武王流血过多而薨，享年二十三岁。年轻气盛、雄心勃勃的秦武王在位仅四年，他曾说"寡人生于西戎，未观中原之盛，若能通三川，一游巩洛之间，虽死而无憾"，没想到一语成谶！

秦武王临终时，嘱托樗里疾主政。樗里疾唯恐国内有变，不敢在洛邑久留，打算立即回国。

第二天一大早，周赧王听说秦武王因举鼎而死，大惊失色，唯恐秦国加罪，忙命人准备厚礼及高大棺椁，送到驿馆。樗里疾谢过周赧王，当即命秦军将卒收拾行装，护送秦武王的灵柩返回秦国，并严申："王上薨殁的消息千万不可传出去，违令者杀无赦！"

第六章 风雨如晦

第一节 燕地风雪

咸阳城的这个秋天注定多事。

樗里疾护送秦武王灵柩回到咸阳,当即尊王遗命,下令一百车兵与禁军暂驻骊山大营,以应对可能发生的紧急情况;追讨虎贲武士蛊惑秦武王举鼎之罪,磔杀孟贲,并族灭其家三百余口;将虎贲营中没有过错且战技超强的武士暂时归入铁鹰锐士。这样一来,乌获等人又重返锐士。

为了应对秦武王去世后各诸侯可能采取的军事行动,樗里疾紧急召回了正在巴、楚交界督导操练水军的中更司马错,又私下到客卿魏冉的府邸,与他讨论特殊时期的相关政务。

魏冉觉得越是情况特殊,越要谨慎从事,以免犯错。何况樗里疾只是右丞相,所做的决定未必正确,想要抓权,也得等大势明朗再说。所以，他推脱说："既然王上有遗命让任鄙辅政，那自然得让任鄙担当重任。"

樗里疾则没有魏冉那么多想法，处理大小事情都干净利落，待一切布置妥当，便为秦武王举办葬礼。

秦武王的葬礼办完后，天现异象，预示着秦国有大劫难。秦国境内，彗星频现于野，三川动，大地震。老祭师说这是天将降煞神于世，须祈求苍天保佑大秦。所以，需要让上千强健男子献血祭天。于是，白起等千余勇士献血祭天，以求大秦度过此劫。

此时，表面风平浪静的都城，实则暗潮汹涌。秦武王膝下无子，对于立何人为王，王廷内争论得非常激烈。惠文王太后想要立秦武王之弟、庶长公子壮为王，樗里疾说："礼制既定，这便是顺理成章之事。"惠文王太后见樗里疾也支持自己，以为成竹在胸，只待择吉日让公子壮即位。可是，王廷不少官吏却说公子壮性格鲁莽，脾气暴躁，不与大臣亲近，也没有治国之才，应当在诸公子中另选一人。

众多元老大臣因为不喜欢过于刚直的樗里疾主政，都告病不出。这让樗里疾一时不敢妄作决断。

芈太妃敏锐地把握住这一良机，心中开始盘算。经与同母异父的弟弟魏冉密商，她决定把自己在燕国做质子的长子嬴稷接回来继承王位。

不过，这还需要得到右丞相樗里疾的支持。魏冉找到樗里疾，游说道："公子稷才华横溢，又在燕国当质子，对国家有功。而且他目睹了燕国的复兴之路，多少长了一些见识。您认为公子稷如何？"

樗里疾一眼便看穿了魏冉的用心，淡淡地说："嬴稷虽然年少，但也算沉稳厚重。"

魏冉见樗里疾顺着自己的话意，也不拐弯抹角了，直接挑明道："太妃和王廷多数大臣都希望让公子稷继位，但这得由丞相最后定夺。"

樗里疾虽然军功爵最高，在王廷的职务也最高，但要巩固自己的地位，也需要魏冉一帮人的支持。这事他不便明确表态，只能沉默以对，但魏冉心里已经有了底。

此时白起已经完婚，但依然住在军营。这天，他所在的铁鹰锐士队伍刚刚休整完就接到命令，让他带领二十名锐士去执行一项特殊任务。白起没有多想，立刻从"两司马"方洛手下挑出二十人，全副武装赶往都城东南门。驻守城门的禁军拦住他们，不让进去。双方正在争执，魏冉、向寿等人走了过来。魏冉对白起说："你们不必进城了，全部解除武装，换上商人的服饰吧。"

他们换好服装后，过来了十多辆马车，其中有一辆雕饰精美的辎车，不知里面坐的是什么人。白起将利剑藏在车下，然后和方洛同坐一辆轺车，一路向东疾驰。直到过了函谷关，再向东北行进，白起才知道他们要去燕国，辎车里的人正是芈太妃。

为了与赵国交好，秦惠文王让他与芈八子（芈太妃）的长子嬴稷入燕为质。其间，为了报齐国的破燕杀父之仇，燕昭王重用郭隗，又在沂水之滨筑黄金台，台上放置几千两黄金，作为赠送

第六章 风雨如晦

给贤士的见面礼，以此吸引天下贤士。于是，乐毅从魏国、邹衍从齐国、剧辛从赵国，分别来到了燕国。燕昭王一眼就相中了来自中山国的乐毅，封他为亚卿。在一帮贤士良才的辅助下，燕昭王励精图治，与黎民百姓同甘苦，共命运。在嬴稷为质的这段时间，燕国逐步走上了复兴之路。

白起并不知道这些内情，只觉得燕国乃北方苦寒之地，此去路途迢迢，现在又正是深秋，这次必是一次苦旅。跋涉十多天后，他们进入了燕国境内。岂料天公不作美，他们刚在燕国边境的一个驿馆住下，一场暴雪便毫无征兆地从天而降。

芈太妃一脸阴郁，眼看风雪越来越大，她内心十分焦虑，让侍女去传唤向寿、白起等人来商量明日的行程。

白起说："铁鹰锐士不惧险阻，区区一场风雪岂能让勇士止步不前，只是太妃要遭点罪了。"

芈太妃之所以要亲自到燕国迎接嬴稷，是因为事先制定好了两套方案：一是先派人暗中告诉嬴稷，让他向燕昭王奏请出猎，锐士们则守候在猎场将他"偷走"，如果被监视他的人发现，就强抢；二是以向寿为使者，直接与燕国进行交涉，如果受阻，芈太妃便去求燕易王的王后（秦惠文王的堂妹栎阳公主）出面说情。

芈太妃思虑再三，决定明早天一亮就起程，风雪无阻。几天后，芈太妃一行终于来到了蓟城下。向寿带了一个护卫，持官方文牒入城，偷偷去见嬴稷，跟他商定脱身之计，其他人则在城外待命。向寿进城一个多时辰后，飞马回报："质子府的监护说，公子稷被赵国的使者赵固接走了。"

芈太妃闻言大惊失色，赵国接走公子稷要干什么呢？会不会是质子府的人说谎？她连忙问道："这是什么时候的事？"

向寿回道："就在今日早上。我们是不是应该赶紧去追截？"

"追截？"芈太妃一时难以决断，"万一是质子府的人欺骗我们，那岂不是误了大事？不知赵国这样做的目的是什么，追上了，他们一定不会承认；强抢的话，回程要经过赵国境内，不一定能够成功脱身。"

白起忍不住大骂道："该死的赵国人，难道他们想故技重演吗？让我们追上去，把那使者赵固的人全杀了！"

芈太妃思索片刻，说道："赵王还真有可能重演扶持燕太子姬职为王的那一幕。眼下事态紧急，不妨兵分两路，我进城去拜见燕易王王后，看看公子稷是不是真的被赵使接走了，弄清楚对方的目是什么；向寿、公孙起，你们弃车骑马追赶赵使。记住，是追赶，不是追击。"

白起说道："锐士都走了，太妃的安全谁来保障？不妨让向大夫带十人留下，我带十人去追。"

向寿立刻说道："不行，你见过公子稷吗？怎么追赶？还是我带人去追，你留下保护太妃吧。"

芈太妃想，追赶的过程中可能会遇到很多突发状况，向寿缺少应急处事的果决，事关重大，稍有差池便会满盘皆输。于是，她以不容置疑的语气吩咐道："向寿、公孙起，你俩都去，方洛带几人留下就行了。"

事不宜迟,向寿和白起带上十名锐士,骑马踏雪飞驰。三天后,他们在赵、燕交界处追上了赵国使者赵固的人马。他们估计了一下,赵固的人马多达百人。向寿还确认了公子稷就在其中,但他们没敢靠近,先派人将消息回报芈太妃。

进入赵境后,白起带着几个锐士一直悄悄跟随,处处小心,完全是商人的样子,赵国人丝毫没有起疑。但是,到了光狼邑,赵固的人马却停留下来。向寿和白起都很着急,不知赵固停下来要干什么,接下来会把公子稷送到哪里去。白起在白天装作若无其事的样子,仔细观察光狼城的环境,意外发现这个小城镇分南、北两街,南街不许外地人进入,显得格外神秘,他判断这多半是一个秘密的军事场所。

赵固直接把公子稷带进了南街。白起无法进去,只得等到晚上用飞钩翻越城墙潜入,发现里面全是粮草,果然是一个军事补给地。他没能找到公子稷,又不能久留,只好先翻墙出来,和向寿分析赵固下一步的去向。赵固没有把公子稷送去都城,那么,送他回秦国扶植为王的可能性极大。向寿立刻修书一封,派人急送给在咸阳的魏冉。

几乎同一时间,赵武灵王向秦国派去使者,表示他支持秦国立公子稷为王。右丞相樗里疾、左丞相甘茂、中更司马错、上卿魏冉等一班大臣,都对赵武灵王蛮横干预秦国内政十分不满,但是,赵武灵王与魏冉等人运作的意图是一致的,所以大臣们也没有提出异议。

这年冬天，赵国代相赵固将公子稷送回秦国。樗里疾、甘茂、司马错、魏冉等要臣、王室宗亲及外戚，在兴乐宫迎立十九岁的嬴稷为王，是为秦昭襄王。

嬴稷即位后，尊芈八子为太后（即宣太后），芈八子得以以太后之位主政；又任命上卿魏冉为将军，负责辅政并卫戍咸阳城。

第二节　内忧与外患

宣太后和上卿魏冉顺利帮助嬴稷登上了王位，并代为执政，但他们面临的内外形势并不乐观。

以惠文王太后及公子壮为首的一些人，对嬴稷继承王位非常不满，对芈八子被尊为太后并出面主政，更是忌恨得要死。秦惠文王在世时，芈八子只是八等妃嫔中的第四等，秦惠文王虽然宠她，但从未晋升过她的品级。在最尊贵的王后面前，芈八子简直就像婢女一般低下。秦武王嬴荡继位后，尊惠文王王后为惠文王太后，也没有正式晋封芈八子。而今，芈八子母以子贵，成了太后，惠文王太后哪能甘心？于是，她和秦武王王后等人极力推举公子壮继承王位，他们这一派伺机推翻嬴稷的王位，一场争夺王位的阴谋正在酝酿。

公子壮的爵位为庶长，秦武王生前让他掌管都城护卫，并赐予他兵符，但他能调动的人马只有骊山大营的禁军，还不包括虎贲营。在王廷中,他也没有结交权臣,深感自身实力不够,于是加紧与各大氏族结党。他巴结司马错不成,又极力拉拢甘茂。甘茂作为客卿,自然乐意被人拉拢,他让公子壮努力抓取兵权,拥兵自重,威慑朝野,他则暂居庙堂,静候良机。一时间,王廷危机四伏,边邑谣言四起。

为了安抚国人及元老氏族,宣太后宣布国人为武王守国孝一年,免赋税,除徭役。她又以秦昭襄王的名义,令左庶长公子壮率兵攻打卫国。

秦、卫之间既不交界,也没有大的矛盾,这样做显然是想将公子壮挤出庙堂。公子壮不敢抗命,但他手持兵符却无兵可调,于是就去请教严君樗里疾。樗里疾对他说:"上卿魏冉正领大军与魏国交战,你可以去找他借数万人马。"

公子壮闻言十分气恼,樗里疾明知魏冉一向瞧不起他,又怎会借兵给他,这不是故意的吗?这时,一个叫胡衍的辩士主动站出来帮助公子壮,他找到樗里疾,阐述了攻打卫国的利害关系,请樗里疾劝秦昭襄王收回成命。

樗里疾在朝堂上如实转述了胡衍所言,诸大夫都说严君中了辩士的诡计,只有左丞相甘茂默不作声。樗里疾大声辩解说:"难道我不知道这是辩士的诡计吗?我只不过是为公子壮着想,想让他出去见见世面,免得他在都城惹是生非,引火烧身。"众臣闻言都惊愕不已。

然而,公子壮和支持他的那帮人都不死心。公子壮想到朝廷中有左丞相甘茂暗中支持,还有惠文王太后和秦武王王后力挺,他那已经动摇的信心又坚定了起来。在这帮人的拥护下，公子壮擅自僭立，自称"季君"。

恰在此时，楚怀王因为怨恨韩国曾在秦楚丹阳之战后，联合魏国攻打楚国宛地，便乘秦国内乱而无暇帮助韩国之际，发兵攻打韩国的雍氏邑。韩襄王派相国公仲侈出使秦国求助。秦昭襄王面临内忧外患，哪有余力帮助韩国？公仲侈也不气馁，转而求助于甘茂，向他献上宝剑，三言两语便让这位渐受冷落的左丞相信心大增。

甘茂马上去兴乐宫觐见秦昭襄王，说："韩国正是因为有望得到秦国的援助，才敢以微力撼强楚。如今雍氏被围，秦军若不出崤山援救韩国，韩国虽然愿意仰首事秦却无法来朝见。韩国力单势微，在强楚的久攻之下，必然保不住，只得向南与楚国联合。楚国得到了韩国的地盘，势力必然大增，到时魏国也不敢不听从它的摆布，这样一来，大秦就危险了。秦国若援助韩国，韩国必衷心事秦，贡币献地，这对秦国来说是很有利的。"

秦昭襄王思虑再三，决定让甘茂统兵，以白起的两千余铁鹰锐士为先锋，驰援雍氏邑。不过，秦昭襄王心里也明白，秦武王曾经攻打韩国，韩国被打得很惨，韩国人的心里早已埋下仇恨的种子，只是暂时没有还手之力而已。他现在出兵援救雍氏邑，主要是担心楚国坐大。

楚怀王听说秦国出动了铁鹰锐士，也不想陪魏国硬抗了，连忙下令撤兵。楚怀王暂时还不想跟秦国撕破脸，两国时战时和，楚国对秦国的立场一贯是，如果联合对自己有好处，那就和；如果有机会通过战争获得更大的好处,那就战。既然夺取韩国雍氏邑没有多大好处,那就放弃算了。楚怀王转而将兵锋指向越国,打算将其彻底剿灭。

右丞相樗里疾因为得罪了季君公子壮,有一天外出时遭遇死士刺杀,幸得侍从拼死相救才没有大碍。刺杀事件传开后,王廷震动,秦昭襄王更是怒不可遏,下令禁闭咸阳城,誓要查出凶手。最终查出凶手竟是甘茂的门客,但甘茂并不知情,凶手承认是受季君公子壮的指使。秦昭襄王当即下令捉拿公子壮及其同党,将以叛逆罪论处。双方暗中调动军队,准备开战。

甘茂很幸运,没有因为此事受到牵连,甚至职务都没有变。秦昭襄王又派他和樗里疾一起攻打魏国蒲阪。出师之前,甘茂向秦昭襄王提出,把武遂归还韩国。向寿和公孙奭都竭力反对但未能阻止,因此对甘茂心生怨愤,经常在秦昭襄王面前说甘茂的坏话。正在作战的甘茂听到传言,心生恐惧,丢下大军逃亡了。

甘茂逃亡的第二天,樗里疾还想与他商议如何攻取蒲阪,结果传令兵报告说:"左丞相不在大营,去向不明。"樗里疾又召韩国使臣询问,答复也是不知甘茂去向。樗里疾便直接去甘茂大帐查问其亲随侍从,侍从回答说:"昨夜左丞相说要去查营,到现在还不见回来。"樗里疾这才意识到,甘茂一定是担心回国后被加罪而逃走了。无奈之下,他只得与魏国和谈,撤兵作罢。

甘茂投奔了齐国,公子壮由此失去了一个强有力的支持者,但他还想作最后一搏。他召集公子雍及王族贵戚,决定对咸阳宫发动突袭,并发誓说:"成败在此一举,不成功则成仁!"

公子壮和禁军都熟悉宫廷，又料定甘茂逃走后，秦昭襄王肯定会召集重臣商议对策。于是，他们在凌晨率五千禁军悄悄埋伏在咸阳宫周边，另派几千人在路口对前来勤王的人马进行拦截。

正如公子壮所料，一些大臣陆陆续续进宫来，接着，宣太后的华美辎车也驶进了宫，最后姗姗来迟的是秦昭襄王的驷马轩车。公子壮见时机已到，大喊一声："杀！"埋伏的禁军都开始冲杀。实际上，坐在轩车里的人是秦昭襄王的舅父芈戎，他们早已得知公子壮的阴谋，并制定了诱敌之计。

这时，禁军中有不少人反戈，公子壮心中暗呼不妙，率领一帮亲信一边抵抗一边撤退，准备跟在路口埋伏的禁军会合。然而，路口的那些禁军已经被白起的铁鹰锐士解除了武装。公子壮又想逃出城去，可魏冉调集的数万兵马已经封锁了各个城门。

公子壮见大势已去，破口大骂："楚贼！一帮无耻宵小！"把宣太后、魏冉和芈戎几个楚人骂了个遍，又骂右丞相樗里疾"忘记了祖宗"，最终力竭而束手就擒。

周赧王十年（前305年）初夏的一个阴霾日子，季君公子壮及其核心党羽被以谋逆罪诛杀，秦武王王后被遣还魏国。"季君之乱"至此结束。

这场动乱，很大程度上是赵国在推波助澜。在秦国王位空悬期间，赵武灵王的算计最深。当有嫡系支持的公子壮与庶出的公子芾争夺王位时，他就开始打起了自己的算盘。对赵国来说，秦国一旦王位尘埃落定，迅速恢复强盛，将对赵国构成更大的威胁。而送嬴稷归秦为王，一来可以令拥立公子芾的秦国实权派不满，使秦国继续内乱；二来嬴稷坐稳王位后，赵国也能凭此获取好处。

嬴稷继位后，赵武灵王派特使与其私立条约，互不攻伐，同时允许赵国吞并秦国庇佑下的东胡、义渠、空同诸国。主政的宣太后为了度过眼前的危机，只得忍痛答应。

第三节 以兵伐交，各谋其局

"季君之乱"平息后，秦昭襄王因为不能独立主政，而将很多精力花在了修建宫殿上。他在渭水南修建了章台，并开始为自己修一座离宫，名为六英宫；又在兴乐宫与咸阳宫之间建了一座桥，与西面的渭水桥同名，这样他往返于两宫之间就更加方便了。

白起升任铁鹰锐士的师帅后，在咸阳城东南门外靠近渭水边建了一栋小房子，跟妻子搬了进去，真正有了一个属于自己的家。二十几年来，他心里从未有过家的概念，从未有过父母的概念，也从未有过爱。而今，一走进这栋小房子，就有一股浓浓的暖意扑面而来，这就是他对爱最真切的感受。还有妻子的琴声，似乎总能碰触到他内心深处最柔软的那块地方，让他这个血性男儿也平添了几分柔情。

一年秋天，甘茂在齐国遇到了谋士苏代，得知苏代即将为齐国出使秦国，于是拉着旧友说："愚兄得罪了秦国重臣，他们在秦王面前进谗言，想要加罪于我，我害怕遭殃祸，只得逃了出来，现在已没有容身之地。"

苏代闻言，不觉哀叹说："甘兄天下奇才，为秦国屡立战功，没想到却落得如此下场，真是大不幸啊！"

甘茂哀声道："愚兄曾听说贫家女和富家女在一起搓麻线，贫家女说'我没有钱买蜡烛，而您的烛光幸好有剩余，请您分给我一点剩余的光亮，这无损于您的照明，却能使我同您一样享用烛光的方便。'现在我处于困窘境地，而您正要出使秦国，大权在握。我的妻子儿女还在秦国，希望您拿点余光救济他们。"

苏代点头应允道："甘兄请放心，弟必会尽力相助。"

不久，苏代来到秦都咸阳拜见秦昭襄王，将齐宣王的书简呈上，表示愿意与秦国联盟结谊，互不攻伐。秦昭襄王看了书简，非常高兴。苏代借机劝说道："在我所知道的客卿中，甘茂是个超群拔萃的士人。他在秦国居住多年，连续三代受到重用，从肴塞至鬼谷，所有地方哪里险要、哪里平展，他都了如指掌。如果他依靠齐国与韩国、魏国约盟联合，反过来图谋秦国，对秦国可不算有利呀。"

秦昭襄王说："事情已经发生了，还能怎么办呢？"

苏代答道："大王不如送他更加贵重的礼物，给他更加丰厚的俸禄，把他迎回来。如果他回来了，就把他安置在鬼谷，终身不让他出来。"

秦昭襄王说："先生说得好，寡人这就派人去办。"随即赐给甘茂上卿官位，并派人带着相印到齐国迎接他。

秦使来到齐国见到甘茂后,将秦昭襄王的旨意细述一番。但甘茂执意不肯回到秦国。苏代对齐宣王说:"大王,那个甘茂可是个智贤之人,现在秦国已经赐给他上卿官位,带着相印来迎接他了。不过,甘茂感激大王的恩赐,喜欢做大王的臣下,因此推辞邀请不去秦国。现在大王您拿什么来礼遇他?"

齐宣王说:"寡人久闻甘茂大名,那就封他与秦国一样的职位吧。"当即安排甘茂担任上卿,把他留在了齐国。

甘茂弃秦奔齐,被齐宣王赐予上卿之职的消息,在秦国引起了很大的震动。秦昭襄王知道后也忐忑不安,担心甘茂会游说齐宣王来报复秦国,于是免除甘茂全家的赋税徭役,和齐国争着招揽甘茂。

甘茂被齐宣王任用为上卿后,旋即奉命出使楚国。楚国刚与秦国通婚结亲,与秦国关系十分亲密。秦昭襄王听说甘茂正在楚国,以为有机会召回他,马上派使者前往楚国。秦使对楚怀王说:"我们大王复召甘茂为相,希望您把他送到秦国去。"

楚怀王心想,甘茂是齐国上卿,如果把他送去秦国,必会得罪齐国;如果拒绝秦王所请,又势必得罪秦国。他一时难以抉择,便询问大臣范蜎:"我想在秦国扶植一个既可以让秦王满意,又对楚国有利的丞相,您看谁合适?"

范蜎回答说:"我的眼力还不够,看不准谁合适。"

楚怀王又问:"我打算让甘茂去担任丞相,先生看合适吗?"

范蜎直截了当地答道:"不合适。有个叫史举的人,是下蔡的城门看守，他大事不能事国君，小事不能治家庭，以苟且活命、人格低下、节操不廉而闻名于当地。可是甘茂侍奉他却很恭顺，这说明甘茂是个坚忍之人。因此，就秦惠文王的明智、秦武王的敏锐、张仪的善辩来说，甘茂能够一一侍奉他们，取得左庶长爵位而没有过任何失误和罪过，这是一般士人难以做到的。

"甘茂的确是个贤才，但不能让他到秦国任丞相。秦国有贤能的丞相，就不会对楚国有所依赖了，这可不是什么好事。况且大王先前曾把昭滑推荐到越国任职，他暗地里鼓动章义发难，搞得越国大乱，因此楚国才能够开拓疆域，边塞延伸至厉门，并在江东设置郡县。臣私下以为，大王的功绩所以能够如此辉煌，原因就是越国大乱，而楚国大治。

"而今，大王只知道把这种谋略用于越国却忘记用于秦国，臣认为您派甘茂到秦国任相是个重大的过失。但大王您一定要扶植一个对两国都有利的丞相，那就不如安置向寿这样的人。因为向寿对秦昭襄王来说，是舅家亲戚关系，二人好得同穿一件衣服，他才能平平，若能够直接参与国政，对楚国来说再好不过了。"

楚怀王采纳范蜎的意见，派使臣去请求秦昭襄王让向寿担任秦相。秦昭襄王权衡利弊后，认为向寿任相既卖了楚怀王一个人情，也能让亲楚的宣太后高兴，何乐而不为呢。于是，向寿以八等公乘爵位任右丞相，可谓一步登天。

秦昭襄王仍然不放心，怕甘茂对秦国不利，于是向楚怀王提出正式结盟的请求。楚怀王答应了，当然也是有条件的——秦国要把上庸之地还给楚国。周赧王十一年（前304年）秋，秦昭襄王又把白起的铁鹰锐士拉出去炫耀了一番，经魏国、韩国境内，来到楚国黄棘与楚怀王会晤，双方签订了"黄棘之盟"。

秦昭襄王这番操作，让齐、魏、韩三国紧张起来。此时孟尝君在齐国主掌朝政，他决定教训一下楚国，也对秦国予以警告。于是，他以齐宣王的名义写信劝告楚怀王吸取过去的教训，不要再上秦人的当。楚怀王一直犹豫不决。

次年，齐、魏、韩三国以楚国退出合纵，转而与秦国结盟为由，联合出兵伐楚。楚怀王闻讯，大呼"要亏本了"，得了一个上庸，竟惹来强敌入侵，现在只能向秦国求助，只是不知道秦国会提出什么条件。

秦昭襄王提出让楚国太子熊横入秦为质，楚怀王一听还很高兴，不就是派遣个人质嘛，又不是要地、要财宝。三闾大夫屈原却认为，楚国太子不能去当人质，这比失地失财严重多了。但是，屈原遭到了亲秦派的猛烈攻击。是年春，楚国太子熊横万般不情愿地踏上了前往秦国的道路。

秦昭襄王随即下令，让樗里疾、向寿各率数万大军，抗击齐、魏、韩三国联军。联军一看秦军摆出了拼命的架势，都不敢硬抗，未等交战就撤兵散去。樗里疾顺势攻下魏国的蒲阪、晋阳、封陵，向寿则再取韩国的武遂。

秦昭襄王让向寿统兵出征，显然是给他一个立功的机会。魏冉也想取司马错而代之，但一直没有机会。巧的是，蜀地郡守、蜀侯嬴辉趁机发动叛乱，司马错又被派往蜀地平叛。这对司马错来说可谓轻车熟路，嬴辉哪里是这位老将军的对手。司马错三下五除二就打败了叛军，将嬴辉及郎中令等二十七人斩杀，平息了蜀地之乱。

司马错心里也明白，这次派他外出平叛，最主要的目的是把他支出都城。他不愿意参与权力之争，认为守边安邦才是军人的天职，因此，他心甘情愿地待在蜀地，在当地设置郡县进行治理，同时继续训练水师，虎视楚地。

秦国此时内外得安，魏襄王、韩太子婴入秦朝见，秦国把蒲阪还给了魏国，使得抗秦合纵联盟又瓦解了。

第七章 战端再起

第一节 楚太子惹祸

秦、楚两国和好还不到一年，楚太子熊横却在秦国待烦了，经常惹是生非。一天他从酒肆回来，坐的马车与秦国一位大夫的车迎面相遇，道路狭窄，二人互不相让。大夫的手下斥责道："一个质子，竟敢横行霸道？快让路！"

熊横不屑地说："我堂堂楚国太子，岂能给一个小小的大夫让道？难道秦人一点尊卑规矩都不讲了吗？"

"这里可是秦国，你不过是一个质子，有何尊贵？"大夫的手下说着，就要动手将熊横的马车拉开。

熊横这边也不甘示弱，于是，双方开始动手互殴。这位秦国的大夫怕事情闹大不好收场，连忙劝阻道："大家住手，让这个废物太子先过去，免得吓破了他的胆。"

熊横的四个护卫有三个是秦国派的，当然不会太卖命。但熊横被惹恼了，抄起一根木棒，亲自参战。他见秦国大夫正从马车上下来，顺势一棒打了过去，秦大夫倒地身亡。

秦昭襄王闻报大怒，下令将肇事者全部捉拿押到大殿来，他拔剑要斩杀熊横，在众臣的劝阻下才作罢。熊横呢，不但不认错，反而偷跑回国了。秦昭襄王再也忍不住了，传令向寿、白起领兵去攻打楚国。左庶长嬴奂劝阻说："楚秦已结为姻亲之邦，又是太后的母国，多少还是得讲究点情面。如果王上一定要攻打楚国，最好不要自己动手，鼓动别人去打就好了。"

秦昭襄王问道："你有何妙计？"

嬴奂本是籍籍无名之辈，秦昭襄王为了制衡外戚的势力，才将他晋升到将军级别（左庶长为军功爵十等）。他回道："齐宣王时，齐国与楚、韩、魏等国就结成合纵，共同对抗秦国，而楚国与我大秦缔结'黄棘之盟'，合纵国已把楚国视为敌人，只因有大王帮着楚国，才使得齐、韩、魏等国不好动手，而今您有心教训楚国，齐王他们又怎会不乐见其成呢？"

秦昭襄王还是觉得合纵国不会轻易出兵，说道："齐宣王如今已去世，其子（齐湣王）田地继位，如何取信于他？"

这时，一直沉默的樗里疾提议道："我们不妨也往齐国派一名质子，让齐王出兵。"他顿了一下，接着说道，"臣还听说齐宣王招揽了一大批优秀人才，如淳于髡、田文、田骈、接予等人，我们也可以遣使去搜罗一批人才回来。"

秦昭襄王自然明白樗里疾的话外之音，向寿年纪轻轻、才能平平，他身居高位的很大原因是看楚国和宣太后的面子，现在既然已经跟楚国翻脸，向寿的相位也该换个能干一点的人了，这个位置的重要性不容许担任者徇私情。秦昭襄王考虑清楚后，便向齐国派遣使者，把泾阳君嬴芾送到齐国去作人质。

刚刚即位的齐湣王正急于立功树威，听秦使说明来意后，他高兴地一拍大腿，说道："好，正合我意！那我们这就开始筹备。"齐湣王本是花花公子，丝毫没有其父的沉稳大气，但做事雷厉风行。他任命匡章为主将，联合魏将公孙喜、韩将暴鸢、秦将嬴奂一起进攻楚国。

四国联军分头出发后，白起请见秦昭襄王，不客气地说："王上，战端一开，就绝无人情可讲，要打就不能只背负恶名而不得实利。四国中唯有嬴奂将军从未担任过主将，此战定然捞不到什么好处。臣以为，既开战端，当事五国的关系将更为复杂，不妨把水搅得更浑一点。"

秦昭襄王虽不断事，但头脑还是很敏锐的，他立马就明白了白起的意思：既然要打，就要打赢，并且要给秦国带来利益；但不能只打楚国，如果一下子就把楚国打垮了，秦国也就孤立了。现在有五国参与其中，这可是要挑起一场大战啊！秦昭襄王觉得事关重大，自己做不了主，于是召见樗里疾、向寿、魏冉等来商议，并向宣太后报备。见宣太后也认为白起说得很有道理，秦昭襄王便开始做应对混战的准备。

周赧王十四年（前301年）春末，秦、齐、韩、魏四国联军抵达楚国方城，楚怀王派大将唐昧率军抗击联军。双方兵力相当，楚军又占据地理优势，联军连攻数次，方城依旧不下。双方夹沘水列阵，相持长达六个月之久。

联军主将匡章因为不知沘水深浅，不敢贸然渡河强夺方城。齐湣王性子急，见匡章迟迟没有行动，很不耐烦，就派周最到阵前以苛刻的言语催促匡章赶快渡河作战。匡章可不给周最面子，他听了周最的申斥后，不卑不亢地说："对大王来说，撤了我的职务，杀了我，甚至是杀了我的全家，这都是大王可以做到的。对我来说，战机成熟的时候出战，战机不成熟时就坚守不出，这是我的职责；贸然出击，这是我不能做到的。"

周最虽然心中不快，但也不敢再对匡章发飙，只得悻悻离去。齐湣王听了周最的回话后，没有责备匡章，允许他自行处理前方军务。匡章既是老臣，又是文武全才，齐湣王也得对他敬畏三分。而匡章也不是那种不知天高地厚之人，越是得到国君信赖，越尽心尽责。作为四国联军主将，他又怎会不积极探求破敌之法？

这天，他派人察看河水可以横渡之处，由于楚军放箭，齐军的斥候无法靠近河边。一个在河边割草的人告诉齐军的斥候："河水的深浅很容易知道。凡是楚军重兵防守的地方，都是河水浅的地方；凡是楚军防守兵力少的地方，都是河水深的地方。"

齐军斥候便让割草的人坐上车，一起去见匡章。匡章听了割草人的讲述，喜出望外。当天晚上，他派精兵趁夜从浅水的地方渡河，突袭楚军严密防守的地方，经过一个时辰的激战，联军在沘水旁的垂沙大破楚军，并杀死楚将唐眛。

随后，联军乘势攻占了楚国的重丘。由于这场战争发生在垂沙，后世把这场战争称为"垂沙之战"。

为了把水搅浑，秦昭襄王派白起继续攻打韩国，占领了穰城；又命司马错从蜀地东下，挤压楚国的地盘。司马错奉命率巴、蜀军数万人，大船万余艘，米数百万斛，浮江伐楚，取商於之地，为黔中郡。嬴夋则负责攻打楚国，目的是迫使楚国屈服，试图将楚国的统治区域分割成几块。

但是，白起策划的大战并没有发生，因为全面开战的条件还不成熟。不过，各国已经预感到更为残酷的战争即将到来，各国是敌是友，会因局势的变化而变化，但是存是亡，则取决于一国的实力强弱和决策是否正确。

在相对宁静的暗夜，秦国继续攻打楚国，占据新城，杀了楚将景缺。赵国则再次攻打中山。另外几国则作壁上观。齐国为了不受秦国的干涉，暂时放弃了对邻国进攻，以维护刚刚与秦国建立起来的非正式盟友关系。

次年，齐、秦两国准备再次进攻楚国，楚怀王又派倒霉的太子熊横到齐国做质子，以离间齐、秦两国的关系。

秦国当即采取反制措施，派华阳君芈戎率大军出武关伐楚，一连攻占了楚国八座城池。接连的失利使楚怀王成了惊弓之鸟，他不明白，秦国不也往齐国派了质子吗，为什么楚国这样做就要挨打呢？

楚怀王正疑惑时，秦昭襄王又抛来了橄榄枝，他给楚怀王写了一封国书："当初寡人与大王约定两国为兄弟之邦，在黄棘盟誓，楚国派太子入秦为质，关系十分融洽。不料楚国太子辱杀寡人的重臣，然后不辞而别，寡人对此十分愤怒，这才派军侵占贵国边境。现在听说大王让太子到齐国做人质，求得和解。秦国与楚国彼此接壤，结为姻亲，互相亲善友好很长时间了，如果关系恶化，就无法号令诸侯。寡人希望能和大王在武关相会，订立盟约。"

楚怀王看罢心生疑窦，犹豫不决。大夫昭雎说："大王千万不能去啊，应派军队加强边境的防守。秦国是虎狼之国，早有吞并诸侯的野心，绝对不能相信秦王。"

三闾大夫屈原也极力劝阻。楚怀王幼子、令尹子兰则认为应该去，他说："为什么要断绝与秦国的友好关系？那样对我们一点好处也没有，反而会引发战争。"

楚怀王权衡利弊，再一次做出了错误的决定，应约前去会见秦昭襄王。楚怀王一到，秦军就封闭武关，将楚怀王软禁起来，随后押送到咸阳成为人质。

秦昭襄王在章台会见楚怀王，对待楚怀王就像对待附属国的臣子一般，不用平等的礼节。楚怀王大怒，后悔没听昭雎的劝告。秦昭襄王要求楚国割让巫、黔中的郡县给秦国。楚怀王想只订盟约，秦昭襄王则想先得到地盘。

楚怀王和太子都成了人质，楚国的处境十分危险。令尹子兰想乘乱登基为王，但遭到昭雎、屈原等正直大臣的反对。大臣们商议说："大王被扣留在秦国不能回来，秦王要挟我们割地，太子熊横又在齐国做人质，如果齐国、秦国合谋攻打楚国,那么楚国就有亡国的危险了。"他们打算拥立一位在国内的王子继位。

昭雎说道:"大王与太子都在诸侯国受困,今日又违背大王的命令另立庶子,国家以后就更不好管理了,这是很不合适的。"他提议假称楚怀王去世,到齐国去要求迎回太子熊横。熊横眼看王位难保,也急于回国,不惜与齐国草签协议,许诺割让楚国东地六座城池五百里土地给齐国,以求脱身。

齐湣王召见国相、薛公田婴来商议:"楚国想要割让土地,不如扣留太子,以便索取楚国的淮北。"

国相田婴说:"不行,如果楚国另立子兰为王,那么人质对我们也就没有了意义,还落了个不仁不义的坏名声。"

但有大臣反对说:"不对,如果楚国另立了君王,正好可以借机和新王做个交易,说'您给我们下东国,我们就替您杀死太子,否则,我们将和秦、韩、魏三国联合拥立太子为王。'这样,下东国就一定到手了。"

齐湣王考虑了两个方案的可行性后,最终采纳国相的意见,送楚太子熊横回国为王,然后向他按约索地,这样更加名正言顺。楚太子熊横回楚后,当即被立为王,这就是楚顷襄王。楚国通告秦国说:"依赖社稷的神灵,我国有君王了。"

这时,匈奴以头曼为中心进入河套地区,势力到达秦、赵、燕三国边境。一直处于蛰伏状态的燕、赵两国也紧张起来,新的战争正在酝酿。

第二节 赵武灵王化装访秦

自从把公子稷送上王位后,赵武灵王就一直在打秦国的主意,但他对强大的秦军感到恐惧,于是在国内推行全民"胡服骑射",扩充胡刀骑士队伍,誓与秦国一较高下。

周赧王十六年(前299年)五月,赵武灵王把王位传给年幼的儿子赵何,让相国肥义辅政,又将国内的要事安排妥当,之后就开始了一次奇特暗访之旅。他带着十多个"胡刀骑士",在盖满枯黄衰草的九塬上飞驰,再向西渡过黄河浅滩,继而向南直下,一天后抵达秦国上郡塞。

在当地人看来,这是一支胡人商队。但和普通商人不同的是,他们并不急于赶路,沿途都在用笔写写画画,言行举止十分奇怪。

几天后,这支胡人商队来到了秦都咸阳。这天,秦昭襄王正与魏冉、司马错、芈戎等人商议是否继续对楚国用兵,谒者王稽带着司空长史匆匆进来禀报说:"司空府来了一位胡人豪商,声言要用三千匹良马换取三百万斤精铁,司空府不敢擅断,特奏请王上。"

秦昭襄王心想,这胡人豪商还真是大手笔。三千匹良马对秦军骑兵来说可是宝贝,但精铁也是秦国紧缺的,属于管控物资,这笔生意还真不好做。他召见铁鹰锐士师帅白起和司空长史来询问。

白起兴奋地说:"如果胡商手中真有这么多良马,那还真是及时雨。"

司空长史却提出了问题:"秦国制造兵器战车、修建宫殿需要大量铜铁,我们自己的藏铁都不够用,需要从蜀郡长途运来,哪来三百万斤精铁?"

秦昭襄王看向司马错,现在张若、李冰正在蜀郡兴修水利,并建铁坊,铸造农业机械,应该有不少铁可用。但司马错却摇摇头,意思是根本没有那么多铁。

魏冉说:"一个商人要那么多铁干什么呢?能不能以金银购买他们的马,或是用其他物品交换?"

白起也表示怀疑,说道:"用我们紧缺的东西来换取另一种我们急需的东西,这事还真有点蹊跷。"

秦昭襄王说道:"那就先见见胡商,探个究竟。"

他让王稽去传胡商来六英宫面商。约莫半个时辰后,王稽领着胡商从六英殿东外廊道走来。众人齐齐望去,只见来人头戴一顶火红色尖顶翻毛帽,身穿墨色缎子左衽短袍,袍上织绣花纹,袍内露出银色镂空木槿花的镶边,脚蹬高筒革靴,一直护到膝盖下,一副胡人贵族的打扮。待胡商走近,细看,可见他那双剑眉下,犀利的眼眸不时闪过一丝精芒,脸如雕刻般五官分明,留下许多岁月的痕迹,又不失飒爽英气,只是少了点胡人的深目高鼻特征。

胡商并不胆怯,阔步走进殿来,不待别人介绍便将右手高高一扬,再收回胸前,行了一个抱拳礼。就在他扬手的一瞬间,白起敏锐地发现他腰间插着一把精致的短刀,这让白起的疑虑更深了。不过他没有声张,只是细心地观察胡商的一举一动。胡商大方中透露出一股自信,他身材不甚高大,但站在殿中给人一种伟岸坚毅之感。这种感觉不是来自他的外形,而是一种内显的气质,这哪是一个商人可比的?

秦昭襄王微微笑道:"先贤孔子说,'有朋自远方来,不亦乐乎',不知贵客可有同感?"

胡商刚要开口,像是突然想到了什么,说道:"边邦之人虽不懂孔子所言,却知此乃大王的待客之道,幸甚幸甚!"

秦昭襄王说:"寡人听说胡地老幼都善饮酒,特设宴与贵客同饮。虽没有胡地烈酒,但老秦酒清冽甘爽,也让人口留余香,回味悠长。"他说着,指着一矮桌,做了一个"请"的手势。

胡商也不客气,坐到指定的位置上。秦昭襄王举起酒樽,与胡商连干三樽。胡商哈哈笑道:"老秦酒果然是好酒!只是这三樽仅够润湿口舌,不知能否再来一坛?"

"好酒量!"秦昭襄王拍案赞道,又叫人搬来几坛酒放到各人的桌席上。他在燕国苦寒之地待了五年,没少饮烈酒,自信酒量不差,于是一边痛饮,一边与胡商海阔天空地闲聊。

胡商渐渐有了些许醉意,也少了些斯文讲究,他对众人说:"饮得几坛酒,算什么英雄好汉?只是你们中原人不知胡人罢了,别以为胡人的皮囊里装的是马奶子,真正的胡地英雄皮囊里全装着烈酒。壮士出征可以三日不食肉、不喝奶,但不能一日不饮酒。遥想先王当年……"他还想往下说，却发现自己失言了，连忙打住，转移话题，"只顾饮酒痛快，却把正事给丢在了脑后。恳请大王让我看看秦国的马队，比较一下与本商之马的优劣，如不逊色，好与大王商谈交换细节，不知可否？"

"贵商是想看猎人的马，还是想看骑兵的马？"魏冉一直没有说话，突然插了一句。

胡商愣了一下，说道："我听说大秦为了对付赵国的骑兵，专门训练了一支强悍的队伍，称为'铁鹰锐士'，强悍的军士需要强健的马匹。"

魏冉说："秦国确实有这样一支队伍，但并不是为了专门对付赵国，铁鹰锐士只是强大秦军中的极小部分，秦军的强大来自于万众一心，而不是某支队伍。"

胡商说："大将军说，秦国的铁鹰锐士不是用来对付赵国的，但据我所知，那赵王'变俗胡服习骑射'就是为了与秦军对抗，难道大将军就一点也不在意吗？听说前不久赵国在秦国边界设置了云中郡，秦国对此也能无视？"

秦昭襄王不客气地说："你一个商人，知道的还不少。秦赵两国的关系，不是你操心的事情。我大秦若真有与盟友赵国刀兵相见的那一天，相信两国也会光明正大地较量，而且我相信大秦的军队会取得最后的胜利。"

胡商似乎也觉得自己话太多了，连忙解释道："作为一个贩卖良马的商人，不多了解些这方面的消息，就很难赚到钱呀。还望大王宽恕！"

白起向秦昭襄王说:"王上,既然这位贵商卖的良马可以驯为战马,不妨让他见识一下什么样的马才叫良马。"然后他又对胡商说:"想必贵商的坐骑和马队也是良马,不妨双方各出五马比试一下,如何?"

胡商闻言,有点慌张地说:"商队的马都没有经过训练,怎么比得了将军的战马呢?再说天色也暗了,将军若一定要比,也得待明日。"说完,他赶紧告辞。

胡商走后,秦昭襄王问道:"你们有没有察觉到这胡商有些可疑?"

白起说:"王上,微臣可断定此人不是胡商,而是赵国的密探。他那马队的人极有可能都是赵国的胡刀骑士。待明日微臣强邀他比试,便能甄别真伪。"

"这个抓探子的任务就交给你了。"魏冉吩咐白起道。

第二天,秦昭襄王一早就派王稽去驿馆传唤胡商。王稽到了驿馆,发现胡商马队的人马都没有踪影,询问才知那些商人凌晨就离开了驿馆,不知去向。

听了王稽奏报,秦昭襄王眉头紧锁,对白起说:"要不要把他们追回来?"

白起回道:"微臣现在可断定那胡人商队就是赵国的胡刀骑士,胡商腰间的那把刀,正是赵王调动胡刀骑士的专用兵符。"

秦昭襄王忙说:"你的意思是说,那胡商是赵王赵雍假扮的?他还真是胆识超人啊!现在该怎么办?"

白起说:"我们应该装作不知情,暗中护送他们出关。"

"为何？"

白起解释道："秦、赵两国是盟友，若赵王在秦国境内出了意外，两国的关系定然破裂，现在秦国要对付的是齐、楚、魏，还不能与赵国翻脸。而赵国不仅要对付齐国和中山国，还要阻挡匈奴入侵，想必赵王也清楚当下的局势，不会轻易对秦国下手。"他又想了想，"请王上让臣去处理此事吧。"

秦昭襄王点了点头。随后，白起率铁鹰锐士百人，去追赵武灵王的"商队"。

两天后，白起在函谷关遇到了赵武灵王，笑着打招呼道："贵商这是要出关呀？不知为何不辞而别？"

赵武灵王见到白起，不由得有些心慌，说道："这单生意没能做成，又有急事要赶回去，走得实在匆忙，还请见谅。"

白起说："我王担心贵商在秦国境内人生地不熟，会被戍边将卒当作犯边的匈奴人，特命铁鹰锐士前来保护。"

赵武灵王一时不知如何作答，忙拱手告辞出关。回到信都后，赵武灵王对自己这次冒险之旅做了总结：秦国远比他想象的强大。

次年，赵国派楼缓入秦为相，秦国则默许赵国攻打中山国。此后几年，秦、赵、宋三国结为同一阵营，对抗东边和南边的齐、楚、韩、魏阵营。两个集团实力相当，谁也不能压倒对方。

第三节　楚围攻韩国雍氏

在分别以秦国、齐国为首的两大阵营中，韩国一直左右摇摆。楚顷襄王熊横即位后，做梦都想找仇家报复。他最痛恨的自然是秦国，但秦国接连出兵把楚国打得抬不起头，报复秦国显然不现实，而周边他可以欺负一下的只有弱小的韩国。

周赧王十七年（前298年），楚顷襄王发兵围攻韩国雍氏邑。

韩襄王闻报既疑惑又恐慌：韩国与楚国是合纵盟友，楚王熊横为何一即位就拿韩国开刀呢？他肯定是想报复韩国曾经加入四国联军攻打楚国方城。韩襄王与相国公仲侈紧急商议对策，派出两路使者，一路去向秦国搬救兵，一路则去向周王室请求粮草支援。

十二年前，秦国在丹阳打败楚国时，韩国坐视不救，楚怀王派兵围攻雍氏邑。韩襄王自知不敌，马上派相国公仲侈向秦国告急。秦武王刚即位，不肯出兵救援。公仲侈无奈，只得请秦国左丞相甘茂出面说情，秦武王经过权衡，派甘茂率军援救雍氏邑。然而，今非昔比，韩国已加入齐、楚、魏阵营，秦国还会出兵相助吗？韩襄王焦虑不安。

另一边，周赧王对于韩襄王请求粮草支援也是左右为难。周王室拥有的地盘小，收入本来就有限，加上几年前秦武王带了那么多人马来游览洛邑,把周王室储存的粮食都消耗尽了,现在周王室自己用粮都不够,哪有粮食支援韩军?况且,支持韩国就意味着与楚国为敌。

恰在这时,谋士苏代来访。周赧王向苏代诉苦,苏代说:"您何必担忧呢!我不但能使韩国借不到粮草,还能为您取得韩国的高都。"周赧王闻言非常高兴。

随后,苏代来到韩国,对公仲侈说:"这次策划并围攻雍氏的楚国将军是昭应,他认为韩国军队常年疲于兵祸,而且国内粮仓已空,没有能力守城,于是说服楚王攻打雍氏。"

公仲侈表示这些情况他都了解。苏代继续说:"可是,如今五个月过去了,城池尚未攻破,说明楚军攻城能力不足。况且,深入他国作战,后勤补给压力很大,军心也不稳。但现在韩国向周王室借兵粮,无疑是在告诉楚国,韩国已经撑不住了。如果楚王增兵,雍氏势必陷落。"

公仲侈点头表示赞同:"苏子所言极是,可是,我派去周王室的使节已经出发了,邦国之间也各有回应……"

"那也无妨,韩国为什么不把高都之地送给周王室呢?"苏代未等公仲侈说完,就打断了他。

公仲侈愣了一下,生气地说:"真是岂有此理!韩国不向周王室征兵求粮已经是最大的恩惠,你居然还为周王室索要韩国的土地!"

苏代心平气和地说:"把高都送给周王室,西周就成了韩国西部边境的牢固屏障,周赧王一定会依附韩国,这是秦国最不愿看到的。之前秦国攻打韩国，需要从西周借道，现在西周和韩国是一家人了，怎么可能助秦攻韩呢！"

公仲侈反复琢磨，觉得苏代的提议还是有利于韩国的，于是就听从了。

这时，韩襄王向秦国派出的使者铩羽而归。韩襄王不甘心，连续往秦国派出使者。说到底，楚国攻打韩国，也是楚顷襄王和秦国的矛盾引起的。楚顷襄王在秦国做质子时，杀人后逃跑，惹恼了秦国，把楚国一顿好揍；可楚顷襄王又到秦国的对手齐国去做质子，这摆明了是要和秦国死磕了。秦国如果真想教训楚顷襄王，按说可以出兵帮助韩国，可偏偏韩国又跟齐国亲近。因此，秦国决定对楚国围攻雍氏邑袖手旁观。

就在韩襄王几乎绝望时，有个人站了出来，此人叫尚靳。韩襄王病急乱投医，便让尚靳再次出使秦国。

尚靳风尘仆仆地来到咸阳城。这是他第二次来秦国，第一次来，还是秦武王举行登基大典的时候。现在大殿上坐着的是秦昭襄王，王座侧后还坐着宣太后。尚靳深呼吸后，对秦昭襄王开始了他的游说："王上，韩国和秦国乃唇齿之依，韩国的存亡直接关系到秦国存亡。东方诸侯入关图秦，韩国可以作为秦国的屏障，如今韩国遭到强攻，一旦亡国，则秦国的门户大开，对秦国不利。救韩实际上就是救秦，还望大王三思！"

尚靳这番说辞，不但是讲给秦昭襄王君臣听，更是讲给宣太后听。

果然，宣太后直截了当地说："韩国的使者来了那么多，只有尚子的话有道理。我大秦的军队战必有功,不能让将卒们劳而无功。"

尚靳是个聪明人,当即恳求与宣太后细谈。随后,宣太后单独召见尚靳说:"我以前服侍先王,先王把大腿压在我身上,我感到受不了;但他把整个身子压在我身上,我却不觉得沉重,这是为什么呢?因为我更舒服、愉快。现在援救韩国,如果兵不足、粮不多,意义就不大。如果举全国之力援救韩国,那么我能得到什么好处呢?"

宣太后的惊世骇俗之语,让尚靳听得面红耳赤。他说:"此事重大,需要亲自与韩王磋商。"

尚靳把宣太后的话原原本本地禀告韩襄王,韩襄王听后又喜又忧,他早料到秦国会狮子大开口。他找周赧王借粮,粮食没借到,反而搭上了一座城。现在找秦国帮忙,如果秦国再要几座城池,倒不如把雍氏邑直接让给楚国。

韩襄王想来想去,又派大臣张翠去跟秦国商谈具体的条件。张翠知道这是一次艰难的谈判,所以,即使韩襄王一再催促,他仍不紧不慢。一路上,他走走停停,到了咸阳也不急于求见秦昭襄王和宣太后,反而拜访起在咸阳的老友来。

秦昭襄王不解地问身边人:"韩王不是急于搬救兵吗?为何韩使迟迟不来觐见?"

有个大臣回答:"听说那个叫张翠的使者生病了。"另一个大臣则说:"韩使张翠可能是在等消息。"

"等消息?"秦昭襄王更加不解了,"难道是在等雍氏邑解围的消息吗？"

秦昭襄王等不及了，马上派人传张翠入宫。

张翠病恹恹地来了，秦昭襄王开门见山地对他说："韩国现在已经很危急了吗，怎么能让一个生病的人肩负如此重任？"

张翠语气平静地说："禀大王，韩国已经不是那么危急了。之前我王和相国寄希望于秦国的援助，才会倾力抵御楚国。如今雍氏邑被围已经五个月，兵竭粮尽，而秦国却提出了让韩国根本做不到的苛刻条件。现在主战的公仲侈已经束手无策，心生退意，不理朝政。而楚国也准备派使者说服我王让亲楚的公叔上位，总揽韩国军政。如此，韩、楚势必联合，雍氏邑还有什么危机可言呢？不仅雍氏邑没有危险，而且楚国还会答应为韩国提供粮草物资，一起对付秦国……只是我王还在犹豫要不要这么做，毕竟秦国还没有彻底抛弃韩国。"

秦昭襄王闻言脸色大变，他本想借机敲韩国一笔，没想到韩国要投向楚国的怀抱。他连忙和宣太后商议，最后决定派魏冉领兵救援雍氏邑。

第八章 崭露峥嵘

第一节 白起追孟尝君

齐湣王即位之初,秦昭襄王派泾阳君嬴芾到齐国做人质,一方面是为了联齐伐楚,另一方面也是想把名噪一时的孟尝君田文从齐国挖到秦国来。孟尝君在薛邑招揽能人异士、三教九流为门客,人数过千。他虽然未受齐王重用,但在诸侯国中具有很大的影响力。

孟尝君打算应邀前往秦国时,门客们都不赞成他远行。谋士苏代为他分析道:"公子,这回我来齐国,路过淄水,见到一个木偶人和一个土偶人交谈。木偶人对土偶人说,'你本是淄水西岸的泥土,被人捏成了人形。到八月间,天降大雨,淄水猛涨,你就会被冲坏。我真替你的处境感到忧虑啊!'土偶人却不屑地说,'真正应该感到忧虑的人恐怕是你吧。你看,我本来是由泥土生成的,即使坍毁,也只是回到泥土而已。可是你呢?本来是东方的桃木,被雕成人形。若下起雨来,水流冲着你跑,可就不知把你冲到哪里去了。'秦国是个如虎似狼的国家,您执意前往,一旦回不来,能不被土偶人嘲笑吗?"

孟尝君听了,决定不去秦国了。

秦昭襄王七年,右丞相樗里疾去世,秦昭襄王更感到"朝中无人"。向寿只能算是一个挂名的左丞相,其资历和才能都不足以支撑这个重要职位。为了招揽孟尝君,秦昭襄王设计将楚怀王幽禁于章台,目的之一就是背楚盟齐。可是,秦楚之盟正式破裂后,齐、秦两国也没有成为盟友。

宣太后并不赞成秦昭襄王招揽孟尝君为相,她说:"孟尝君虽然名声响亮,但只闻其名未见其人,先不要许诺他为相,应当考察他的才能德行后再作决定。"但秦昭襄王已经拿定了主意,派人以国书的形式将"聘书"直接送到了齐国。于是,齐湣王派孟尝君去秦国。

这一年,孟尝君携泾阳君嬴芾归秦。秦昭襄王出迎于咸阳郊外。宣太后仔细打量了一番孟尝君,还是不太认可他。在宴席上,她和金受设计,故意将写了孟尝君坏话的书简掉在地上,孟尝君看到后,装作若无其事,照常与众人谈笑。晚上,他派出高手"狗盗"去窃取书简,想看看上面到底写了什么,而这正好落入了宣太后的圈套。

宣太后将自己的考察结果告知秦昭襄王:"孟尝君太在意外界对自己的评价,说明他爱慕虚荣,这样的人并不适合为相。"

秦昭襄王不以为然，仍然拜孟尝君为右丞相，另以金受为左丞相、魏冉为上将军。

一天早朝时，秦昭襄王与群臣商议："今芈戎与左庶长嬴奂屯兵于新城，准备南下楚境，不知各位爱卿有何看法？"

孟尝君奏道："臣以为不可出兵。听说楚王熊横不久前倾国围攻韩国雍氏邑，结果韩国被秦国所救。于是，楚王熊横又把矛头指向秦国，打算与秦国拼死一战，因此不可小视。俗话说，'困兽犹不可斗'，何况泱泱大国呢？"

秦昭襄王又问："以丞相之意，应当撤兵吗？"

孟尝君解释说："并不一定撤兵。臣以为，如果想让楚国屈服，应当先礼后兵，这样才名正言顺。"

秦昭襄王问："何谓先礼后兵？现在老楚王都被禁于章台，何谈先礼后兵？"

孟尝君说："王上可遣使入楚，让楚王熊横将巫、黔中两郡割让给秦国，以换回老楚王。如此，不动刀兵便可得到两郡。如果熊横不答应，再发兵攻打，这样就名正言顺了。"

秦昭襄王点头称是，遣使前往楚国。然而，熊横好不容易才登上王位，怎么愿意让老楚王回来跟自己争夺王位，更不要说割地了。他对楚使说："既然秦国那么善待老父王，就让他在秦国安度晚年好了，请替寡人感谢秦王的美意！"

使臣如实回禀，秦昭襄王听了很不高兴。这时，左丞相金受求见说："此事是孟尝君故意为之。孟尝君的智慧远超常人，他是齐国人，现在虽然任秦国丞相，但他谋划事情必定是先替齐国打算，而后才考虑秦国。一旦他背叛秦国，秦国可就危险了！"

秦昭襄王闻言心有所动，金受趁热打铁说："臣听说赵国的楼缓也是当今名士，曾辅佐赵武灵王，在赵国推行全民胡服骑射，使赵国迅速强盛起来，可以说是经世奇才，可以请他入秦为相。"

秦昭襄王点头说："寡人久慕其名，只是未能相见。如果他正受赵王重用，又怎会愿意弃赵赴秦呢？"

金受解释说："臣听说赵武灵王已主动退位，自称主父。新赵王赵何并不像前王那么看重他。楼缓历来主张赵国要联秦而拒齐，与赵相肥义等人政见不合，所以在赵国郁郁不得志，已经有了弃赵奔秦的想法。"

秦昭襄王又问："如果召楼缓为右丞相，那么孟尝君应当如何处置呢？"

金受回答说："臣以为，以孟尝君的贤能，切不可再为齐国所用，不如杀了稳妥。"

秦昭襄王摇头说："孟尝君名闻天下，杀了他，寡人就会背负恶名，为天下人所不齿。"

随后，金受秘密派人前往赵国，将楼缓接到了秦国。

不久，又有大臣劝秦昭襄王杀了孟尝君，秦昭襄王终于默许了。孟尝君被软禁在馆舍里，既疑惑又恐惧，整天盘算着如何脱困。正当他无计可施之时，好友泾阳君嬴芾来探望他。他如同抓到了救命稻草，恳求嬴芾给他指条明路。

嬴芾在齐国为质子时，孟尝君有恩于他，他把内情如实告诉孟尝君，并献策说："我王兄宠爱燕姬，而且一向耳根子软，只要贿赂燕姬，让她在秦王面前求情，此事就还有回旋的余地。"

孟尝君马上派门客去私下拜访燕姬，燕姬答应了，条件是拿齐国那件天下无双的狐白裘作为报酬。但这件袍子已经被送给了秦昭襄王，还能到哪里找到这样的宝贝呢？孟尝君思索良久，突然愁眉舒展——那个门客"狗盗"又派上了用场。第二天晚上，"狗盗"潜入宫中，从秦昭襄王专门的储藏室里，将那件狐白裘袍偷了回来。

孟尝君将狐白裘献给燕姬，燕姬十分高兴，想方设法说服秦昭襄王放弃了杀孟尝君的念头。秦昭襄王准备三天后为孟尝君饯行，送他回齐国。不过，孟尝君可等不了三天了，当即率领十几个手下，骑马连夜向东狂奔。

两天后的深夜，孟尝君来到函谷关。秦法规定，函谷关口要到五更鸡叫才开门。大家正犯愁时，一个名为"鸡鸣"的门客站出来，"喔——喔——喔"学起了鸡叫。守关的士兵虽然觉得奇怪，但见孟尝君持有官方证件和出关办理紧急军务的印信，便打开关门，放他们出去。

孟尝君逃离咸阳的第二天早上，秦昭襄王还未上朝就得到奏报：馆舍的齐国人全都不辞而别了。秦昭襄王顿感不妙，后悔放松了对孟尝君等人的看管，让他们偷跑了。他即刻传令，让白起率铁鹰锐士百人火速追赶。但白起追到函谷关时，孟尝君等人已经出关好几个时辰了。

孟尝君逃离后，金受正式向秦昭襄王引荐楼缓。数日后，秦昭襄王正式拜楼缓为右丞相。

齐湣王派孟尝君去秦国后，一直感到内疚，现在孟尝君去而复归，他更加珍惜，立刻让孟尝君参与治理国政。孟尝君死里逃生，极度仇视秦国，在蛊惑齐湣王灭宋的同时，又开始筹谋如何向秦国复仇。他以齐国曾帮助韩国、魏国攻打楚国为由，鼓动韩国、魏国一起去攻打秦国。

第二节　冲击函谷关的第二股浪潮

在秦国担任过右丞相的孟尝君，对秦军的军事调配和军事部署了如指掌。此时，秦国由芈戎、嬴芾率领的秦军精锐仍在楚国征战；能征善战的司马错在蜀地统兵向东、向南扩张，拓展疆土；上将军魏冉代替司马错统筹国内军事，但国内并没有留下多少兵马，驻守在东部边境的力量尤为薄弱。秦军精锐中的精锐铁鹰锐士在"季君之乱"后，几乎变成了秦昭襄王的卫队，其驻地从蓝田换到了骊山；而白起也快成为侍从队长了，随时听命于秦昭襄王。这可能是因为秦昭襄王对那场叛乱还心有余悸，对禁军缺乏应有的信任。

在秦、楚、齐三个强国中，楚国几乎被秦国打残，若能打败秦国，齐国便是第一强国了。孟尝君遣使前往各国谋求"合纵"伐秦。

周赧王十七年（前298年）末，齐、魏、韩三国组成联军，由孟尝君挂帅，攻打秦国函谷关。韩襄王命大夫如耳为大将军，魏襄王命魏齐为大将军，齐国由名将匡章为大将军，三方各率大军在韩地会师，声势之浩大可谓前所未有。另外，宋国和中山国的兵马合兵一处，攻打秦国的盐氏邑作为策应。

函谷关地势险要，易守难攻，是秦国东面最重要的屏障，驻守在这一线的是向寿率领的秦军精锐。尽管联军十倍于己，但向寿相信秦军凭关隘坚守，完全可以以一当十，联军一时半会是拿不下函谷关的。孟尝君显然也知道这一点，他让联军在关前十余里安营扎寨，做好长期作战的准备，每天仅派几百人到函谷关隘口挑战。向寿则传令坚守不战。

秦王宫中，右丞相楼缓、上将军魏冉等重臣都认为，联军多半是在山东（崤山以东）有大动作，事先防止秦国出兵干预，那么作为联军之首的齐国，极有可能是强夺楚顷襄王许诺的东地六座城池。因此，他们大多支持秦昭襄王继续对楚国用兵，而不是向函谷关增援。

然而，这次他们的判断彻底错了，联军本就是要攻破函谷关，将秦国的强势压下去，使齐国成为真正的老大。孟尝君赖在函谷关不走，指挥三国兵马连番猛攻函谷关，但仍屡攻不下，双方相持将近一年。

向寿率领秦军在函谷关苦苦支撑，已经筋疲力尽，请求增援。秦昭襄王问道："函谷关的守军已经人困马乏，应当派谁领兵去替换他们？"

右丞相楼缓建议："现在秦国在南与楚国，在东与齐、韩、魏三国双线作战，形势十分不利，不如将伐楚兵马迅速调回，以援助函谷关。"

秦昭襄王说："丞相过虑了。现在齐、韩、魏与昔日相比如何？"他所说的"昔日"是指二十年前五国围攻函谷关的时候。

这时，一位见风使舵的大臣说："如今三国之力都不如昔日，而大秦威武之师却远强于往昔。"

秦昭襄王又说："昔日公孙衍合五国之师，数十万兵马伐秦，结果是什么？"

又一位大臣说道："五国兵马未能踏入函谷关半步。"

秦昭襄王哈哈笑道："昔日以五国之强，尚不能入函谷关半步，而今以齐、韩、魏的实力，又能把秦国怎么样？所以函谷关不足为虑。"

这时，正在为秦昭襄王抚琴的乐师中期愤然站起，毫不客气地说："大王所言错谬，当初晋国六卿掌权时，智氏最强，灭了范氏和中行氏，又率领韩、魏的军队在晋阳围攻赵襄子，决开晋水淹灌晋阳城，仅差六尺就把全城淹没。智伯坐战车出去巡视水势时，由韩康子给他拉马、魏桓子陪他坐车。智伯说，'当初我不知道水可以灭亡人家的国家，现在我才知道。汾水便于淹魏都安邑，而绛水便于淹韩都平阳。'魏宣子、韩康子二人听了，都不寒而栗！魏宣子用手肘碰了一下韩康子，韩康子会意，于是韩魏两军阵前倒戈，联合反叛智伯。后来智伯身死国亡，被天下人耻笑。现在秦国的强盛还没有超过智伯，韩、魏虽然衰弱，仍然胜过赵襄子被围困在晋阳之时。大王切不可掉以轻心啊！"

秦昭襄王立即收住笑容,说道:"先生讲得很对,寡人忽略了函谷关的危险,的确是寡人错了!"他转而向众臣征询如何增援函谷关。

魏冉说:"无论从楚国撤芈戎、嬴奂,还是从蜀地调司马错,都远水解不了近渴。不妨调遣蓝田营后备军和骊山营公孙起的锐士,赶往函谷关顶一阵子,等待大军回援。"

秦昭襄王听说要动用骊山大营的人马,坚决不同意,下令芈戎、嬴奂火速率伐楚的全部兵马援救函谷关,司马错也率蜀地半数兵马回援。

但是,一切都太迟了。孟尝君听说秦军正调兵遣将前来增援,马上命令联军发起猛烈的进攻。向寿见援兵迟迟没有到来,无力支撑,只好带残兵败将退出函谷关,退入关内腹地潼关。

周赧王十九年(前296年)春末,匡章率领齐军攻破函谷关。随后,三国联军一同进占秦国盐氏。

秦昭襄王听说函谷关已失,大惊失色,连忙召集群臣商议,哀声道:"今函谷关已破,伐楚大军一时难以回援,咸阳城危在旦夕。寡人打算与三国讲和,你们怎么看?"

右丞相楼缓说:"重兵压境下想要求和,势必要付出一定的代价,免不了割地。不知大王愿不愿意?"

秦昭襄王沉吟半晌,缓缓说道:"寡人为保大秦平安,可以割让河东之地,以此求和,孟尝君会答应吗?"

楼缓思索片刻,说道:"这代价也太大了一点吧。这么重大的事情,王上不妨跟公子池商议一下。"

秦昭襄王便召公子池进殿询问。公子池直截了当地说:"割不割地,大王都一定会后悔。割地,三国退兵,大王会可惜失地;不割,三国危及咸阳,大王会后悔不早点割地。"

秦昭襄王说:"那好吧,我宁愿因割地而后悔。"随后派公子池到盐氏邑的联军大营,面见孟尝君,表示愿割让河东三城请和。

但孟尝君并不满意,他是为复仇而来,土地对他和齐国来说毫无价值。魏、韩两国则十分满意。秦国将武遂还给韩国,将河外之地和封陵还给魏国。这样一来,秦国好不容易从魏国、韩国那里夺来的土地,又全数归还了。

第三节 赳赳老秦,共赴国难

函谷关吃了败仗后,秦昭襄王痛定思痛,深刻检讨与诸侯国的关系。

魏冉对秦昭襄王分析道:"当今天下,强者莫过于秦、齐、楚。函谷关之败,根由在于失和于楚,又结怨于齐。臣以为,若南联于楚,东结于齐,韩、魏就掀不起多大的风浪。"

秦昭襄王摇头说:"丞相所言虽然不错,可楚怀王熊槐客死于秦国,秦、楚结怨之深,不可能轻易化解。"

魏冉解释说:"使楚怀王受困厄而亡的人,是孟尝君,并非大王。秦国为了惩罚孟尝君,才招致三国联军攻打函谷关。

大王若派人护送楚怀王灵柩回去，说明真相，相信楚王不会不谅解。"

秦昭襄王点头应允。

此时，孟尝君已经和赵国平原君赵胜一同谋划再次伐秦。韩、魏、楚、宋等国纷纷响应。

消息传到咸阳，朝野沸腾，不少人传言：秦国这回真的要亡国了！

芷阳宫内，众臣也一脸惊恐，唯有秦昭襄王泰然自若。宣太后端坐于秦昭襄王侧后，开口道："六国大军来势汹汹，其威势远胜于前次。应该如何应对，诸位爱卿说说看。"

众臣皆垂头丧气，噤若寒蝉。这时，一个洪亮的声音响起："战！"众臣抬头一看，只见秦昭襄王霍然起身，高声道："寡人不议打不打，只要众卿说怎么打。"

宣太后见儿子如此果决，心中甚为安慰。

魏冉说："对抗六国联军，硬抗的话，我军会吃亏，也亏不起。以臣之见，不妨双管齐下……"

"何为双管齐下？"秦昭襄王没等魏冉说完，追问道。

魏冉下意识地看了宣太后一眼，接着说："一方面，调集精锐之师准备进行函谷关会战；另一方面，派遣使者到参战各国进行游说，瓦解联军阵营。"

宣太后点头道："此事刻不容缓，不容细细计议，立即去办吧。"

魏冉补充说："臣还想推荐两个人为一部主将，一个是九等五大夫任鄙，另一个是七等公大夫公孙起。他们虽然不在十等爵之上，但都是难得的将才。"

魏冉话音刚落，众臣就纷纷议论起来。这二人不仅没有担任一部主将的经历，而且军功爵也不够高，让他们担任一部主将，怎能让人放心，再说朝中并不缺大将啊！

秦国以耕战为本，民众有着浓厚的议兵传统，军队战力、将领才能、兵器长短、历次大战的经过，但凡有点阅历的人都能说道说道。朝中百官也没有明显的文武界限，每遇大的战事，无论朝野，知兵之士都可以上书国君，或出谋划策，或慷慨请战。

秦昭襄王见众臣争来争去，不耐烦地说："又不是任用主帅，何须议来议去？临战点将，就由将军府做主吧。"

魏冉办事素来果敢利落，很快就将前、中、后三军主将及兵种兵力配置安排妥当。

白起受命后，领前军向函谷关进发，经过一天一夜急行军，于第二天上午进抵潼关。白起下令让队伍小憩片刻，这时斥候来报：联军中的楚、宋两军已经半途撤回，赵军则止步观望。

白起闻报大为疑惑，他一边让胡伤速报主帅魏冉，一边令蒙骜和他一起率轻骑再探敌情，如有可能就对联军发动一次突袭。

数日后，敌情更加明了。秦使送回楚怀王灵柩，并讲明真相后，楚大夫黄歇意识到孟尝君发动六国伐秦是一场阴谋，劝楚顷襄王不要上当，不可出兵。楚顷襄王听从黄歇的建议，立刻撤兵。宋军原本就是被孟尝君逼迫而来，现在见楚军撤掉，也缩回去了。赵军既要在北面对付林胡、楼烦，又要在东面征伐中山国，自顾不暇，也回去忙自己的事情了。剩下的齐、魏、韩三军，见秦军摆出一副拼命的架势，哪敢与之一战？

这天深夜，孟尝君得斥候急报："伊阙、渑池两大营同时遭秦军夜袭，魏、韩两军已经逃奔河外原野！"

孟尝君一怔，莫不是魏、韩两国找借口撤军？这样一来，就只剩下齐国孤军奋战了，他深感无奈，长叹一声："天意啊！"随后也撤兵了。

第四节　一战惊天下

周赧王二十年（前295年），秦昭襄王将右丞相楼缓免职，改任上将军魏冉为右丞相。魏冉上台后，马上举荐、提拔了一批年轻的地方官员和军中将领。其中，任鄙为汉中郡守，白起升任左庶长。方洛、胡伤、司马梗、司马靳、雷河、王陵、王龁、蒙骜等少壮派都有晋升。秦国继续实行"南联于楚，东结于齐"的战略，以使秦国彻底转危为安。联楚之策算是初见成效，但"东结于齐"却迟迟难以实现。

秦昭襄王说："齐国是秦国最强劲的对手，秦国屡次与齐国结交都半途而废，而今齐国又是敌视秦国的孟尝君在主政，这是与齐国结交的最大障碍。"

魏冉说："要东结于齐，唯有让齐湣王先免去孟尝君的相位。"

秦昭襄王闻言，摇头说："这恐怕很难。孟尝君名满天下，战功卓著，齐湣王怎么会昏聩到如此地步，轻易免去其相位呢？"

魏冉笑道："如果派遣密使赴齐，暗中散布'孟尝君名满天下，世人都只知道齐国有孟尝君，而不知有齐王'。那样孟尝君必被取代。"

秦昭襄王看了魏冉一眼，称赞道："好计谋，只是不知派何人前往比较合适。"

五大夫吕礼主动请缨道："臣愿意去！"

吕礼是齐国人，一向与魏冉有隙，在官场上屡受排挤。如今魏冉大权在握，吕礼更担心自己会被穿小鞋，若能出使齐国，既可避开与魏冉的摩擦，又有立功的机会，因此他主动请求到齐国行离间之计。

吕礼悄悄来到齐国，暗中结交齐国名士，四处传播对孟尝君不利的谣言；又在齐国朝中收买了一些重臣，向齐湣王进献和秦之策。一天，齐湣王外出游玩，半路上遇到了一伙强盗。齐湣王怀疑是孟尝君的门客干的。事后不久，齐湣王便寻找借口，罢免了孟尝君的相国之职。孟尝君被罢相后，齐国朝中主张"和秦"的势力占了上风。

这个时候，各国的形势也有了一些变化：赵国发生"沙丘之乱"，赵武灵王推行的变革戛然而止；谋士苏秦由燕入齐，替燕国探听情报，准备与齐国开战；魏襄王薨逝，其子魏昭王姬遫继位；韩襄王薨逝，韩釐王姬咎继位。这些变化，使秦国获得恢复元气、整军备战的时间。

周赧王二十年（前295年）初夏，秦昭襄王在芷阳宫对群臣说："如今大秦'南联于楚，东结于齐'的谋略已见成效，正是东进中原的大好时机。众卿都说说，先从何处下手最为妥当？"

司马错说："以老臣之见，韩、魏两国君王新立，应当先伐韩、魏。"

魏冉附和道："司马老将军说得对，现在正是东伐韩、魏的大好时机。"

秦昭襄王问道："这两国中，先攻打哪一个呢？"

司马错说："先打韩国。"

众臣都表示赞同。秦昭襄王又问："那派谁去领兵呢？"

魏冉说："司马老将军本是最佳人选，只是年事已高；向寿、芈戎伐楚数年，身心疲乏，亦不宜为主帅。臣以为，公孙起年富力强，又是铁鹰锐士的旅帅，可担此大任。"

秦昭襄王有些不满："公孙起不是才晋升左庶长吗，怎么能做主帅呢？"

魏冉坚持说："臣认为军功爵并不等同于一个将领的真实才能。公孙起每次参战，都身先士卒，冲锋在前，无人能敌，而且他熟知兵法，瞻视不常，最善用兵，实在是大将之才。"

秦昭襄王于是采纳魏冉的意见，任命白起为东征主帅，向寿、芈戎为副帅，领兵伐韩。

几天后，大军进至宜阳，白起与向寿、芈戎商议后兵分两路，向寿领一路往韩国北部攻击，白起自领一路向韩国南边突进。是年深秋，向寿攻占韩国武始；白起攻占韩国重镇新城，然后合击伊阙（阙塞）。

即位不久的韩釐王听说连失两城，大惊失色，连忙征调兵马，以大夫暴鸢为大将军，率大军和伊阙城的驻军会合防守。暴鸢对韩釐王说："秦国以精锐之师突袭，我军准备不足，恐怕阙塞难以守住啊。"

韩釐王沉思片刻说："那就向魏国和周天子请求援助吧，韩国也是在帮周王室看守门户呀。而魏国与我国唇齿相依，定然不会坐视不理。"

事情正如韩釐王所料，面对韩使的请援，魏昭王命大将公孙喜（又名犀武）前去助战。周赧王还在忌恨秦武王讨要雍鼎之事，担心秦军再入洛邑，不但九鼎难保，周王室也可能亡于秦，于是暗中遣使向韩、魏两国送上厚礼，并派出万余兵马加入魏、韩联军。三方在伊阙投入兵力数十万人。

伊阙号称天子门户，也是韩、魏的西南大门，两山对峙，伊水流经其间，望之若阙，地势险要。当白起的人马赶到时，联军已据险扼守。时值隆冬，山上白雪皑皑，寒气逼人，山下的伊河水面上也结了一层薄冰。白起登上山坡眺望，只见"一水中分，天阙在望，中有穆穆，更兼苍苍"，伊水之东因有云雾，灰蒙蒙的一片，只能看见联军的战旗若隐若现，甚至都分辨不清颜色。

白起和向寿、芈戎商议道："韩、魏两军受到周天子的鼓舞，士气正盛，我们应该先避其锋芒，不可与之力战。联军驻守日久必生事端，到时再寻机攻之。"

芈戎说："公孙将军所言甚是，联军人数是我军的两倍，不可轻进。"

"最好将这里的敌情和我们的计划尽快禀报王上和丞相。"向寿说，"这是东进的关键一战，若能争取到更多援军和攻城装备，获胜的可能性更大。"

"我军善于冒险，但一定要有必胜的信心。取胜不在于兵多，而在于心齐，将每个士卒的战斗力发挥至最大。"白起说，"这里地形复杂，兵多无益。我想只将在函谷关驻守的二五百主（千夫长）蒙骜的轻骑调过来，不知二位将军意下如何？"

向寿接着说："应当派人速回咸阳请旨。"

白起认为，芈戎是王亲，说话比较方便一些，于是说："回咸阳请旨之事，就烦劳芈将军了，不知可否？"

芈戎心里虽然很不痛快，但也不好推辞，只得返回咸阳。很快，他从咸阳带来了秦昭襄王的旨意，封白起为左更，全权处置前线军务。蒙骜的轻骑也过来了。秦军士气由此大振。

白起探知，韩魏联军存在致命的内斗风险。韩国是这次联盟的发起方，却任命魏国的公孙喜为主帅。倘若两国战败，就说主帅是魏国人，将秦国的怒火从自己身上移开。这层微妙的算计，公孙喜也心知肚明。既然韩军已经给他们留了退路，他也就不客气了，让韩军全部挡在前面，这是秦军进攻无法避开的正面。他自己在侧后数里布阵，以保护联军的侧翼。

白起先派轻骑兵试探韩军的战斗力，发现韩国的弩手确实名不虚传。如果秦军正面突破，不仅无法避开韩军弩手，还要连续攻破三道方阵，损失不可估量。白起决定佯攻正面的韩军，利用联军的内部矛盾实行迂回突袭，打击侧后的魏军。

秦军一连几天发起了正面进攻，但每次都是一触即退。韩将暴鸢疑惑不解，他还从来没有见过秦军如此怯战，但又不敢主动出击。后面的公孙喜则看着韩军瞎忙活，闲暇以待。前线斥候报告说，秦军有可能会偷袭侧翼，但因缺乏具体的依据，公孙喜将信将疑，并未重视。正当他准备进一步探查秦军的作战意图时，秦军的铁鹰锐士、轻骑兵犹如神兵天降，冲杀到魏军阵前。公孙喜慌忙组织反击。

身先士卒的白起长剑一挥，喊道："起开，杀！"顿时，号角鼓声四起，秦军步卒从两翼蜂拥上去，抢夺了前面的几道山口。一场规模空前的关门搏杀开始了。浓浓的晨雾中，在不足十里的狭窄地带，两军展开了拼死厮杀！

魏军将卒人人穿着"三层之甲"，防护虽好，行动却很迟缓，难逃被砍杀的命运。秦军士卒杀得兴起，反而脱去铠甲和衣服，赤膊上阵，斩掉一个魏军甲士的头颅，就用绳子捆在腰间。

魏军渐渐力不能支，数万将卒所剩无几。混战中，主将公孙喜负伤，单骑向伊阙城逃去。年轻力壮的蒙骜大吼一声，风驰电掣般追了过去，将他拖下马来。

防守正面的韩将暴鸢，直到侧后的魏军全部被消灭，才发现上当了，想要救援魏军已经来不及。他立刻下令韩军往伊阙城撤退，但这也来不及了，秦军已经形成钳形攻势，正从两边围拢过来。暴鸢与秦军打过几次交道，深知秦人都能舍命一拼，他可不想就此丧命。于是，他不等大部人马形成有序撤退的态势，就带领卫队迅速突围。

白起见敌军想跑，当即下令围歼全部韩军。秦军车兵立刻在各路口安置蒺藜阵，再用战车连成壁垒。他们将长牌插在车的侧面，组成城墙垛口的形状，方便弓弩手从后面从容放箭。车阵的背面才是长铍手、长戟手和防止不测的骑兵。铁鹰锐士和轻骑兵早已冲入敌阵，一阵横冲直撞，将韩军的阵形冲散。因为没有了指挥官，韩军各部陷入各自为战的局面。秦军的铁鹰锐士和轻骑兵反复冲杀，又将韩军分割成三块。步兵则集中力量像分块收割庄稼一样，一块一块地将韩军士卒的脑袋砍下来。面对如狼似虎的秦军，韩军内心十分恐惧，像无头苍蝇般瞎冲乱撞，一部分有作战经验的将卒则依托山地营寨拼死抵抗。

秦军步卒将领王龁大吼一声，冲向一个山坡，数千步卒紧随其后。不一会儿，就有不少韩军士卒的头颅从山坡上滚落下来，韩军的绿色战旗被鲜血染红，山谷里血流成河。

围歼战进行了一天一夜，数十万韩魏联军几乎全军覆没，逃生者仅百之一二。

公孙喜等魏军将领被押去新城，白起想要劝降他们。公孙喜长叹一声说："先王厚待我们，今辱王师，即使能活命，又有何面目回去？纵然王上免罪不杀，我们心中难道不会有愧吗？不如以死报效！"魏军将领皆羞愧地垂下头。

白起仍然不死心，继续劝降。公孙喜大骂道："竖子，今日之事，唯有一死！魏国持戟百万，今日虽然战败，但仍有武甲之兵数十万。魏王明智贤能,治下谋臣良将不可胜数,岂是愚莽之邦可欺凌的?像你们这些庸才,难道不知函谷关之耻吗?魏军的强大岂是你们可以匹敌的!"白起闻言大怒,将公孙喜斩杀。

伊阙一战震惊天下,白起不仅创造了以少胜多的战争奇迹,而且因全歼韩军主力,使韩国无再战之力,一时名噪天下。

第九章 大战中原

第一节 选兵锋，所向披靡

白起从伊阙回师，秦昭襄王亲率大臣们出东门十里迎接。城中上万百姓涌向城外，列于道路两边，欢迎大秦的勇士归来。白起见秦王来迎，连忙翻身下马行礼。秦昭襄王从车上下来，亲手将白起扶起，然后与白起同车，去往六英殿。

白起受宠若惊，直到进入殿内，心中还有几分忐忑。结果，秦昭襄王把他留在大殿，独自进了寝殿。白起愣愣地站在大殿里，手足无措。这是他第二次进六英宫。他四下张望，发现正殿已经摆放了十几张矮桌凳，可能秦王要在这里宴客吧。他眼尖，瞥见自己的妻子在西内殿聆听一个人说话，他正要过去打招呼，却听出说话之人是宣太后，一下子紧张起来，于是佯装没看见，坐在一矮桌旁，等候秦昭襄王传召。

"公孙将军凯旋,见了自家娘子怎么也不相见?" 宣太后说。

白起无法回避,只得给宣太后行礼。

这个时候,秦昭襄王和王妃、芈戎、向寿等人也走进了大殿。宣太后说道:"这是国君亲自安排的一次私宴,不必讲究那些繁文缛节。今日公孙将军凯旋,按秦人的颛顼历,又正是冬至节,宴会的主客自然是公孙将军。"

白起忙不迭地给秦昭襄王行谢礼。他和妻子对视一眼,走向特意为他安排的、秦昭襄王右手边的矮桌。

秦昭襄王端起酒樽,与众人共饮。他说:"冬至养生,宜多谋而少动。尽管韩、魏在伊阙一战后,对我大秦恨惧交加,但一时半会也不敢兴兵报复。所以,这个冬季让大秦勇士好好休整一下,待来年再战,取得更大的胜绩。"

白起正想说些什么,第二道菜羊肉羹又端上桌来,秦昭襄王再次端起酒樽。这道菜让白起想起了养父公孙,这是养父最拿手的一道菜。如果养父此时能与自己同饮,该是多么幸福!然而,养父如今杳无音讯,生死不明。他想着,端起酒樽一饮而尽。

酒过三巡,白起说:"王上体恤东征的将卒,让全军休整待战,但臣认为伊阙一战只是打开了东进中原的南通道,眼下迫切需要打开秦、魏之间的北通道,我军休整只会给魏国带来喘息之机。机会稍纵即逝,宁在一思进,莫在一思停。"

秦昭襄王听罢深以为然。散席之后,他和丞相魏冉一起,召嬴奂、司马错、白起、向寿、芈戎等武将,到芷阳宫商议具体的细节。

大家认为白起的战略思想是正确的，但又担心将卒的身体吃不消而心生怨念。白起却自信满满地说："倘若王上能不打折扣地兑现对将卒的军功奖赏，臣便可以率领他们为国家赴汤蹈火。"

秦昭襄王表态道："绝对不亏将卒分毫！"当下再以白起为主帅，领兵马直指河东。

白起受命后，让东征大军全体休整五天；他自己则带着方洛、蒙骜、胡伤、雷河几个年轻将领，驰马奔向临晋关。两天后，白起就站在了黄河西岸，隔河眺望魏国的"蒲阪关"。胡伤是赵人，对这一带还算熟悉。他对白起说："这段河为南北走向，主干叫'西河'。河东是三晋的核心地区，扼守黄河内大拐弯部。河东又东联上党，西略黄河，南通汴洛，北阻晋阳，可以说是贯通东西南北的战略缓冲区。"

曾在这一带作战的蒙骜也说："蒲阪为舜都，安邑为禹都，也是魏国的故都，要想攻占这些城邑，首先面对的不是魏国的武卒，而是本地的百姓。"

白起问："盐氏距离安邑不远，先占领盐氏再围攻安邑，如何？"

"盐氏是安邑的主要物资供给地，"蒙骜回道，"借盐氏对安邑进行物资控制，是极为便当的。"

白起听了若有所思。当天晚上，他又顺河北上至上郡，查看冬季渡河的途径。待他返回咸阳，蓝田、骊山两大营的步兵、车兵、轻骑、铁鹰锐士东征队伍已集结完毕。

一个多月后，魏昭王接到紧急军报：秦军数万人马已渡河东进，河内已失数城。重镇垣城、安邑等皆遭到攻击，危在旦夕。

魏昭王闻报十分恐惧，问道："这秦军主帅是何人？大冬天跑来我河内闹腾！"秦人所称的河东，魏人称之为河内。

丞相魏齐也满腹疑虑："秦军这是要做什么？前不久刚与我大魏订立盟约，如今连个借口都不找了，就要直接开战？"

没有人回答，魏齐又问道："丢了几城？啊！丢了几城？"见还没人回答，他提高了声音，"有谁知道秦军主帅是谁吗？"

"听说就是在伊阙杀了公孙喜将军的那个杀神。"司徒芒卯低声回道。

秦国杀神公孙起？众人一听都噤若寒蝉。

魏昭王脸色阴沉，高声道："谁要是打败公孙起，封上将军！"魏国自庞涓战死后，就再也没有拜过上将军，这可以说是最高封赏了。

眼下魏军中有过主将经验的人，一个巴掌便数得过来。众臣想来想去，都认为魏齐、晋鄙、辛垣衍三人是最佳人选，但他们都没有要担当大任的意思。

魏昭王还年轻，使唤不动老将，他也不管那么多，强令他们三人领兵数十万救援河内，抗命者斩！魏齐身为丞相，不过是挂名应付一下，真上前线的是晋鄙和辛垣衍。为了笼络一下他们，魏齐摆了一桌宴席。

晋鄙和辛垣衍心里很清楚，这次别说打赢受封，能捡条命回来就已经烧高香了。魏昭王也看出他们信心不足，忙安慰他们说："河内六十余城，丢几座小城邑也不打紧。只要保住安邑、曲沃、蒲阪、左邑几座大城，你们就算立大功了！"

第二天，魏昭王率文武百官出大梁南城门十里，为晋鄙和辛垣衍壮行。

此时，白起的东征大军已兵分两路，其中，北路由白起亲自率领，沿大（黄）河北上，穿越吕梁至上郡，再从大河浅滩东渡。这是当年赵武灵王乔装入秦走过的路，魏人哪里料到秦军会从这里攻入河内，大小城邑的守军和百姓一片恐慌。白起的北路大军攻城略地，兵锋所至，所向披靡。

秦军南路由司马错统领，仍在临晋关与河对岸蒲阪的魏军对峙。南路秦军的作战意图很明确：一是吸引河东魏军主力，为白起的北路秦军打掩护；二是在不能顺利拿下蒲阪时，沿黄河南下，至潼关再向东，抢占洛邑西北的孟津渡、敖仓西北岸的广武渡口——并不是拦截魏军的援兵，而是让魏军援兵进入河内后，关门打狗，消灭魏军的有生力量。至于占不占地盘，除了重要关隘，对白起来说并不重要。

蒲阪在中条山北麓，扼蒲津关口（蒲阪与临晋合称）。魏国平常都以重兵驻守，而今秦军来攻关，魏军加强警戒巡逻力度，每次巡逻为一千步兵和一个骑兵闾（一百骑兵），另有预备后军数千人，驻军万余人。

司马错并不急于攻克蒲阪，只是把魏军的援军主力吸引过来。每天都有秦军从蒲津渡口过大河，蒲阪关前的秦军越聚越多。蒲阪的魏军据险而守，并不主动出击，他们在焦急等援军到来。

这天傍晚，司马错率军渡过大河。将近午夜时分，司马错下令发起进攻，秦军以攻击方阵迅速向前推进。

守关的魏军见秦军黑压压一片，不知有多少人，不敢出关迎战，只用强弩射击。秦军向防御墙逼近，但并没有强行攻关，也是只向魏军放箭。一番对射下来，魏军耗费的箭多达十万余支。

司马错之所以对蒲阪进行"大规模"夜袭，目的就是让魏军搞不清楚秦军有多少人马，心生恐惧而急求援兵，这样才能把魏军的主力引过来。由于守关的魏军不出战，司马错让向寿率领一部人马，顺着盆地向安邑逼近；他自己则抽身返回，沿大河南岸向东而去。

白起的人马在河东北边忙活了两个月，一连攻克二十几城后，魏昭王派出的援军才姗姗来迟，开进河内。

这天，魏军主帅魏齐在安邑召开军事会议，讨论秦军下一步要攻占的城邑，以及魏军的防御重点。河内那么多的城邑，要想全部守住几乎是不可能的。大家都认为，河内（河东）只能重点防守安邑、曲沃、蒲阪、左邑等五六个重镇和险关。

会议结束后，魏齐到安邑视察。他爬上城墙，星光下隐约可见秦军阵列排演有序，仅步兵军团在军阵战术上便远远强于魏军，更不必说秦人的勇武一般都高于魏人。秦军的冲车、云梯、望楼，山一般层叠矗立；轻骑和铁鹰锐士，皆手持戈矛，腰间挂一把长剑，黑色的盾牌森森闪光！魏国的武卒根本无法与之对抗。

"安邑只怕是神仙也难救了。"魏齐心里想着,仍然不明白秦军主帅白起的真实作战意图。安邑虽有吕梁、中条、太行(王屋)三山围着,但城池建在盆地上,近处无险可守,秦军为何围而不打?

转年,白起攻取了河东重镇垣城,司马错则攻占了轵关陉,将对河东地区形成关门之势。秦昭襄王喜闻战报,立刻传旨嘉奖,诏令白起任国尉,晋爵大良造。白起的军功爵已高出司马错,成为秦军统帅。

眼看河内的战局陷入困境,魏齐建议魏昭王与秦国和谈,不然,魏军援救河内的精锐之师将损失殆尽。魏昭王虽然不勤政,但也是个聪明人,认为没有必要与秦国在河内争夺地盘,保存实力更重要。于是,他派芒卯为使,到秦国进行和谈。魏国将河内的绛、安邑等地献给秦国,秦国则把垣城等地还给魏国。之后,围困安邑的向寿撤兵了。

秦昭襄王很满意,函谷关失地之耻也算是洗刷清了。他甚是得意,便向楚国提出联姻,不料遭到楚顷襄王的拒绝,他很生气,马上命距离楚国最近的司马错率部攻打楚国。司马错从轵关陉挥师向南,轻松拿下了楚国宛、邓两地。楚顷襄王无奈,只得答应和亲,从秦国迎娶新娘。但秦昭襄王并没有退还宛、邓两地,而是将宛封给了公子芾,将邓封给了公子悝。

第二节　秦、齐称帝闹剧

在秦军的威压下，魏国被迫割地与秦国讲和，但并没有换来真正的和平。

秦魏议和，使白起在河东的战略目标未能达成，他很不甘心，便派蒙骜的轻骑和商洛的铁鹰锐士出入于河东袭扰，但魏军并不应战。

就在秦、魏打打谈谈之际，赵惠文王摆脱了相国肥义的掌控，掌握了王权。他在蔺相如、廉颇、平原君赵胜、赵奢等文武大臣的辅佐下，对外以理折服强秦，对内从谏如流，借助有利的内外部环境，发展经济，重振武备，迅速提升国力。

魏昭王和魏相魏齐见秦国贪得无厌，却又无力抗拒，便暗中与正在崛起的赵国联络，把葛孽送给年轻的赵惠文王作为"养邑"，又把河阳献给赵国奉阳君李兑之子作为封地，试图联赵抗秦。

奉阳君李兑联络五国攻秦，但没有游说成功。秦昭襄王知道后，命白起、司马错狠狠惩罚一下背叛秦国的魏昭王。白起和司马错攻下了魏国的河雍、垣城等地。魏昭王发现赵国并不是那么可靠，又主动割地四百里与秦国议和。但白起不再吃魏国这一套了，继续攻打魏、韩两国的要地，占据大小城池六十一个。

秦军在白起的统领下，战无不胜，攻无不克。秦国的疆土已经足够辽阔，秦昭襄王野心勃勃，不再满足于王的称号，想要称帝以示尊严，准备取周而代之。

周赧王二十七年（前288年）十月，秦昭襄王派丞相魏冉出使齐国，与齐湣王相约称帝，一个西方大帝，一个东方大帝。

这时，一向对秦国怀有敌意的策士苏秦，专程从燕国赶到齐国见齐湣王。齐湣王迫不及待地问道："苏先生，秦国派魏冉送来了帝号，您认为怎么样？"

苏秦回答说："大王可以接受帝号，但不要马上称帝。秦王称帝后，如果天下安定，大王再称帝不迟。如果秦王称帝后，天下人都憎恶他，大王也就不要称帝了。况且天下两帝并立，大王认为天下是尊崇齐国呢，还是尊崇秦国呢？"

齐湣王不假思索地说："尊崇秦国。"

苏秦循循善诱道："如果放弃帝号，天下是敬爱齐国呢，还是敬爱秦国呢？"

"敬爱齐国而憎恨秦国。"齐湣王答。

苏秦感觉时机到了，便口若悬河地说："大王不要与秦国争高低，要趁秦王骄纵之机攻下宋国。宋王偃为人暴虐，人称桀宋。放弃帝号而征讨暴君，可以赢得好名声。一旦占有宋国，魏国的阳地也就危急了；占有济水以西，赵国的阿地以东一带就危急了；占有淮水以北，楚国的东部就危急了；占有陶、平陆，魏都大梁的城门就被堵塞了。攻占宋国好处很多，希望大王认真考虑。"

苏秦这样讲，其实都是为了燕国。几年前，苏秦曾潜入齐国做间谍，为燕国搜集情报，结果被人举报。他怕获罪，便返回燕国，但燕昭王却不给他官职。苏秦觐见燕昭王，说道："忠信之人一切为了自己，进取之人则是为别人；我弃家外游，就是要求得进取。"

燕昭王问："那苏先生你是'忠信'之人，还是'进取'之人呢？"

苏秦答道："像曾参一样孝顺，就不会离开父母在外面过上一夜，又怎能让他到燕国，侍奉处在危困中的国君呢？像伯夷一样廉洁，坚守正义而饿死在首阳山下，又怎能让他步行千里到齐国取回十座城池呢？像尾生那样诚信，抱柱而死，又怎能让他步行千里退去齐国军队呢？我正是以忠诚信实在国君面前获罪的呀。"

燕昭王又反问苏秦："你自己不忠诚信实罢了，难道还有因为忠诚信实而获罪的吗？"

苏秦便举了个例子："妻子与人私通，打算毒死丈夫，侍妾就假装摔倒打翻了毒酒。丈夫很生气，惩罚了侍妾。侍妾打翻毒酒，保存了丈夫和妻子，却免不掉挨板子。我的罪名跟侍妾的遭遇类似！"

于是，燕昭王又恢复了苏秦的上卿官职。

苏秦这次由燕赴齐的主要目的是劝说齐湣王以"伐宋之利"，要"天下爱齐而憎秦"。齐湣王权衡利弊，最终决定取消帝号，与赵国会盟，并停止进攻燕国，准备再次兴师伐宋。

稳妥起见，齐湣王又派苏秦的族弟苏代为使者，联络楚、魏，共同讨伐宋国。

秦昭襄王知道后生气地说："宋国刚与秦国结交，齐国就要讨伐它，寡人一定要援救宋国，这没什么可商量的。"

苏代又赶紧去秦国，为齐国游说秦昭襄王。秦昭襄王劈头就问："寡人爱宋国和爱新城、阳晋是一样的。齐国的韩聂和寡人是朋友，却进攻寡人所爱的地方，这是为什么呢？"

苏代说："韩聂进攻宋国，就是为了大王。齐国强大，再有宋国的辅助，楚、魏必然恐慌，一定会侍奉秦国，这样，大王不用一兵，不伤一卒，就可以使魏国割让安邑。"

宋康王正如苏秦所说，残暴不仁，荒淫无道，不听忠臣们的劝诫。后来有人给他出了个主意，上朝时随身带着弓箭，谁再劝谏，抬手就是一箭。他曾一天射杀景成、戴乌、公子勃三位大臣，从此以后，再没有人劝谏他了。

秦昭襄王也了解宋康王的德行，当然不乐意和有如此昏君的国家保持友好关系，于是答应说："好吧！我不会干涉齐灭宋了。"

其实，齐国一旦灭掉宋国，最大的损失国是秦国，因为秦国再也不能用宋国来制约齐国了。齐国西向再无心腹之患。

周赧王二十九年（前286年），齐湣王任命韩聂为相国，率领齐军攻打宋国。宋康王急忙派人去侦察齐军到了什么地方，不久斥候回报说："齐寇已临近，国人一片恐慌。"左右近臣都对宋康王说："这完全是俗话说的'肉自己生出蛆虫'啊！宋国这么强大、齐这么虚弱，怎么可能会出现这样的情况？"宋康王大怒，命人把斥候杀了，接着又让大臣去察看，大臣回报的情况如前。宋康王无比愤怒，又把这个大臣杀了，之后再派人去察看。

其实，前面几人报告的都是实情，齐军已经逼近，国人确实恐慌。宋康王派出他的侍从继续打探，半路上，侍从遇见了兄长。兄长问他："国家已经十分危险了，你还要到哪儿去？"侍从回答说："去替君主察看齐寇。没想到齐寇已经离得这么近，国人已经这么恐慌。现在我担心的是，先前察看齐军动静的人，都是因为回报齐军迫近而被屈杀。如今我回报真实情况是死，不回报真实情况恐怕也是死。到底该怎么办呢？"他的兄长说："如果回报真实情况，你将比国破后被杀和逃亡的人先遭受灾难，不回报真实情况至少可以多活几天。"于是，侍从回报宋康王说："根本没有看到齐寇在哪里，人心也非常安定。"宋康王十分高兴。左右近臣都说："可见先前被杀的人都是该杀。"宋康王赏赐了这个侍从大量钱财。

宋康王糊涂至此，亡国自然也在情理之中了。没过两天，齐军便杀进了宋国的都城。宋康王逃命，最后死在魏国的温邑。

就这样，齐国在蚕食宋国十多年后，终于让宋国彻底覆亡。

秦王、齐王称帝，暴露了他们吞并五国、瓜分天下的企图，齐国借此赚到了一个宋国，而秦国却招来了韩、赵、魏、齐、燕五国的攻伐，好在各国都是心怀鬼胎，难以统一步调，最后无功而散。

在此期间，白起一直率领秦军与魏、韩、赵三晋作战。白起自始至终都在下一盘大棋，他因时因势，或进或退，一方面借力打力，另一方面如老牛反刍，毫不厌烦，在反复周旋中逐步将魏国挤压出河东，魏国抵抗乏力，主动献出了故都安邑，这意味着魏国放弃了河东的核心支点。秦国拥有了东边的稳固防线，形成了有效的战略缓冲区，为进占中原打下了扎实的基础。

是年冬，白起为迎合秦昭襄王，奏请设立河东郡。秦昭襄王和丞相魏冉商议此事，他说："设郡守土，诸事繁多，王舅都想好了？"

魏冉悠然笑道："当此之时，先要有设郡的魄力。在河内设郡，大出山东三百里，这对诸国是何等震慑？我看应当立即设置河东郡，大跨一步出山东。"

于是，秦昭襄王设置河东郡，令秦军赶走安邑城中的魏国百姓，然后招募秦人迁到河东地区定居，并赐予爵位；又把被赦免的罪人迁到河东。至此，河东被正式纳入秦国版图。

第三节　六国伐齐

苏秦、苏代兄弟帮助齐湣王策划了一场灭宋战争，同时也将貌似强大的齐国推向了战争的深渊。

齐湣王伐宋之前，苏代是征得了秦昭襄王同意的，秦昭襄王派五大夫王陵率部参战，但战后秦国却一无所获。秦昭襄王对此十分不满，召见白起、王陵，询问是怎么回事。

王陵奏道："王上，宋国土地被参战国瓜分，秦国也有一份,但公孙大良造认为,分给秦国的土地孤悬在外,对秦国毫无价值,还要派兵驻守,实在是得不偿失。"

秦昭襄王看向白起,问道:"那就这样放弃了?没有想点别的法子?"

白起见王陵没有把话说透,补充道:"是这样的,王上,韩相想用上党地区的城邑来交换秦国所得的宋国之地。臣以为,上党地区的城邑更有利于我军东向行动,而秦国没有要宋国之地,更能体现秦国伐宋是出于道义,也有了指责惩罚齐国背约的由头。"

秦昭襄王闻言,称赞说:"妙啊,此乃一举两得之计。接下来要怎样做?"

白起显然早就有过考虑,不假思索地回禀道:"臣有两个请求,一是让臣试兵上党,因为韩、魏、赵三晋在上党都有城邑,版图犬牙交错,我们正好可以利用三晋之间的矛盾将上党收为己有。"

"好!"秦昭襄王又问道,"那第二个请求是什么?"

白起迟疑了一下,说道:"请求王上取消帝号,然后联合燕、楚及三晋五国伐齐。"

秦昭襄王早有伐齐之意,但取消帝号让他很没面子。他暗自思忖,如果不取消帝号,号召五国伐齐,五国未必会买账。想明白后,他说:"好吧,全依爱卿所请。"

第二天,秦昭襄王正与众臣商议伐齐之事,传报燕国使者觐见。这真是,刚想睡觉就有人送来枕头,秦昭襄王心里十分高兴。

燕国受齐国欺负已久,燕昭王经过近二十年励精图治,使燕国走上了复兴之路,国力渐强,但几次对齐国用兵都无功而返。燕昭王深知不是齐国的对手,于是接受上将军乐毅伐齐要"与天下共图之"的战略,与诸侯强国结盟。

为了帮助燕国复仇,苏秦潜入齐国当间谍;乐毅则亲赴赵国,请求赵惠文王伸出援助之手,赵惠文王把相国大印授给了乐毅。与此同时,燕昭王又派剧辛、邹衍前往秦国,希望能与秦国联合伐齐。秦昭襄王满口答应下来,还建议与三晋和楚国会盟。

一个月后,六国代表在宜阳会面。会上,燕国上将军乐毅提出六国要风险共摊,利益均分。秦昭襄王则当众宣布取消帝号,出兵支援燕国伐齐,并声明征战取胜后,不要齐国一寸土地。其余五国除了楚国,都对秦昭襄王的举动表示赞赏,并同意出兵。楚国代表则表示,楚国和齐国是长期的战略伙伴关系,不宜背盟伐齐。秦昭襄王知道楚顷襄王别有用心,但这几年楚国被秦国打得灰头土脸,不想出兵惹麻烦也在情理之中,所以并没有对楚国横加指责。会议商定以燕国上将军乐毅为主帅,秦、燕、赵、魏、韩五国联合出兵伐齐。

周赧王三十一年(前284年),燕昭王调动全部兵力,以上将军乐毅为主帅伐齐。

白起与部属王龁、胡伤等率步兵、车兵,跟韩、赵、魏联军在魏国东边会合。随后,乐毅统一指挥五国大军数十万人马,对齐国发起了全面进攻。

这一次楚国没有参战，楚相昭阳认为此乃不智之举。他对楚顷襄王说："倘若五国打败了齐国，秦国一定会趁机向南进攻楚国。"

楚顷襄王说："寡人不出兵伐齐，道义上是占理的，还能保证楚军不受损失。秦国南向杀伐，又能有什么办法呢？"

昭阳出主意说："韩相在国内独断专行，贪图私利，害怕危难。贪图私利，可以对他施以利诱；害怕危难，可以对他进行威胁，我以重利去拉拢他，他一定会被利所诱；发动大军去威胁他，他一定会感到害怕。他害怕我们的大军，又贪图我们的重利，这样五国联合攻齐之事一定会失败。"

楚顷襄王高兴地说："好，相国赶紧派人办！"

于是，昭阳派大工尹出使韩国。大工尹见到韩相时，威逼利诱道："当初的牛阑之役、马陵之役，都是您亲自见到的。相国如果不和五国联合攻齐，我们愿意献出五个城邑，不然，我们就举全国之兵与齐国共同对敌。"

韩相心动了，打算撤回韩军。但乐毅丝毫没有动摇，指挥大军准备东渡济水，直捣临淄。

齐湣王任命触子为将，率领全国军队主力数十万人马渡过济水，西进拒敌。齐湣王还亲自到前线督战。两军相战于济水西，联军主帅乐毅亲临前敌，率五国联军向齐军发起猛攻。经过几场阵战，联军和齐军各有胜负，联军略占优势。

白起对这种杀敌一千、自损八百的阵战非常不屑，于是向乐毅提出以赵军骑士冲击齐军阵营，将其分割成小块，然后以绝对优势兵力,将小块齐军吃掉。

乐毅是战略大师,同时也是与白起比肩的战术高手,自然知道白起的战术是以较小代价换取极大胜利的妙招。他马上下令集中联军精锐,以赵国胡刀骑士切割而出的小块敌军为目标,实施碾压式打击。战斗持续数日,齐军大败,主力损失殆尽。齐湣王只得率几万残军逃回都城临淄。

齐湣王吃了败仗后,责怪将卒作战不力。为了让将卒死战,他以挖祖坟、行杀戮相威胁,结果更使将卒离心,斗志消沉。主将触子逃亡不知下落,副将达子收拾残兵,在都城临淄重新组织防御。

与齐湣王相反,济西之战后,乐毅退回了秦国、韩国的军队,又令魏军分兵进攻宋国旧地、赵军向北收复河间失地;他自己则率领燕军,由北向南长驱直入,清扫齐地残兵。

对于乐毅的安排,大将剧辛说:"齐国大,燕国小,我们依靠各国的帮助才打败齐军,应该及时攻取边境城市,充实燕国的领土。现在大军过城不攻,一味深入,既无损于齐国,又无益于燕国,只会结下深怨,日后必定后悔。"

乐毅说:"齐王好大喜功,刚愎自用,不与下属商议,又罢黜贤良,专门信任谄媚小人,百姓十分怨愤。现在齐国的军队已溃不成军,如果我们乘胜追击,齐国百姓必然反叛,内部发生动乱,齐国就容易收拾了。如果不抓住时机,等到齐王痛改前非,我们就难办了。"于是仍下令深入齐国。

齐国各地守军皆望风披靡。济西之战后,燕军仅花了六个月时间,就攻取了齐国七十余城,只剩下莒、即墨两城未被攻克。乐毅率大军开进了临淄。齐湣王逃到卫国,卫国国君腾出宫殿给他住,向他称臣,供给他用品。齐湣王傲慢不逊,最终惹恼了卫国人,又先后逃到邹国、鲁国,仍然骄横跋扈。邹、鲁的国君不让他入城,他便逃到莒城去了。

国君逃亡后,齐国大乱,乐毅在临淄搜刮宝物和祭祀重器,运回燕国。燕昭王亲自到济水上游去慰劳军队,犒赏将卒;授封乐毅为昌国君,让他留在齐国进攻其余未克的城市。

此时楚顷襄王眼红了,为了分占齐国土地,他以救齐为名,派大将淖齿率兵进入齐国。齐湣王希望凭借楚军的力量来抵抗燕军,便委任淖齿为国相,岂料却引狼入室,淖齿不仅为楚国夺回了以前被齐国占去的淮北土地,搜刮各城的财物宝器,还想和燕国一起瓜分齐国。

淖齿把齐湣王抓来指责道:"齐国的千乘、博昌之间,数百里下了血雨,百姓的衣服都染成了红色,你知道吗?"

齐湣王答道:"我知道。"

"宫殿前有痛哭的声音,四下寻找又找不到人,走后又听到哭声,你知道吗?"

"我知道。"

"天下血雨,这是上苍在警告你;宫殿有痛哭的声音,这是祖宗先人在斥责你。你却执迷不悟,一意孤行,怎么能饶恕你呢?"

齐湣王终于被激怒了,骂道:"你们也不过是一群强盗而已,要抢什么就去抢好了,何须浪费口舌!我堂堂千乘之君,岂是胆小怕死之辈!"

淖齿凶相毕露,把齐湣王吊在了桥梁上,不给饭吃不给水喝,还残忍地抽筋剥皮。齐湣王哀号了三天三夜,活活疼死。可怜一代东帝,堂堂大国君王,就这样一命呜呼。

齐国百姓听说齐湣王被淖齿虐杀,都愤愤不平。齐湣王虽然算不得明主,但如何对待和处置他,是齐国人的事情,怎么也轮不到淖齿胡作妄为。齐国并不缺少忠勇壮士。在燕军最初攻入齐国时,乐毅听说画邑人王蠋有才有德,敬慕他,于是下令说:"画邑周围三十里之内不许进入。"不久,乐毅又派人对王蠋说:"齐国有许多人称颂您的高尚品德,我们要任用您为将军。"王蠋坚决推辞,不肯接受。燕国人说:"您若不肯接受,我们就要带领大军,屠平画邑!"王蠋说:"忠臣不事二君,贞女不更二夫。齐王不听从我的劝谏,所以我才隐居在乡间种田。齐国已经破亡,我不能使它复存,现在你们又用武力劫持我当你们的将领,我若是答应了,就是帮助坏人干坏事。与其活着干这不义之事,还不如受烹刑死了更好!"然后他就上吊自杀了。

齐国那些四散奔逃的官员听到这件事,无不感动奋起,激动地说:"王蠋只是一个平民百姓,尚能坚守节操,不向燕人屈服,何况我们这些享受国家俸禄的官员!"于是,他们一同赶赴莒城,找到了齐湣王的儿子田法章,拥立他为齐王(即齐襄王),图谋复国。

还有一个名叫王孙贾的少年,年仅十五岁,燕军攻入齐国国都临淄时,他是服侍齐湣王的侍从。齐湣王偷偷逃走后,王孙贾不知齐湣王逃到何处。他的母亲对他说:"你早出晚归,我就倚着家门盼望你回来;等到晚上你还未归,我就倚着闾门盼望你回来。你现在侍奉大王,大王逃跑了,你却不知他逃到何处,你怎么还好意思回家来呢?"

王孙贾听了母亲的话,毫不犹豫地跑到大街上,大声喊道:"淖齿在齐国作乱,杀了大王,若有跟我一起去讨伐淖齿的,就脱下右边的衣袖!"大街上很快便聚拢了数百人,都愿意去讨伐淖齿。他们操起棍棒刀斧,冲进被淖齿占据的民屋,将他乱刀砍死。

在都城临淄,还有一个佐理市政的小官叫田单,是齐国田氏王族的远房本家。当燕军长驱直入征讨齐国时,田单准备离开临淄。出逃前,他让同族人把车轴两端的突出部位全部锯下,安上铁箍。燕军攻入临淄后,齐国人争相逃亡,轴断车坏,被燕军俘虏。唯有田单和他的族人顺利逃脱,向东退至即墨。

到达即墨后,田单集结所带族兵及齐军残兵七千余人,加以整顿、扩充,连自己的妻妾也编入军营参与守城。他和士卒同甘共苦,"坐则织蒉(编织草器),立则仗锸(执锹劳作)",增修城垒,加强防务,使燕军望城却步。

第四节　轻取光狼城

白起对三晋的上党地区图谋已久，但在五国联合伐齐后，赵国便把注意力从东边的齐国转向了秦国，一边进行战略防御部署，一边重建两国邦交关系。秦昭襄王得意之余，忘了自己曾许诺白起出兵上党之事，乐滋滋地去穰地与赵惠文王会盟。

白起的计划落空后，将兵锋指向魏国安城。秦军一路冲杀，几日便杀进安城，接着进逼大梁。魏昭王慌了，连忙派人向赵国求救。赵惠文王又把自己的屁股坐到了魏国这一边，立马出兵援救，毕竟三晋兄弟同气连枝，唇齿相依。

秦昭襄王闻讯，痛责赵惠文王背信弃义，让白起放手攻打上党。上党对于赵、魏、韩来说都很重要，东周皇城洛阳、韩国都城新郑在其南侧，魏国都城大梁在其东南，赵国都城邯郸在其东侧，足见其战略地位。

对于攻打上党，大权在握的魏冉有些担忧地说："赵国自胡服骑射以来已经休整近二十年，赵王赵何的王权已经稳固，赵国常备兵力数十万，而我军这些年来没有和赵军正面交锋过，臣以为，此次出兵只宜试探。"

一直默默思忖的白起开口说："从大势权衡，眼下还得给赵国一点颜色看看，否则中原难图。丞相说得对，此战只宜速胜，不宜僵持。战胜之后，王上再坐下来与赵王谈，使天下皆知大秦并非打不赢，只是希望以温和的方式解决争端。"

秦昭襄王点头道："这样做也算妥当。重要的是，这一仗必须胜得利落。"

白起拱手道："此战臣当亲自统兵，定扬我王威风。"

夜战和长途奔袭，是秦军尤其是铁鹰锐士的长项。又是一个月黑风高夜，一支由数千轻骑和铁鹰锐士组成的前锋，沿太岳山西南边缘疾进，数万步卒主力跟进。

秦军前锋越过沁水，白起下令突击泫氏关，蒙骜的轻骑和方洛的铁鹰锐士争先出击。守关的赵军两千余人还在睡梦中，就被秦军骑士斩杀。

旋即，秦军骑士直扑泫氏邑光狼城。白起站在北街的高地上，望着南坡被高墙围着的南街，想起二十多年前他曾夜探该地，发现那里有一个藏有大量兵甲粮草的秘密场地。但他无法预测里面有多少守军。

王龁献计道："末将以为，我军可假扮泫氏关守军混进去一探究竟。"

白起笑了笑，说道："如此简单倒好了。据本帅所知，泫氏关的守军是赵葱的人马，而这个兵甲粮草场的驻军则归赵奢统领，互不隶属，即使能混进去，恐怕也打听不到实情。"

"眼看天色大亮，请军帅早做决断。"王龁统领的步卒未能参加泫氏关突袭战，因此迫切想要拿下此地。

白起之所以未下令攻击此地，并不是担心拿不下来，而是怕城东北有驻守上党的大部队。他在攻关前就已派蒙骜率一小队轻骑去郡邑打探敌情。蒙骜到了上党郡邑，抓了郡守府的一个书吏。

第二天天刚放亮，蒙骜回来报告说："上党的赵军有数万人，其中本地驻军仅万余人。胡刀骑士和步卒是前几天由大将赵葱带过来的，准备在上党建立防线，不过现在还没来得及布防。"

白起闻报大惊。魏、韩、赵三晋在上党地区都拥有自己的地盘和驻军，但赵军的人数远远超出了他的预料，显然赵国已经针对秦国大大加强了西线的防御。那么，上党还打不打呢？此时已是箭在弦上，不得不发。白起沉思片刻，问王龁："给你一个时辰，能拿下这个粮草库吗？"

王龁轻蔑地说："三万多大军即使使用人堆，也能毫不费力地把它堆平了。"

白起说道："不是三万多，只给你三千多人马，速战速决！"

王龁领命，马上组织人马攻城。

此时天已大亮，看守粮草场的赵军在夜里便发现情况异常，所以一早便登上墙头严阵以待。王龁下令攻城，鼓角声顿时响起，秦军以十个攻击方阵的弓弩手向城头的赵军猛烈射击，箭矢如暴风骤雨般倾泻到城墙箭楼上；同时以十个攻击方阵护着冲车、云梯向城头逼近，用冲车猛撞城门。

白起料定城内守军最多五百人，于是命两万余步卒、两千余轻骑、一千余铁鹰锐士齐聚城下，但并不参与攻城。赵国守将见城下黑压压一片，从战旗到服装再到铠甲，都是一片黑，一时弄不清秦军有多少人马。

秦军第一波攻势过后，白起对王龁说："这里就交给你了，本帅还有要紧的事情要做。"说完带着主力东进。

王龁下令继续攻城，不到半个时辰，三千余秦军便山呼海啸般涌进了这个神秘小城垒。

在上党郡邑，赵葱得报："秦军昨夜袭击泫氏关，守关将卒溃败，光狼城也落入敌手。"

赵葱既惊且疑，问道："秦军有多少人马？主将是谁？"

"秦军有数万人马，据光狼败兵所讲，主将就是那个杀神公孙起。"

"什么？公孙起！"赵葱一脸疑惑。这个杀神不是前几天才从魏国都城大梁附近撤兵吗，怎么突然跑到上党来了？难道是神兵天降？赵葱虽然觉得难以置信，但丝毫不敢怠慢，连忙率数万援军赶往光狼城。

这时，白起已在丹水西建立起一道阻击防线。两军都是本国军中的精锐，两强相遇，秦军将领将手中长剑一挥，身后的兵士齐齐冲出；赵军也不示弱，以攻击长阵迎上。论战斗力秦军略占优势，论人数则赵军占优势，一番厮杀下来，双方各有伤亡。

当天晚上，白起和王龁、方洛、蒙骜等将领商讨防御策略与战术。王龁说:"两军以阵战相搏,只要不是力量过于悬殊,都免不了会有较大伤亡。既能减少伤亡,又能有效防御的最简单的方法,就是'不战'。"

方洛、蒙骜都赞同王龁的说法。白起不善于打防御战,最不愿意被动防御,但他一时也没更好的办法,只得试一试王龁的"不战"之法。

第二天一早,赵葱指挥近半人马越过丹水,向秦军防线发起攻击。

白起站在高台上冷静地看着这一切,脑海中浮现出伊阙之战中的一幕。他随即下达命令:"让前沿的将卒们凭险抵抗,吸引赵葱投入更多的兵力。"他想让两路秦军奇兵分别杀入大小东仓河谷,将赵军切成两段,然后各个击破。前提是必须将赵军主力都吸引到光狼城东的丹水防线。

赵葱见秦军并不布阵迎战,于是又向丹水西投入一部分兵力,试图一举突破丹水防线,收复光狼,最后把秦军赶过沁水。又是一日冲杀,天近黄昏,赵葱见屡攻无果,只得下令收兵。

就在赵军如潮水般退去时,蒙骜的轻骑、方洛的铁鹰锐士早已按白起的计谋,杀向丹水之东的谷地。

赵葱惊慌失色,忙命胡刀骑士组织反击。好在秦军袭扰一番便撤了回去,胡刀骑士担心遭遇埋伏,也不敢贸然追击。第二天,赵葱改变作战部署,只以一小部分人马与丹水西的秦军对峙,将主力布置在百里石一线,派胡刀骑士驻守谷地。

白起见赵军不再急于进攻，也放下心来，他以光狼堡为大本营，不断发兵袭扰蔺城、祈城等地，不久攻克蔺、祈二城，"赦罪人迁之"。他还打算把光狼城改造成秦军的补给场，为攻打赵国提供后勤保障。但是，他刚拟出改建计划准备呈奏时，却接到了秦昭襄王撤军的旨令。这道旨令让他很费解，但王命不可违，无奈之下，他只得忍痛放弃了光狼城及在上党周边抢占的地盘。

第十章 楚地哀歌

第一节 渑池会盟

赵惠文王在征服胡人、稳定北方、巩固燕赵同盟、压制齐国复兴等方面,取得了令人瞩目的成果,使赵国成为和齐、楚一样,能够与秦国比肩的强国。秦国东进中原的行动,也受到了赵国的牵制。

但秦昭襄王的头脑是非常清醒的,加之他身边有一个精明能干的国相魏冉出谋划策,因此他对天下大势有比较准确的判断。白起出兵上党前,魏冉就叮嘱白起只能试探性进攻,而秦昭襄王却让白起往死里打,以白起的脾性,且不说把赵国打残,至少拿下上党不成问题。

但魏冉认为与赵国全面开战的时机还不成熟。在齐、楚两国遭到致命打击后,秦、赵成为天下二强。如果两国相互攻伐不休，就会给齐、楚甚至韩国复兴的机会，秦国一统天下的道路也将变得曲折复杂。

秦昭襄王对魏冉这个舅舅有几分敬佩，又有几分忌惮。每每涉及军国大事，除了征询宣太后的意见以外，魏冉的意见也必不可少。这次让白起从上党撤兵，显然是三位掌权者共同商议的结果。秦昭襄王想跟赵惠文王重新坐下来和谈，讨论两个强国如何掌控天下局势。

差不多在此前后，"诡辩"大师公孙龙回到了家乡邯郸，觐见赵惠文王，二人一起讨论偃兵之事。赵惠文王问道："我已经做偃兵工作十几年了，可直到今天也还做不到。难道没有办法偃兵吗？"

公孙龙回答说："偃兵要有兼爱天下的心。兼爱天下，并不是随口说说，要有实际行动。"

赵惠文王不解地说："难道我没有实际行动吗？"

公孙龙说："秦国占领赵国的蔺、离石两地，大王就穿上丧服祭奠。可是，当赵国占领齐国的城池（其时，上卿廉颇在掠占齐、魏的城池），大王就摆酒庆贺。这怎能谈得上兼爱天下？这如何偃兵？"

赵惠文王听了深受启发，召回上卿廉颇，准备应秦昭襄王之邀，到秦国渑池去会盟。廉颇对此心存疑虑，因为楚怀王的前车之鉴，他不赞成赵惠文王去赴约。

秦昭襄王见赵惠文王久不回应，便派王稽手捧国书，亲手呈递给赵惠文王，并当面等候回复。国书中说，听说赵王得到了一块价值连城的宝玉——和氏璧，秦王愿意以河东十五城来交换。赵惠文王一时不知秦昭襄王唱的是哪一出，于是问道："听说秦王一向持身端正，厌恶奢靡，怎么会喜好一方美玉呢？"

王稽笑道："世人各有癖好，何况太后素好美玉，又是楚人，听闻和氏璧出于楚，自然会多关注一些。我王愿以城池换宝玉，正是为太后尽孝。"

赵惠文王道："和氏璧是赵国的国宝，本王要与大臣们商议后再行定夺。"

赵惠文王暂时把王稽搪塞过去，然后召见要臣商议对策。

廉颇说："以老臣揣摩，秦国的军力一时奈何不了我赵国，便想以此等邦交手段试探，胁迫赵国屈服。王上切莫气短，无须理会。"

赵奢接过话头说："若赵国不加理睬，天下人还以为赵国害怕秦国，不敢与之会盟；若赵国将和氏璧交出，以秦王言而无信的过往表现，必不会割十五城。眼下秦国已先行从上党撤兵，赵国若断然拒绝会盟，将给秦国以发兵口实，那么五大诸侯国多不会站在赵国这一边。真是两难啊！"

这时，赵葱说话了："秦王不仅用兵使诈，还爱耍弄邦交手腕，可谓软硬兼施，实在可恶。臣以为，兵来将挡水来土掩，秦国若用兵，我们这些武将可以上阵御敌；现在秦国想搞邦交，那大王就找一个智勇兼备的文士跑一趟。"

廉颇、颜聚也齐声附和道："是啊，大王若想打，只管派老臣等人，但邦交还请大王另选高人。"

赵惠文王自知这些武将都难当此任，便让他们退下。这时，守候在王座旁的宦者令缪贤躬身施礼，说道："不知大王能否容微臣举荐一人？"

赵惠文王微微一笑，问道："何人？"

缪贤拘谨地说："微臣门下舍人蔺相如，不仅学识深厚，而且智勇兼具，可以担此大任。"

赵惠文王心想，一个舍人，那就是私吏，连命官都算不上，让这样一个小人物做特使，不会是在开玩笑吧。但他知道缪贤一向寡言，从不多一句嘴，这个时候敢站出来推举蔺相如，想必此人定有非凡之处。于是，赵惠文王传召蔺相如入殿，亲自考察他。

很快，蔺相如来到侧殿，以士礼觐见赵惠文王。经过一番考察，赵惠文王当堂命蔺相如为特使，带和氏璧前往秦国。

秦昭襄王听说赵国特使奉璧入秦，十分高兴，在章台宫接见了蔺相如等人。他笑着说道："听说特使前来献和氏璧，来，让本王先睹为快！"

蔺相如见秦昭襄王如此轻慢，心里一沉，但还是捧璧献上。秦昭襄王接过和氏璧，只觉玉璧光彩晶莹，心中大喜，又把和氏璧给妻妾和左右侍从传看。

蔺相如洞察入微，心生一计。他上前躬行一礼，说道："大王只看到玉璧的晶莹光华，却没有看到上面有瑕疵，且让我指给大王看看。"

秦昭襄王吃惊地说："宝璧竟有瑕疵？"

蔺相如拿回和氏璧，退后几步站定，身体靠在柱子上，朗声道："大王可知卞和献璧的血泪故事？当初和氏坚贞守宝，一缕鲜血溅入玉身，便使此璧于白绿亮色之中有了一缕炎炎红光；如今小人当效法和氏，不惜以小命护宝。大王想要得到宝璧，派人送信给赵王。赵王召集全体大臣商议，大家都说'秦国贪得无厌，仗势欺人，想用空话得到宝璧，城邑恐怕是不能得到的'。商议的结果是不想把宝璧给秦国。而小人认为，平民百姓尚且不互相欺骗，何况是大国之间呢！为了一块玉璧而惹得邻国不高兴，也不应该。于是，赵王斋戒了五天，派小人捧着宝璧，在殿堂上恭敬地拜送国书。为什么要这样做呢？这是尊重大国的威望，以表示敬意呀！如今小人来到贵国，大王却非常傲慢；得到宝璧后，却传之内侍美人，轻慢辱弄天下名器，戏弄小人。小人观察大王没有给赵王十五城的诚意，所以要收回宝璧。大王如果再威逼，小人的头今天就同宝璧一起撞碎在柱子上！"说罢，蔺相如手持和氏璧，斜视庭柱，就要撞过去。

秦昭襄王怕蔺相如真把和氏璧撞碎，便向他道歉，随即又喊道："来人，拿兆域图来。"书吏匆匆拿来一卷羊皮大图展开，秦昭襄王便指着地图，说将河东的十五座城邑交割给赵国。

蔺相如早看出秦昭襄王不过是做做样子，于是就对秦昭襄王说："和氏璧是天下公认的宝物，赵王送宝璧之前，斋戒了五天，如今大王也应斋戒五天，在殿堂上安排九宾大典，我才敢献上宝璧。"

秦昭襄王估量此事毕竟不可强取，于是答应斋戒五天，请蔺相如一行住在广成驿舍。

蔺相如在驿舍住下后,开始盘算如何脱困。他估计秦昭襄王虽然答应斋戒,但必定背约不给城邑,于是从随行的胡刀骑士中挑选出三人,让他们仿照先王赵武灵王化装成商人,怀中藏好和氏璧,悄悄离开咸阳,把和氏璧送回赵国去了。

秦昭襄王斋戒五天后,在殿堂上安排了九宾大典,然后派人去请蔺相如。蔺相如也不说话,从容登车来到章台宫。他对秦昭襄王说:"秦国从穆公以来的二十几位君主,从来没有一个坚守盟约的。小人实在是怕被大王欺骗而对不起赵王,所以派人带着宝璧,走小路回了赵国。大王若真的愿意以十五座城池交换,请立即派出交割特使,随小人前往河东,一旦赵国接防十五城,小人当即奉上和氏璧。如今秦强赵弱,赵国无意开罪秦国,更不想为了一方玉璧欺骗秦国而贻笑天下。小人知道欺骗大王之罪应被诛杀,情愿下油锅被烹,只希望大王和各位大臣仔细考虑此事。"

大殿里一片沉寂,秦昭襄王和大臣们面面相觑,被这个从容应对、自请烹杀的赵国使臣惊到了。突然,秦昭襄王哈哈大笑:"好一个蔺相如,还真是非一般人物。本王若是杀了你,终归还是得不到和氏璧,反而破坏了秦、赵两国的交情,何苦来哉?本王要好好款待你,送你回赵国,赵王难道会为了一块玉璧而欺骗秦国吗?"说完就独自走了。

蔺相如回国后声名鹊起,"完璧归赵"的故事也随即传开。赵惠文王更是感慨不已,认为蔺相如是个奇才,下诏拜蔺相如为上大夫，执掌邦交。

秦国没有把城邑割给赵国，赵国也没有给秦国和氏璧，但两国在谈判桌上的交锋并没有就此结束。秦昭襄王花了那么多心思，却没有达到目的，自然不肯善罢甘休。于是，他仍以秦、赵双方都应从上党郡撤兵为由，向赵惠文王发出会盟的邀请。

赵惠文王心里明白，秦昭襄王提出的理由实际上是不成立的。早在三家分晋之初，上党的大部分城邑都归属韩国，因为魏国占有河内地区，而上党有狭长地带通往河内，所以这个通道便归属魏国。再后来，赵国也将触角伸向了上党。韩、魏、赵三晋都在上党占有地盘，上党是河东的"中枢"，但跟秦国没有半点关系。

而今，秦国占据了河东（魏国的河内），又得陇望蜀，开始打上党的主意，白起出兵一试，觉得大有可为。秦昭襄王为了不使秦国成为众矢之的，想把上党的战场改到谈判桌上。这也给赵惠文王带来不小的困扰，他召集文武大臣，专门讨论与秦国会盟之事。

大将军廉颇、国尉许历都不赞同赴约，但平原君赵胜以及赵奢都认为不宜拒绝会盟。

大夫蔺相如的态度更是坚决："赵国虽实力稍弱，但足可与秦国斡旋下去，军事兵争犹不退让，邦交又怎可畏敌退让？相如愿陪大王赴会。"

赵惠文王思忖再三，决定应邀前去会盟，只是向秦国提出了一个附加条件：会盟地点要选在第三国，并邀请第三国的君王与会。秦昭襄王便派王稽与蔺相如协商，最后将会盟地点选在了西河外韩地渑池，时间为八月中秋，并请韩釐王一并到会。

八月中秋前三天，赵惠文王带着蔺相如出发了。大将军廉颇不放心，一直把赵惠文王送到边境，辞别之时，他对赵惠文王说："大王这次出行，不会超过三十天。如果大王三十天还没有回来，请允许臣下立太子为王，以便断绝秦国要挟赵国的念头。"赵惠文王脸色沉重，点头表示同意。

另一边，秦昭襄王的仪仗队由千余禁军和千余铁鹰锐士组成，一路上旌旗招展，鼓角齐鸣，兵雄姿骄，令人生畏。

韩釐王的车驾抵达渑池时，这里已经安扎了一片秦、赵两军的营帐。韩釐王本想尽地主之谊，先到这里迎接秦、赵二王，并打算借此盟会讨好秦王，挤进秦、赵的势力圈子。没想到秦昭襄王比他还先到，他未曾与秦昭襄王谋面，秦昭襄王对他态度很冷淡，他也不好拿热脸去贴冷屁股。直到赵惠文王的车驾抵达，他才兴奋起来。

当天晚上，韩釐王为赵惠文王设宴接风洗尘。酒桌上，赵惠文王谈笑风生，尽显兄弟之邦的情谊，感动得韩釐王直掉眼泪。二人还对此次会盟中可能出现的变故进行了商讨。

其实，这次会盟并未涉及多少具体事项，如果说有，那就是秦国要求赵国从上党地区撤军。当时三晋在上党地区都有驻军，赵国更是以重兵驻守，这显然是针对秦国，所以秦昭襄王如芒在背，如果赵国不主动撤兵，他准备让白起再次攻打。

王稽和蔺相如代表两国就此问题进行了磋商，最后，赵国做出了最大限度让步，不仅从上党地区撤军，而且愿意把上党地区全部归还韩国，不过，秦国得派质子去赵国。这下可把韩釐王乐坏了，正所谓鹬蚌相争，渔翁得利，韩国不费吹灰之力就拿回了失地。但秦、赵两王心里都有自己的盘算，韩国眼下连保护都城的力量都没有，驻守上党等于是帮秦、赵两国看家护院，两个强国什么时候需要用到上党，拿回去是很容易的事情。

秦、赵两国议定后，举行了一个正式的仪式。会盟仪式由韩国主持。为保持秦、赵平等邦交，称呼上避免先后，统称"两王"；在大营设两道辕门，两王同时进入大营。次日清晨，黄河南岸的秦、赵、韩三国营地响起了嘹亮的号角。当两王走近大营时，韩釐王登上高台，高呼奏乐，同时昭示天下。礼毕，两王相视一笑，再入大帐，然后大宴开始。

宴会上，韩釐王十分兴奋，举着酒樽站起来说："我身为东道，先敬两王兄一樽。"赵惠文王正要举樽，秦昭襄王却笑道："看来三晋皆有魏惠王遗风，都有做盟主的癖好。明明是列席会盟，怎么就拿出东道盟主一般的派头了？"韩釐王听了，不禁面红耳赤，手足无措。

赵惠文王心知秦昭襄王是借戏侮韩王来嘲弄三晋，但一时又找不到合适的话语进行反驳，一张脸憋得通红。蔺相如见状，忙站起身来，对秦昭襄王躬身行礼，说道："韩王列席会盟，并兼东道司礼，虽是赵国动议，却也是秦王首肯。秦王正当盛年，怎么如此健忘？况且韩王也是一国君王，不惜降尊纡贵而执司礼之职，秦王不念其心殷殷其劳仆仆，却反唇相讥，有失大国风范吧？"

秦昭襄王被蔺相如说得无话可说，心中不快，但仍强作笑颜，说道："本是一两句戏言，上大夫还当真了？来来来，一起干了这樽酒。"

酒过三巡，秦昭襄王说道："本王私下听说赵王精通琴瑟，请奏一曲助兴如何？"

赵惠文王只当这是句好话，没有多想便痛快地答应了，当场弹奏了一曲《大雅·行苇》。就在众人纷纷称赞赵惠文王琴艺高超时，秦昭襄王的随行史官站起来，高声念道："秦王二十八年八月十五，秦王与赵王会饮，令赵王鼓瑟。"

这一下，赵国那边炸了锅了，这不是公然让赵惠文王难堪吗？赵惠文王心里极其后悔，但是又想不到什么好办法回击。这时，蔺相如回身抱起一个陶盆，大步走到秦昭襄王座案前，恭敬地说："听说大王好唱秦腔、善击缶，特献上盆缶，请大王击缶，与众人同乐。"

"岂有此理！"秦昭襄王大怒，"本王何曾有此喜好？简直胡说八道！"他没想到蔺相如居然敢以牙还牙。

蔺相如进前一步，大喝道："大王若不击缶，五步之内，我脖子上的血必溅大王身上！"

秦昭襄王大为懊恼，却又无可奈何，只得敲了几下缶。

蔺相如马上举着盆缶高声道："赵王二十年八月十五，秦王为赵王击缶。"

秦长史王稽对赵惠文王拱手说道："秦赵修好，当以实际行动昭告天下。我王寿诞之期将至，臣请赵国以十五城为秦王祝寿如何？"

赵惠文王闻言，惊讶得愣住了。蔺相如连忙给他使眼色，让他沉默以对。片刻之后，蔺相如从容一拱手，对秦昭襄王说："有来有往方为礼。赵王寿诞之期就在下月，臣请以咸阳一城为赵王祝寿如何？"

秦国君臣听了都很不高兴，但又不能发作，王稽懊恼不已。

会盟结束后，赵惠文王对蔺相如的邦交手腕和政治才能赞赏有加，授封蔺相如上卿爵位，让他与平原君同掌相权。

转年，秦昭襄王派次子安国君嬴柱到赵国做质子。这次结盟后，两国间七八年无战事。

第二节 水淹鄢地

就在秦、赵两国时战时和、明争暗斗之际，一向贪图安逸享乐的楚顷襄王，竟被一个射雕者的故事激发起了斗志。

那天，楚顷襄王闲来无事，忽有侍从禀报一个射雕者请求觐见。

楚顷襄王深感诧异，但在好奇心的驱使下仍接见了射雕者。见到射雕者后，楚顷襄王开口便问："你能把雕从天空中射下来吗？"

射雕者说："弓箭射猎物不值一提，以楚王您的聪慧，应该用圣人做弓,勇士做箭,射取秦、齐、魏等雁,慰劳人民,进而南面称王。"

楚顷襄王苦笑道:"楚人久畏秦军,眼下仍被秦国处处压制,连个帮手都没有,何谈南面称王?"

射雕者说:"现在楚国拥有土地方圆六千里,带甲将卒百万,还是有实力到中原争雄的。"

楚顷襄王闻言有所触动,于是派人联络诸侯国,准备再次合纵伐秦。

秦昭襄王闻讯大怒,他本想让白起统兵征伐,但因为当时要逼迫赵国结盟,一旦结盟不成就要开打,所以白起的人马不便调动。于是,他命老将军司马错调动陇西和蜀郡的军队伐楚。司马错最后一次挂帅出征,表现依然不俗,一举拿下了楚国的黔中郡,然后继续向南进取。楚国被迫割上庸及汉水以北之地给秦国。

渑池会盟结束后,秦昭襄王命白起领兵灭楚。白起接到旨令后顿时懵了:灭楚?这怎么可能?但王令既出,他也不敢抗拒,开始筹划攻楚大战。他左思右想,始终无法确定进攻路线;与将军府幕僚商讨,也没有结果。他心中烦闷,便出了将军府,沿一条小径边走边思考。不知走了多久,他走到一拐弯处,猛一抬头,这不是去司马老将军家的路吗?他临时起意,决定去拜访司马错。

再次走进自己熟悉的宅院,他倍感亲切。"公孙公子,是哪阵风把你给吹来了?"白起正愣神,一个苍劲浑厚的声音传来。

"司马将军。"白起轻呼一声,忙上前施礼。

二人一边寒暄,一边走进屋里。白起说:"我接到王上的旨令,发兵灭楚。以您对秦、楚两国国力和民力的了解,有没有可能灭掉楚国?"

司马错摇摇头说:"楚国土地广袤,拥有战车千乘、马匹数万,储存的粮食足够吃十年。一旦有战事发生,可招募百万雄兵。没个十年八载,要灭掉楚国几无可能。"

白起见老将军与自己看法一致,便换了一个问题:"如果是冲着灭楚而去,怎样的进攻方式和路线比较好?"

司马错说:"秦、楚征战多次,无非是出武关南进,或者经巴国沿江东进,哪还有别的路?如果经巴国沿江东进,还需要有强大的水军……难道你想以水军去跟楚军较量?"

"不是,"白起笑了笑,说道,"我是需要蜀兵的策应,还想从将军训练的蜀郡水军中征调三千余名水手。"

"蜀郡的军事,我已交给郡守张若。既有王命在手,你可以直接找他或郡司马征调。"司马错爽快地说。

"将军与楚国水军打过交道,与蜀郡水军相比,谁优谁劣?"

司马错沉吟片刻,说:"在灵活性和战斗力方面,蜀郡水军一点也不逊于楚军,但楚军的船只配备齐全,规模大,作战经验丰富。"

白起本想请司马错做个幕后高参,但转而一想,老将军戎马一生,好不容易落个清静,怎好意思让他再操劳呢?于是,他说了几句客气话便告辞了。

从司马府出来，白起突然感到出兵伐楚的思路变得清晰了，决定采取直接进攻楚国统治中心地区的战略。经周密策划，他拟出了具体方案：经由蓝田过商地，经丹水流域出武关，再顺汉水而南。这样既可掠取汉水流域丰饶的粮草补给军需，又可出敌不意突入楚境，攻取分布在汉水流域的楚国重镇。张若则率蜀兵在西面策应，牵制庄蹻及西境的楚军。

寒冬很快过去了，经过一个冬天的紧张运筹，在冰消雪融的三月，白起率数万伐楚大军从蓝田南下，出武关后，顺汉水而下，水陆并进，五天后进抵邓邑。待步卒登岸后，白起下令拆除桥梁，烧毁所有船只。将卒们眼睁睁看着回家的船和道路被毁，都惋惜不已。

司马靳对白起说："孤军深入乃兵家大忌，况且天时地利人和，我军一样都不占，这仗怎么打？"

白起没有回答，径直走到堤坝上，向众将卒喊道："勇士们，想要回去是不可能的，除非你死了躺着回去。前面的邓邑是你们要进攻的第一个目标，每人只许带两天干粮，如果两天拿不下邓邑，就该你们饿肚子；如果五天还拿不下，就该你们活活饿死。不想死的就跟着本帅一起拼命向前冲，最后你们就能带着人头和荣誉回家！"

当天傍晚，秦军把邓邑围了个严严实实。第二天清晨，秦军发起强攻，跟守军激战一个多时辰后，成功占领邓邑。白起下令掠取汉水流域丰饶的粮草补给军需，把邓邑作为后勤补给站，让主力快速向南推进。

这天午后,楚顷襄王正与宋玉、唐勒、景差等人吟诗作赋,忽然内侍来报说,秦国几十万大军打过来了,邓邑已失。楚顷襄王大惊失色,忙召众臣商议对策。

令尹州侯说:"邓邑在秦、楚间几次易手,大王都不怎么在意,这次又何必如此紧张。再说,去年不是与秦国讲和了吗?没由来怎么又打来了呢?"

楚顷襄王说:"这次秦军毫无预兆便出动重兵,绝不可能只冲着邓邑而来。众卿快说说,有何御敌之策?"

将军景阳说:"当务之急是要弄清秦军此次出兵的真实意图。同时让我军退守鄢地一线,并火速增调精兵支援。"

柱国景伯说:"楚军精锐一部分让庄蹻带去远征西南了,一部分由昭滑率领,在彝陵一带堵截蜀军东下。如今可调的只有驻守淮北的部队。"

楚顷襄王的脸色好看了一些,说道:"不管哪里的兵马,赶紧调集起来增援鄢城。"

鄢城是郢都的屏障,地理位置非常重要,平时就驻有重兵,经过这么多年的经营,城池易守难攻。最初,白起命大军轻装疾进,就是想抢在楚军援兵到来之前,迅速攻破鄢城。尽管他进兵神速,但当他的主力进抵鄢城时,楚军的第一支援兵也赶来了。

白起很懊恼,但还是决定趁敌立足未稳发动进攻。开始几天,秦军采用的都是很传统的打法。白起命令王龁手下的士兵率先越壕攻击。在战车的掩护下,秦军步卒在护城壕上架桥。冲过护城壕，再以冲车攻击城门，以投石车抛石砸城。冲过壕沟的步卒则架起云梯，翻墙攻击。

守城的楚军也不示弱，拼命向下射箭。一连三天，双方都伤亡惨重，但鄢城仍岿然不动。白起见强攻难以奏效，只好命将卒缓攻。

这时，王龁、王陵、司马靳等人纷纷来到军帅大帐，或请战，或出谋划策。他们都知道，白起在没有绝对把握的情况下，不会拿将卒的生命冒险强攻，因此都考虑智取。但他们把诱敌出战、夜袭、乔装援军等办法都尝试了一遍，耗时一个多月，鄢城依然没有攻下。

春去夏来，麦黍熟了。这天，白起派方洛的铁鹰锐士和蒙骜的轻骑去搜掠粮食；他独骑前往鄢城西察看地形，行数十里，遇见一个老农引河水浇地，他向老农身后望去，竟有一条悬河。白起心中若有所思，便向老农问道："那条河叫什么名字？水量够不够浇灌这一片高地？"

老农抬眼一看，眼前站着一个全副武装的军士，吓了一跳。但他还是不紧不慢地回答道："那条小河叫夷水，秋冬水少，春夏水多。雨季长时，还会溢流。"

白起谢过老农，飞马奔向夷水。这条河并不宽阔，但流经鄢地落差较大，所以水流急快。白起心念一动，想起了昔日智伯水灌晋阳之事，何不效仿之？

想到这里，白起豁然开朗，回营后便亲自带领几个部将测算夷水与鄢城的地理位置，讨论如何挖渠、筑坝蓄水。待一套方案拟定妥当，白起命一部分兵士准备船只、木筏，一部分兵士到百里之外挖渠筑坝蓄水。不少将卒感到不解，那些船只不是全都被烧毁了吗？现今准备船只，难道是要打道回府吗？但无人给他们解答，他们只管遵命而行。

天公作美，五月后，两日晴三日雨。不过月余，水渠已成，蓄水够多。六月中旬的一天晚上，霏霏细雨之后天色放晴，天空星辰寥落，浮云遮月。白起命兵士掘开水坝，只听西山长谷一声巨响，滔滔河水如同一只巨大而疯狂的野兽，由北向南，直赴鄢城。

城中的楚军和百姓毫无准备，黑夜中，面对汹涌的江水，他们惊恐万状，束手无策。江水越来越猛，致使房倒屋塌，人们无处躲藏，只能随波逐流。鄢城变成了一片汪洋，洪水从城西面灌进去，从城东面冲出来。一连几天，楚军构筑的坚固防线终于彻底崩溃了。

白起率军乘木船、竹筏，攻入城中。此时的楚军，已无力与秦军作战，纷纷投降。这场洪水淹死了楚国军民约十万人，待河水退去，城中尸横遍野，无人收葬，数十里之外都能闻到臭气，凄惨之象不堪言状。据《水经注》记载："百姓随水流，死于城东者数十万，城东皆臭，因名其陂为臭池。"后来，人们将淹没鄢城的这条水渠称为"白起渠"。

第三节 哀郢

白起夺取鄢城后,并没有停下脚步,而是继续南下,兵锋直指楚国都城郢都。这时传来消息说,楚将昭滑率部攻占了蜀郡枳城。

白起闻报深感惊讶。按原定计划,蜀郡守张若率蜀兵水陆两路东进,策应白起攻打郢都。楚军攻占枳城,就切断了蜀兵东进之路,整个伐楚计划也得调整了。白起没想到楚军中还有如此具备战略眼光的将领。

由于军情突变,白起召集众将商议作战计划。众将一致认为应先接应蜀兵,然后水陆并进,攻取郢都。于是,白起命令伐楚大军西进彝陵;张若的蜀兵则全力突破枳城,避开楚国水军的拦截东下,在彝陵与主力会师。

在楚国郢都,楚顷襄王这几个月的日子实在是有些难熬。不过,他并不是为前线的战事操心,而是各位大臣纷纷劝谏,不让他在宫中娱乐。当他听说秦军夺取鄢城后没有南下,心情大好,正要找人游戏,不料柱国景伯又带来了一个坏消息:昭滑的部队孤悬于枳城,如果不赶快增援,定会被秦军截断退路,全军覆没。

楚顷襄王一听又不高兴了,大声嚷道:"派兵增援?派谁去?你去,还是寡人去?"

景伯脸色通红,气得说不出话来。楚顷襄王发现自己过于冲动了,缓和了一下语气说:"让昭滑撤兵,火速回防郢城。"

景伯领命,气冲冲地走了。

楚军在西部的兵力部署较少,白起的前军如秋风扫落叶一般,从鄢城横扫过去,所到之处几乎没有遭遇激烈的抵抗。但彝陵关有重兵把守,因为彝陵关的东边是西陵,是楚先王宗庙所在地。

彝陵关上控巴夔,下引荆襄,是水上要塞,地理位置十分重要。但驻守这里的重兵并非楚军精锐,白起的前军到达彝陵关后,并不急于攻关,而是在城外十余里扎营。

第二天,白起派王陵等人去察看地形,他和方洛、司马靳三人则往大江边走去。

转眼夏去秋来,四野已是满目秋色。白起伫立在大江北岸,望着滔滔东逝水,感慨不已。方洛上前一步,对白起说:"将军这是要吟诗作赋呀?"

白起瞥了方洛一眼,自嘲道:"把我认识的字全部堆在一起,也凑不足一篇赋的字数。我只是来看看大江的水流情况,另外等待张若那边的消息。"

方洛道:"按时间推算,张若顺江东下应当比我们先到。莫非枳城难以突破,抑或在江峡中遇险了?"

司马靳插话说:"左庶长的两种猜测都不存在。据斥候营的消息,攻打枳城的楚将昭滑已经撤了,张若夺回枳城并不难;至于江峡中遇险,现在江水流得较慢,不大可能出事故。"

"那我们就不等了。"白起说道。他原本想让蜀兵也一起攻打彝陵关，看看他们的战斗力如何，既然他们赶不来，只能暂且作罢。

次日早晨，白起命王龁、王陵两营以六个攻击方阵发动进攻。白起骑马站在高地上，远远关注着进攻的情况，半个多时辰后仍毫无进展，他看不下去了，忙传令让王龁、王陵撤退。

傍晚，白起正和司马靳争论一个战术问题，王陵忽然来见，对白起说："我想到一个攻城之计，不知可不可行。"

"说说看。"白起期待地看着他说。

王陵说："可以用火攻。前几天我观察地形，发现彝陵关北边有一片树林从山崖一直延伸到城里，而且山崖下没有宽厚的城墙。我们可以把山上的枯木树枝砍来，浇上猛火油，然后从山崖上推下去，再抛下火土罐引燃。大堆枯木燃烧，必会让那片树林起火，只是……"

白起仔细地听着，未等王陵讲完，便站起身说："走，我们到山崖那看看。"

王陵、司马靳都被白起的话吓到了，天眼看就要黑了，还要骑马十多里，再攀上山崖，怎么能行？但主帅发话了，他们不敢不从。

三天后的凌晨，彝陵关西北两面突然燃起了三堆大火，有秋风的帮助，大火迅速蔓延，仅一盏茶的工夫，彝陵便成了一片火海。城中的楚军和百姓惊慌失措，纷纷涌向东南门。然而大门开启后，他们全都惊呆了，只见秦军黑压压一片，挡住了去路。

第十章 楚地哀歌

这场大火连烧数日，将彝陵城烧得一干二净，楚王室宗庙也毁于大火。彝陵被焚毁的消息传开后，楚人奔走相告，惊慌愤怒，天下各国也无不震惊。楚顷襄王闻讯号啕大哭。

几天后，彝陵城硝烟散尽，张若的人马也赶来了。他向白起解释了来迟的原因，白起摆摆手说："郡守大人与我互不相属，无须多解释，倒是我有求于张大人。"

张若忙说："公孙将军客气了。不知将军有何要求？"

白起问："张大人带来了多少船只？水军有多少？"

"大小船只八百，受训过的水军一万余人。"

白起听了笑道："张大人的家底还不少。我要向大人借调大约两百只船、三千名水手，不知可否？"

"当然可以。"张若答应得很爽快，但他转念一想，不对呀，自己不是来协同伐楚吗？他的脸色顿时沉了下来，问道："将军是要我们回师，不伐楚了？"

白起呵呵一笑，解释道："张大人有重任在肩，我怎敢动用蜀郡的全部人马呢？大人的主要任务是巩固蜀南地区、巫郡、黔中郡，截断楚将庄蹻大军的归路。"

张若说："公孙将军放心，决不让他再回楚国！"

白起送走张若后，开始休整兵马，准备进攻郢都。

郢都位于江汉平原腹地，四周一马平川，无险可守。而江汉平原河流纵横交错，湖泊星罗棋布，如果没有船只，出行就成了大问题。白起调蜀兵水手和船只，正是为了便于通行，而不是和楚国水军作战。

转眼又是一年，周赧王三十七年（前278年）春，白起率数万伐楚大军，水陆并进直捣楚都郢城。楚顷襄王惊慌失措，连忙召集群臣商议对策。

柱国景伯说："郢城的驻军不过两万余人，加上一万多名禁军武士，哪里抵挡得住如狼似虎的十数万秦兵？鄢城一战后，老臣就力谏募兵，可是……可是，朝议不通过，现今已是无兵可调……"

将军景阳赶紧说："边境关口的驻军一兵一卒也不能动，哪个地方的驻军被调走，哪个地方就会受到敌国的攻击。再说，即使能调一部分兵力来援，也是无济于事。郢城已暴露在秦军眼前。对于如何阻挡秦军的进攻，末将毫无办法。"

大臣们听了面面相觑，无计可献。楚顷襄王把目光投向令尹州侯，州侯硬着头皮献策说："当今以楚军之力与秦军对战，郢都必不可守，依我看，弃郢迁都才是上策，若等秦军到来，再撤退就晚了。"

楚顷襄王觉得州侯言之有理，打不过，跑还不行吗？楚国地盘大，不信秦军会追着跑。于是，他武断地宣布说："寡人接受令尹的建议，迁都。众卿说说国都迁到哪里妥当？"

景阳急忙说："大王，秦军前锋从彝陵进抵郢城只需要三个时辰，没有时间讨论迁都之事了。"

楚顷襄王这下急了，赶紧跑到后宫收拾细软去了。

白起的前军将领是司马靳，他率一千余铁鹰锐士、三千余轻骑疾驰，很快与中军拉开了距离。后军全部乘船顺流而进，速度也超过了中军。

白起估计郢都的楚军当在五万左右，而郢城的城垣和咸阳的差不多，都是用黄土夯筑，攻城的难度不会太大。

当天傍晚，司马靳兵抵郢城下。他骑马来到城南门三里开外的一块坡地，观察守军的情况。远远望去，郢都像一个氏族城堡，房屋紧密。宽厚的黄土城垣上，有几杆土黄色的军旗迎风飘扬，但并未发现有守军，只在城垣西北角的土台上有两三个人影晃动。司马靳觉得奇怪，便往北走，到了北门附近，发现不断有人群从城内涌出——这显然是楚王要弃城逃跑。

司马靳勒马回营，下令鸣号，大喊"杀进城去！"顿时，马蹄踏踏，灰尘四扬，秦军仿佛是一场沙尘暴，向城北门席卷而去。

就在司马靳发起进攻的前一刻，楚顷襄王一行在数百名禁军武士的簇拥下，仓皇奔逃。由于慌不择路，次日晚，他们不觉来到大别山南麓，在这里迷路了，不得不在荒山野岭熬过一夜，第二天中午才幸运地遇见了驻守黾塞三关（武胜关、九里关、平靖关）的楚军。在大臣昭子的建议下，楚顷襄王决定翻越大别山，暂奔城阳。

司马靳没费多大力气就占领了郢都。第二天上午，白起随中军主力进入郢城。他走进王宫，正准备放火，见王宫大殿内有一老者坐着，一边喝酒，一边吟唱。白起揪起老者，问道："你是谁？"

老者喘着粗气说道："老夫就是把熊横推上王位的大司马、

上柱国、令尹、上爵执珪昭阳。你又是谁？为何擅闯王宫？"

白起一脸肃穆地说："我是秦国国尉、大良造公孙起。现在请你出去，我要放火烧掉这腐朽奢靡的宫殿！"

昭阳怒道："老夫在此，你敢！"他见白起没有住手的意思，又高声道，"先王给了老夫这么高的地位、荣耀，老夫却连一座宫殿都保护不了，老夫无能，老夫有罪，无颜去见先王啊！"

白起冷冷地看了他一眼，将火把投向帐缦……

不久，秦国在郢地设立南郡，白起因功受封为武安君。

第十一章 再战中原

第一节 远程奔袭战华阳

白起攻陷了楚国郢都，晋封武安君后，斗志更加旺盛。他率领伐楚大军继续向东攻伐，一路打到了竟陵，正要向安陆进军时，却接到了秦昭襄王的旨令：回军北上，征伐魏国。

白起哭笑不得，料想是形势发生了新的变化，秦王又有新主意了。他即刻传令，让已经攻占安陆的前军撤回。如此一来，灭楚大计就流产了。这也是司马错和白起早已预料到的事情，所以白起没有任何的疑惑和犹豫。

形势确实发生了很大变化：燕国大将军乐毅被免后去了赵国，齐国又复活了，燕国、魏国先后有新主继位，诸侯国之间的关系越来越微妙。秦昭襄王觉得进军中原的机会又来了，开始考虑重新经略中原。

白起于周赧王三十八年（前277年）秋率师回到咸阳，没等他歇脚，秦昭襄王便传他到芷阳宫商讨军事。白起进入正殿时，秦昭襄王、宣太后和穰侯魏冉已经在座，显然这是一次非正式的最高级军事会议。

魏冉开门见山地说："魏王邀薨逝，其子魏圉继位，王位还未坐稳，齐国就发起了反击。王上图谋中原已久，这是我们出兵伐魏、切入中原的大好机会。王上想听听你的看法。"

白起心想，哪一次不是你们几人议定后再通知我，征求我的意见，我能有意见吗？所以，他淡淡地说："王上圣明，魏国现在被齐、赵攻伐，我们趁机而入，魏国就像是待宰的羔羊，即使我们不能独享美食，至少可以分到一大块。只是不知王上要怎么打？"

宣太后笑着说："大将军总是快人快语。国君与相国考虑到你和将卒们在外征战已久，身疲力困，所以让你们回来稍作休整。"

秦昭襄王巴不得明日便出兵伐魏，但从宣太后的话里受到启发，顺势说："征楚大军功绩显著，但也疲惫不堪，早该回师休整一下了。"

但白起一听见打仗就兴奋不已，根本不知道什么叫疲累，当即请战伐魏。

周赧王三十九年（前276年），白起统兵伐魏，攻取二城，杀敌一万余人。

周赧王四十年（前275年），相国魏冉挂帅，白起为副帅，统兵数十万伐魏，进逼大梁。韩国派大将暴鸢援救魏国，结果暴鸢不幸战死。秦军杀敌数万，占领启封。魏国被迫割地求和。

但秦昭襄王已经动了灭魏之心，秦、魏两国和平的日子并未维持多久。周赧王四十一年（前274年），魏冉再次领兵攻打魏国，攻取蔡阳等四城。

魏安釐王见秦国没完没了地对魏用兵，十分懊恼，但自己打不过人家，又能怎么办呢？他想，秦王我欺负不了，但韩釐王这个软柿子还是可以拿来捏捏的，魏国失去的，多少可以从韩国拿点回来。

次年，魏国联合赵国攻打韩国。韩国本就已经国力衰微，哪里经得起两国合兵攻伐？韩釐王心急如焚，便派使者向秦国求援。秦昭襄王觉得正好可以坐山观虎斗，不愿出兵相助。

眼看赵魏联军就要打到华阳，距韩都新郑已近在咫尺。韩釐王只得再派老大夫陈筮为使者，向秦国求援。陈筮拖着病体，火急火燎地赶到秦国咸阳，先见了老朋友魏冉。魏冉听说陈筮来访，迎出门外。二人来到大堂坐定，魏冉说："韩国的事情很危急吗？您生病了，还不远万里奔波而来。"

陈筮却出人意料地说："一点也不着急。"

魏冉见陈筮大难临头还嘴硬，生气地说："不着急的话，你也不会来造访我国吧。"

陈筮回答说："先前很危急，是因为韩国准备拼死抵抗；现在韩王有了改变立场投靠其他国家的想法，所以不怎么着急了，这才让我来见秦王。"

魏冉一听就明白了，忙说："您不用见秦王了，我这就请秦王发兵援救韩国。"

秦昭襄王也担心韩国投靠他国，当即命穰侯魏冉为主帅，客卿胡伤、武安君白起为副帅，领兵数十万救援华阳。

华阳在韩都新郑附近，乃中原交通咽喉，北上可以经太行道到达赵国长平，然后向东进抵赵都邯郸；南下可以抵达韩都新郑，向东则可以顺流而下直驱魏国。如果秦、韩联合守住华阳，那么华阳地区就成了防御赵、魏两国的一把尖刀。

但是，从秦国咸阳到华阳有千里之遥，途中遍布崇山峻岭。魏冉认为，援兵要抵达目的地投入战斗，至少需要二十五天，还不包括中途出现的任何意外。所以，他很担心地说："赵魏联军与韩军胶着于华阳，而华阳距秦地千里，若我大军十日内不能赶到，华阳就不保了。"

白起主动请缨道："此事太过急迫，请让我领前军先行，穰侯和胡客卿率中军随后。不知可否？"

魏冉点头说道："我虽为主帅，但已经老了，军事指挥权就交给你吧。"

"那我就不客气了。"白起没有推辞，转而对胡伤说，"胡卿领中军随后，须十日内赶到。这要日行军百十里，困难重重，还望众将卒日夜兼程，不辞辛劳。"

此时，赵魏联军正在猛攻华阳，魏军主帅芒卯和赵军主帅贾偃听说秦军援韩大军将至，都有点惊慌。华阳的韩军已疲惫不堪，不久必破，他们不甘心就此罢手，决定兵分两路，芒卯率魏军迎战秦军，贾偃率赵军攻取华阳。贾偃不放心，对芒卯说："秦军锋芒正劲，你的人马能抵挡得住吗？"

芒卯曾败于白起，一直耿耿于怀，想报一箭之仇。他说："我有精锐十数万，抢先在险要之地设防，以逸待劳，难道还挡不住远道而来的疲惫之兵？"他不慌不忙地在秦军往华阳的必经之路上层层设伏。然而，他忘了白起用兵往往不按常理出牌。白起命方洛领铁鹰锐士、蒙骜领轻骑，直接插入赵、魏两军之间，回头向南打。此时，芒卯的伏击防线还未布置完成，他匆忙向北迎战，与秦军前军对峙。

几天后，秦军中军从魏军的西侧包抄过来，芒卯慌了，准备将魏军主力调向西侧抵挡。就在魏军调动之际，方洛、蒙骜乘势冲击，打乱了芒卯的部署。本可掌握主动权的魏军陷入混乱之中，损失惨重。白起命前、中两军把魏军挤压到河谷地带，迅速围歼。芒卯预感到有全军覆没的危险，便下令向南突围，但还是有些迟了，三名魏将被生擒，约十万人被斩首，芒卯仅带万余人败逃。

白起见魏军溃败，顾不上追击，挥军直抵华阳城下，与贾偃的赵军激战。贾偃得知魏军惨败、芒卯溃退的消息，大惊失色，斗志全无，他自知独木难支，慌忙撤围北逃。白起令骑兵追击至黄河边，截住了来不及渡河的几万赵军，方洛不知如何处置，便向白起请示。白起也深感为难，他望向滔滔奔流的河水，咬牙道："沉河！"

由于魏军主力多半被歼灭，无力再战，魏将段干子奏请魏安釐王把南阳割让给秦国。

华阳之战后,白起挥师攻魏,接连攻克卷、蔡阳、长社,又攻取赵国的观津四城,接着再次围攻大梁。魏安釐王无奈,只得接受段干子的建议,献南阳向秦国求和。

秦昭襄王担心山东诸国合纵抗秦,于是顺水推舟,接受南阳之地并让白起退兵,随后将南阳连同过去攻占的楚国上庸之地合并起来,设置南阳郡。

第二节 阏与之败

秦军数年征伐中原,出师必胜,使秦昭襄王信心大增,准备和二强之一赵国再硬碰一下。但是,他又觉得还有后顾之忧:西北面的义渠戎国发生了百年不遇的大灾荒,又来骚扰秦国边境,抢掠物资;蜀郡守张若还在与楚将庄蹻争夺楚巴、黔中郡,楚国在北边也收复了不少失地,正在恢复元气。因此,他想先征询一下宣太后的意见。

宣太后身体抱恙,已经有好些日子没来咸阳宫听政了。秦昭襄王来到高泉宫,把征伐魏、赵的计划和自己的担忧告诉宣太后。宣太后沉思良久,语气平和地说:"楚王贪恋一城一地和钱财货物,同他贪恋美色一样无度,但土地广阔并不代表着国家就一定强大,来自楚国的威胁暂时还不足为虑;义渠戎的混乱局面,对秦国是有利的,以前我们对义渠戎一直是抚剿结合、恩威并施，而今秦国向东发展大见成效，有足够的实力彻底收服义渠戎。"

秦昭襄王愣了一下，确认道："母后是说灭掉义渠戎国？"

宣太后神情严肃地看了秦昭襄王一眼，没有再说话。

不久，义渠王收到了一封以宣太后名义发来的文书，书中说："我们两国早已是一家人了，需要有难同当。义渠戎遇到大灾荒，饿殍遍野，人心思乱，对社稷不利。秦王打算施恩于戎狄百姓，运粮赈灾……不知大王意下如何？"

义渠王正为灾情而犯愁，见书后大喜，亲自来到咸阳。宣太后召义渠王至高泉宫，设宴招待，共叙旧情。当天，义渠王被斩杀。

东伐之前，秦昭襄王让白起挑选精兵，征伐陇东大原，突袭义渠戎都城，将义渠纳入秦国版图。秦国得以开辟陇西、北地、上郡三个郡。

解决了这一后顾之忧，秦昭襄王急于攻打赵国，便召魏冉、白起、胡伤等人商议。魏冉提出先征伐齐国，打通"咸阳-陶邑通道"。秦昭襄王闻言心中不悦，但也没有驳魏冉的面子。于是，魏冉与客卿灶密谋攻齐，夺取了刚、寿两城。

刚逃到秦国的魏人范雎抓住机会，借此事上书秦昭襄王，说魏冉攻打齐国，只是为了扩大自己的私人封地陶邑。此后，秦昭襄王渐渐疏远魏冉，连带对白起也有些不满了，开始重用客卿胡伤，将其晋爵为中更。

周赧王四十五年（前270年），秦昭襄王再也没有耐心等下去了,决意伐赵。不过,出师得名正言顺。秦昭襄王搜肠刮肚,终于想起了一件事:秦国曾经攻克赵国的蔺地、离石、祁地三个地方,赵国派人向秦国求和,表示愿意用焦、黎、牛狐三个城邑来换回被秦国攻占的蔺、离石和祁,并把赵国公子郚送到秦国作人质,双方就此达成协议。然而,秦国把蔺地、离石、祁地还给赵国后,赵国却违反协议,没有把焦、黎、牛狐三城割让给秦国。

时过境迁,估计赵惠文王也忘记这件事了。秦昭襄王想讨回蔺地、离石、祁地三个地方,料定赵惠文王会赖账,但他已打定主意,无论赵国给不给,都要出兵伐赵,只不过有了这个借口,对秦国更有利罢了。于是,秦昭襄王派公子缯出使赵国,讨要这三地。

公子缯匆匆来到邯郸,求见赵惠文王。结果正如秦昭襄王所料,赵惠文王一听是来讨要"旧账"的,便借口说身体不适,不愿接见秦使,只是派大夫郑朱去应付。

公子缯问郑朱说:"我想要拜见赵王,赵王为何迟迟不肯接见?"

郑朱客气地解释说:"实在抱歉,我们大王身体不适,所以不能召见您,而让我来接待。"

公子缯便直截了当地说明来意:"当初,赵国主动要求与秦国交换三城,秦国已经履行了协议,而赵国却违约了。如果赵国不肯交换的话,不如就将蔺、离石、祁三城归还给秦国。"

郑朱微微一笑说:"贵使这话可就不对了,蔺、离石、祁虽然距离赵国很遥远,离贵国很近,但这几个地方原本就是属于赵国的。过去靠着先王的英明决断、先臣的共同努力,才拥有了这些土地。如今大王不及先王英明,众臣也不如先臣那么努力,恐怕国家都不能顾及,哪里能顾及收复蔺地、离石、祁地?所以,请贵使回禀秦王,就说此三城本来属于赵国,怎么能轻易献给秦国呢?"

公子缯闻言大怒道:"秦国已经不是过去的弱国了,赵国虽然强大,但并非不可战胜!赵国如此欺骗秦国,那就只能刀兵相见了!"

公子缯回到咸阳,将赵王背约之事禀明秦昭襄王。秦昭襄王大怒说:"赵国真是欺人太甚,必须兴兵讨伐!"

是年初夏,胡伤奉命率大军数十万,经韩国上党郡伐赵。抵达上党后,为了迷惑赵军,他决定兵分两路,一路开向武安,做出进攻赵都邯郸的架势;一路从太行山西边北进,至阏与,试图穿过太行山孔道,然后再向东从一个叫作"滏口"的山口穿越滏山,沿着发源于滏山的滏水向南进抵赵都邯郸。

阏与地处太行山西,是个十分重要的军事据点,也是赵都邯郸与陪都晋阳之间的战略要塞。胡伤跟随白起转战多年,屡建战功,曾经在上党地区作战。这一次他作为主帅,独立指挥作战,决心尽己所能,好好表现。

驻守阏与的赵军不足两万,守将听说秦军重兵来攻,不敢出城关迎战,一面全力坚守城池,一面差人前往邯郸求救。此时蔺相如伐齐未归,赵惠文王急召老将廉颇、赵奢、乐乘等人商议。

赵惠文王问廉颇:"秦军围攻阏与,应当如何援救?"

廉颇一向心直口快,回答说:"秦军士气正盛,而且阏与道路远,又艰险又狭窄,很难援救。"

赵惠文王闻言未置可否,又询问乐乘,乐乘的意见和廉颇一样。

赵惠文王摇摇头,一种不祥的预感袭上心头,但事关重大且十分紧迫,他又让老将赵奢说说看法。赵奢扫视众人一眼,不慌不忙地说:"阏与是军事要地,通过谷地通道直达都城,万不可失。听说秦军主帅是胡伤,此人行事谨慎小心,掌控全局的能力不够,远不及秦国大将军公孙起,不足为虑。况且,胡伤孤军深入,对阏与不熟,而阏与山多陡峭,道险路狭,就像两只老鼠在洞穴中争斗,可谓狭路相逢勇者胜。老臣愿率一旅之师,与胡伤较量一番。"

赵惠文王终于等到临危请命的将帅,当即命赵奢为大将军,率精兵援救阏与。这时,廉颇也不甘示弱,向赵惠文王请战说:"臣愿率一旅之师作为赵奢的后备军,协同作战。"

赵奢既懂谋略又有丰富的实战经验,他率十数万赵军出邯郸西门后,行不过三十余里,便止兵不前。阏与守将心中焦急,不断派人到赵奢大营告急,请求火速增援。赵奢手下将卒知道后,个个奋勇争先,请求速往阏与一战。赵奢却在军中下令说:"我军到了战场,必须严格遵守军规军纪,绝对服从将帅命令。如果有人质疑将帅的决策而进行劝谏,必按军法处以极刑。"接着传令安营扎寨,并装模作样地高修壁垒。赵军将卒都不知道赵奢的意图，心中多有怨言，但又不得不执行军令。

此时，秦军的一部分人马抵近邯郸西北面的武安城，以观察邯郸赵军的动向，牵制北上援助阏与的赵军。这支秦军在武安城西边不远处扎营，一天到晚击鼓呐喊，差点把武安城中的屋瓦都震掉。

秦军虚张声势的举动，并没有逃过赵奢的眼睛。他将计就计，采取措施迷惑秦军。军中有个情报人员请求急速援救武安，赵奢立即把他当众斩首。赵军坚守营垒，似乎有长期驻守邯郸北大门的打算。一连十几天，赵军将卒都是紧闭营门。

胡伤听说赵奢率十几万人马增援阏与，也不着急。阏与附近的北山山道是赵奢援军的必经之路，他已派驻数万人马，准备据险阻击赵奢。

但是，过了十多天，赵奢的援军仍未到达阏与。为了搞清赵奢的真实意图，胡伤派出间谍到武安那边，潜入赵军营地刺探军情。秦军间谍换上赵人的服饰，来到赵奢大营附近，见赵军将卒只是增垒浚沟，营门紧闭，因此毫不怀疑赵奢在用计。

赵奢既然设了这个局，自然要引人入彀才好。他派几个军士把秦军间谍抓住，带入中军大帐，但并不审问他们，而是用美食佳肴好好款待。待酒足饭饱之后，赵奢又带领他们在赵军大营巡视一番，使他们确认赵军实在是无力去援救阏与，因为军士都是些老弱病残，只能坚守在都城附近。之后，赵奢将他们送出赵军大营。

秦军间谍得到第一手的情报后，赶紧跑回阏与，向胡伤报告。胡伤大喜过望，说："赵军离开国都三十里就不前进了，而且还增修营垒，阏与铁定能被我拿下。"

而阏与守军听说赵奢率大军来援，心中甚是欢喜。可是，他们盼了二十几天，都没有见到援军的影子，不由得又焦虑起来。告急书简不断传到赵奢大营，但赵奢仍不闻不问。众将卒对此十分不解，却又不敢说话。

胡伤传令将埋伏在北山上的人马撤回，集中兵力强攻阏与关。北山上只留下不足千人，负责巡逻，防范赵军援军。

赵奢的人马在武安驻扎了二十八天，派出去的暗探终于返回大营，将探查到的秦军情况向赵奢详细禀报。赵奢心中暗喜，传令全军准备三日食物，偃旗息鼓，向阏与疾进。两天一夜后，赵奢来到阏与五十里外处扎营，与众将商讨破秦之策。这时，一个名叫许历的军士请求入见，对赵奢说："秦人已经认为赵军不会来这里了，现在赵军突然出现，他们一定会分兵抵御。离此地几里许有个山头，地势上能扼住北去的通道，只要我们抢占这个山头，高修壁垒，严阵以待，便足以制敌。"

许历的建议违背了赵奢的军令，继续说："我违背了将令，请求处罚。"

赵奢说："此战若胜，免罪受奖；若败，必受刑。"

此时秦军在北山上只有数百人马，许历以上万人马轻松占领了北山。正全力围攻阏与的胡伤，得知赵奢率援军突至，十分吃惊，只好将攻城的兵马分出一半，向南迎战赵奢。当他发现北山已被赵军占领,赵军主力在山下筑垒以待时,感到事态严重,连忙命令秦军发起猛攻,同时增派兵力去夺取北山。

许历在山头向下观望,秦军的行动一览无余,就用旗语告诉赵奢。这样一来,赵奢可以提前做出安排。胡伤只能增兵强夺北山,但未能得手,于是亲自率秦军攻击北山。

赵奢见秦军阵脚已乱,心中欢喜,于是亲自率领赵军主力从后面夹击胡伤。胡伤腹背受敌,不能冲出重围,没过多久,他中箭摔于马下。赵军将卒见秦军主帅落马,蜂拥而上。秦军的数千轻骑疾奔过来救助,两军拼杀在一起。兵尉斯离拼死杀入重围,将胡伤救出。

此时,阏与守军虽然精疲力竭,但听说大将军赵奢的援军已经攻占北山,很快就要杀到城下,顿时士气大振,打开城门,发起反攻。秦军担心遭到两面夹击,赶紧后撤。

赵奢指挥赵军乘胜追杀五十余里,见两部秦军已合在一起进入魏国境界,不敢再追,收兵而回。

胡伤清点人马,虽然有所折损,但还可重整旗鼓。他瞅准魏国的几邑,打算趁魏国没有防备,突发奇兵,一举将其拿下,以将功赎罪。

胡伤未与其他将领商量,便指挥秦军扑向魏邑。但他没有料到,早在他出兵经过魏境时,魏军就开始密切关注秦军的动向,丝毫没有放松警惕。他刚有所动作,魏军便向上告急。

魏安釐王接到急报后,一面命信陵君魏无忌率兵救援,一面遣使前往赵国救助。赵国大将廉颇原本要去增援阏与，赵惠文王见魏使来求援，便做了个顺水人情，让廉颇去援魏。

胡伤听说信陵君魏无忌率领魏军赶来增援，廉颇也率赵军前来援救，心中大惊，哪敢恋战，连忙撤退。

廉颇也不是一个好惹的主，他在秦军的退路上进行截击。胡伤心想，秦军新败，士气不振，难以抵挡准备充分的赵军，而廉颇又经验老到，搞不好有全军覆灭的危险。他指挥大军且战且退，想要尽快脱离战场，但还是被赵军截杀一阵，损失不小。胡伤领着败军逃回国内后，再清点人马，数十万大军剩下不足一半。这是秦昭襄王即位以来秦军遭受的最大一次惨败。

秦昭襄王不由得怒火中烧，下令将胡伤斩首示众。胡伤自知乃败军辱将，甘愿受领死罪。这时，白起站出来为胡伤求情，他劝秦昭襄王道："王上息怒！胡伤兵败理当处死，但他屡立战功，唯此一败，可饶死罪，削职为民以示惩戒便可以了。其实，这次战败，是因为我们过于低估了赵国的实力；再者，胡伤也不是赵奢、廉颇等老将的对手。"

众臣见白起为胡伤讲情，也纷纷劝谏。秦昭襄王心里明白，胡伤是自己有意越等提拔，以制约包括白起在内的魏冉集团的，他的能力其实不足以胜任；这次重兵征伐赵国也是自己的决策，不该把罪责全加在胡伤身上。于是，他依众臣之议，罢免胡伤爵位，削职为民。

与败将胡伤的结局相反，赵奢因为此战而威名大振，赵惠文王封他为马服君。就连那个军士许历也连升几级。

此战，秦军损兵折将，蒙受了前所未有的耻辱。在秦昭襄王雄心勃勃、朝野伐赵声浪汹汹之时，此次惨败，对秦人的信心无疑是一次沉重的打击，以致七八年不敢伐赵。天下诸国也在睁大眼睛看秦国如何行动，已经沦为秦国附庸的韩国不得不重新站队，再次团结在赵国的周围。中原的战局依然复杂多变。

第十二章 将相恩怨

第一节 范雎显才受辱

周赧王四十四年(前271年)初秋,一辆插着黑色三角大旗的传车驶出长史府邸,车里坐着长史王稽及几名精干吏员。他们此行,是奉王命出使魏国。

秦昭襄王还交给王稽一个秘密任务——为秦国物色相才。众所周知,魏国人才济济,却大都流失到了秦国。因为对相国魏冉心生不满,秦昭襄王迫切想要物色一个相才来取而代之。王稽原本只是一个谒者,官爵不高,才能平平,却服侍了三代秦王。秦赵"渑池会盟"前夕,秦昭襄王以"历经磨难,忠勤任事"为由,特赐王稽大夫爵位,职领长史。王稽自觉没有当伯乐的本事,但又不敢拂了王意,只得硬着头皮应承下来。

王稽来到魏都大梁,刚在驿馆落下脚,就四处打听贤才智士。说来也巧,王稽遇见了一个老朋友——中大夫须贾府里的书吏。这个书吏给王稽讲了一个故事。

中大夫须贾有个门客叫范雎,好学法律,有安邦定国之志。他在须贾府中表现相当不错,经常跟随须贾出入社交场合。

魏相魏齐在华阳被白起打败后,魏安釐王既怕秦国继续来侵,又怕齐国田单复国后报复,便和魏齐计议,想与齐国修复关系。于是,中大夫须贾受命为使,前往齐国修好,范雎等人随行。

须贾到达临淄时很倨傲,拜见安平君田单时竟当面嘲笑其府邸简陋如大梁的牛棚。田单丝毫不在意,淡然一笑道:"固国不以山河之险,处政不以门第之威。中大夫可知此话出自何人之口?"

须贾一时想不出来,这时,他的一个门客高声回道:"这是我魏国上将军吴起的名言。安平君敬重魏国,魏国也应当敬重齐国!"

田单冲门客一拱手,说道:"阁下一语道破邦交的真谛,敢问阁下尊姓大名?"

须贾觉得自己失了脸面,气呼呼地说:"他叫范雎,只是我的一个门客。"

田单哈哈大笑道:"若您有这位门客这般见识,田某自当敬佩了。"

须贾听了越发生气,脸色发白,狠狠地瞪了范雎几眼。田单故意装作没看见,与须贾约定了觐见齐襄王的时间,便告辞了。

过了几天,须贾要去见齐襄王,担心范雎再抢自己的风头,不太想让他一起去,但又怕遇到难题解答不了,于是就让范雎捧着一个礼盒跟随,让别人以为他只是一个侍者。

他们在王宫外遇到了田单,田单装作没有看见须贾,径直走向范雎行了一礼,说道:"原来是名士范雎先生,田单有礼了。"

范雎知道田单故意蔑视须贾,当然要维护须贾的面子,忙回道:"范某不敢当名士之号,因随特使大人拜会齐王,恕不能还礼。"

田单再拱手道:"先生果然有国士之风。"然后,他才转向须贾,"原来须贾大夫是急于去觐见齐王,怪不得行色匆匆。那好吧,先请!"田单让须贾走在前面。

须贾脸色涨红,也不搭话,直接走入宫去。见了齐襄王,傲慢的须贾行礼过后,生硬地问道:"不知齐国如何与我大魏修好?"

齐襄王微微一愣,反问道:"以前我先王与魏国一同起兵伐宋,声气相投;及至燕人残灭齐国,魏国也是实实在在地参与其中。寡人每每念及先王之仇,切齿腐心。现在魏国又以花言巧语来诱惑寡人,反复无常,寡人如何能够相信你们是有诚意的?"

须贾一时语塞,范雎在一旁代为回答:"大王此话就不对了。过去先君王之所以伐宋,是奉天命行事。原本约定三分宋国,结果贵国背约,尽收其地,反加侵虐,是齐国失信于魏国。齐湣王骄横暴戾又贪得无厌,诸侯皆畏惧,于是昵就燕人讨伐。

济西之战，五国同仇，岂是魏国单独的行为？尽管如此，魏国还是做得很有分寸，没有跟随燕国攻占临淄，这是魏国对齐国的礼让。今大王英武盖世，报仇雪耻，光启前人遗志，我王认为桓公、威王之余威必当再振，可以弥补湣王的过失，所以才派使臣来重修旧好。大王如果只是指责别人，而不知自我反省，恐怕又要重蹈湣王的覆辙了。"

齐襄王闻言大为惊愕，尴尬地问道："这位是何人？"

须贾回道："外臣的门客范雎。"

齐襄王看着范雎说："先生的意思是寡人如果不放弃复仇的想法，就要重蹈湣王的覆辙吗？"

范雎坦然说道："邦交之道，都以各自利害为根本，而以天下道义为辅。舍利害而就道义者，腐儒治国。舍道义而逐利害者，孤立之行。要想邦交和谐，就要在利害和道义之间寻求平衡。齐、魏既是邻国，又同为大国。齐国挟复国之威，军力强盛，但久战国疲，满目焦土，四野饥民，应该以休养生息、稳固根基为主。魏国虽然没有遭此大劫，但北邻的强赵如泰山压顶，西边又有强秦夺我河内，两强夹击，使得魏国无暇他顾。在这种情况下，魏、齐两大国应该和平相处。这也是魏王派使臣前来修好的本意。还望齐王和安平君以两国利害为重，放下仇隙，共安大局。"

范雎话音刚落，齐襄王就拍案叫好："果如使节所言，寡人还有什么可说的？"

田单沉思片刻，对须贾说："既然魏国诚心修好，齐国自然也可以不计前仇。但魏国必须在一年之内归还之前占领的齐国十座城池,以证明自己的诚意。请中大夫以此回复魏王及相国魏齐。"

须贾见风头还是被范雎抢了去,沮丧地答复道:"好,我将如实禀报!"

齐襄王派人把须贾等人送回驿馆,又暗中让人给范雎传话:"国君仰慕先生的才华,有意把先生留在齐国,以客卿相待,万望不要嫌弃。"

范雎婉拒道:"我随中大夫一同出使,却不一同回去,无信无义,何以为人?"

须贾明显感觉范雎比自己更受齐人欢迎,一天也不想在临淄多待。回国的头天晚上,一辆轺车来到驿馆,指名道姓要见范雎,原来是齐襄王给范雎送来了黄金、牛酒等厚礼。

范雎堂堂正正地对来人说:"感谢齐王的美意,我身为魏使随员,不可私自接受馈赠。"

范雎坚辞不受,来人却说:"如果先生不收,那就是我没能完成任务,回去会被大王砍头。"范雎不得已,便接受了牛酒,而将黄金退还。

须贾见范雎如此被齐人抬举,心里酸溜溜的。他追问范雎说:"齐王为何要赏赐你这些东西?"

范雎回答道:"我也不知道,可能是因为大夫与齐国和谈顺利,敬佩大夫和我吧。"

须贾一听更来气了:"你这不是鬼话吗?如果齐人敬佩我,

怎么不直接把赠品送到我手上?一定是你与齐人有私交。"

范雎辩解道:"齐王前一天曾派人请我留在齐国作为客卿,但我已经明确拒绝。我是讲信义的人,怎么敢与齐人有私交呢?"

然而,须贾不仅不相信他的话,反而因妒生疑。回到大梁后,须贾向相国魏齐汇报出使情况,还把范雎受贿以及对范雎的怀疑一并讲了出来。

魏齐听了勃然大怒,使臣肩负特殊使命,若不是范雎出卖国家利益,齐王为何要私下赏赐他?私下收受贿赂,这是重罪。于是,魏齐设宴喝酒,让人把范雎传来,当众审讯严责。

范雎被抓来后,匍匐在府外石阶下。魏齐亲自审问他。

"你私下向齐人透露了魏国的什么机密?"魏齐厉声道。

范雎回答:"小人怎敢?公务之外,没有多说半句。"

魏齐提高声音说:"你若没有私通齐人,齐王凭什么要留你在齐国做客卿?"

范雎回答:"也许是齐王欣赏小人敢于仗义执言。齐王虽有挽留之意,但小人坚辞未受。"

魏齐又问:"但齐王赏赐的黄金、牛酒,你为何接受了呢?"

范雎分辩道:"齐人坚持要小人收下,小人担心拂了齐王之意、惹恼了他,使和谈前功尽弃,这才勉强接受了牛酒,但那十镒黄金,确实没有收。"

魏齐见范雎不肯认罪,大喝道:"卖国贼!休要狡辩!即使仅受牛酒之赐，也必是事出有因，怎能把自己择得一干二净！"魏齐命武士将范雎绑起来，重责一百棍，逼迫他招认私下通齐之事。

范雎忍受着杖责，喊冤道："小人确实没有私通齐国，有什么可招的呢？"

魏齐更加恼怒，让武士更用力地抽打，直到范雎昏死过去。武士对魏齐说："范雎已气绝身亡，如何处置他呢？"

魏齐还有些不信，亲自上前用手试探，范雎果然已毫无气息，直挺挺地躺在血泊之中。他切齿骂道："卖国贼，死得好！好教后人看样！"他让武士用芦席将范雎卷起，扔到茅厕的角落里，派一武士看守，还让宾客便溺在范雎身上，不容他做个干净之鬼。

待天色渐晚，宾客散去，唯有看守的武士守在范雎身边。也许是命不该绝，昏死的范雎苏醒过来，轻轻将头伸出芦席之外，对守卒说："我伤得这么重，虽然暂时醒了，但绝没有活下来的可能。我看你心善，若能让我死于家中，以便殡殓，家里有几两黄金，将全部用来酬谢你。"

守卒见有利可图，便走进大堂向魏齐请示说："相国，那茅厕里的死尸腥臭难闻，还要人守着，不如把他抛尸荒野算了。"

此时魏齐已是大醉，便点头应道："既然如此，就把他丢到郊外，让野鸢吃掉他的残肉好了。"

守卒让范雎仍然装死，趁夜深人静，悄悄地将他送回家中。

王稽听朋友讲了这段离奇的故事，内心一阵怅然，忙追问范睢后来是死是活。朋友说后来再没有听到范睢半点消息。

王稽回到驿馆，心想这范睢肯定是个不可多得的人才。且不说齐襄王为人机警睿智，还有那个能与当世名将乐毅抗衡六年的田单，他们可都是历经大战、出生入死的名君贤臣，岂会轻易以重金、牛酒结交一个平庸之辈？

王稽马上把几个精干吏员派出去，到范睢家中及大梁官邸民居四处打探其下落。直觉告诉他，范睢多半未死，如果死了，在家殡殓怎会没有半点消息传出来？可是，派出的人在大梁搜寻了四五天，还是毫无收获。

这天，王稽正为苦寻人才不得而烦恼，有个叫郑安平的吏卒主动找上门来，说他有个很要好的朋友，是个奇才，想要引荐一下。王稽答应见那人一面。郑安平说："这个朋友跟人有仇，不敢白天来见。"王稽说："那你就晚上带他来见我吧。"

当天晚上，郑安平带着范睢悄悄来见王稽，他向王稽介绍说："此人叫张禄，其才能与特使大人寻找的范睢不相上下。"明明来人就是范睢，为何郑安平说他叫张禄呢？原来，范睢怕魏齐查出他诈死，故更名张禄。

王稽很高兴，与张禄交谈起来。张禄（范睢）面对王稽，坦然自若，侃侃而谈。议论天下大势，条分缕析，皆合乎情理；谈及治国与邦交方略，也头头是道，无所不通。

张禄一席话还未讲完，其才情智慧已令王稽信服，当即决定带他去秦国。王稽让张禄先去城西郊三亭冈等他，待他办完公事就一起回秦国。

王稽不敢耽搁，用几天时间赶紧办完了邦交公务，然后打道回府。按照事先的约定，他在经过大梁西郊三亭冈时，捎上了张禄。

第二节 献远交近攻之策

王稽一行分乘几辆马车赶路，很快到了秦国境内的京兆湖县境内。这时，只见前面尘土飞扬，一队轻骑奔驰而来。

范雎感到莫名惊恐，忙问王稽："车仗这么威风，领兵的老者是什么人？"

王稽仔细看了看，转身告诉范雎："老者是穰侯，那队轻骑是他的护卫，他可能是代秦王东巡。"

范雎一听更慌了，忙说："据我所知，穰侯长期把持秦国大权，很不喜欢其他诸侯国的贤才辩士来到秦国。我看，还是别让他看见我为好。请您把我藏匿在车中，免得招来他的责怪。"

王稽也担心无端招祸，便按范雎所说将他和郑安平藏在车厢里。他们刚刚藏好，魏冉的轻骑就走过来了。王稽跳下车驾，迎向前去施礼。魏冉也还礼说："长史出使魏国，一路上辛苦了。"又说道，"随行的人不少啊，这次中原诸国有说客来秦国吗？"

王稽回答说："没有。"

魏冉高兴地说："长史行事讲规矩，好！那些说客仅凭口舌之能来骗取荣华富贵,其实都是无用之辈,让他们来秦国,对国家是非常有害的!"说完就转身走了。

听到魏冉车马离去的声音,范雎这才从车中探出身来,对王稽说:"我从穰侯的神色,看出他仍然有所怀疑,离开后必然后悔,肯定会派人回来搜查使君的车辆。我还是下车到路边的林子里避一下为好!"说完,他和郑安平一起跳下车,往道旁的小径跑去。

正如范雎所料,王稽走了不过几里,就听见身后传来一阵马蹄声,魏冉的骑队果然又返回来了。他们拦住车驾,为首一人对王稽说:"刚才没有查看长史的车内情况,是我们失职。相国命我们再来看看,请不要见怪。"

王稽对范雎的精准判断深感钦佩,坦然打开车门让对方察看。

两天后,王稽回到秦都咸阳,马上进宫向秦昭襄王报告了出使情况,然后趁机推荐范雎说:"臣此次出使魏国,带了一个名闻天下的辩士回来,此人姓张名禄,智谋出众,不在张仪之下,特向大王举荐!"

秦昭襄王淡淡地说:"寡人要的是相才,孝公有商鞅,父王有张仪,王兄有甘茂……而诸侯辩士大都喜欢夸大其词,危言耸听,既不可信,也难当重任。先将他留在驿馆吧!"

既然秦昭襄王不愿召见,王稽也不便强求,只好回去告诉范雎,并安慰说:"先生莫急,先住下来,再等待时机。"

范雎无奈,只好暂时留居驿馆,一边耐心等待,一边思考如何取信于秦王。

这年冬天,范雎在咸阳街头闲逛,见秦军打了胜仗归来。打听得知,这是魏冉攻打齐国的人马,据说拿下了刚、寿二城。

第二年,秦昭襄王命客卿胡伤伐赵,大败而归。范雎心思敏锐,从中发现了不少值得玩味的事情:秦昭襄王急于攻伐赵国,魏冉则主张缓进,君臣之间似乎产生了分歧;白起执掌一国军队,却保持中立,两不相帮。秦昭襄王对伐赵十分重视,但派出的主帅却是客卿胡伤,而不是每战必胜的白起。

范雎把各种看似不相关联的现象放在一起分析,又结合天下大势,写了一封奏书呈送秦昭襄王。奏书中写道:

"我听说英明的君主执政,对立功者给予赏赐,对有能力的人则委以重任。现在我待命于下等客舍已整整一年,如果您认为我可用,那就早日任用;如果认为我不可用,那么一直把我留在这里也没有意义。

"俗话说,庸碌的君主奖赏自己宠信的人而惩罚自己厌恶的人;圣明的君主就不会这样,奖赏一定是给有功的人,刑罚一定是加在有罪者的身上。如今我的胸膛耐不住铡刀和砧板,我的腰也承受不了小斧和大斧,怎么敢用毫无根据、疑惑不定的主张来试探大王呢?即使您认为我身份微贱而蔑视我,难道就不重视推荐者对您的担保吗?况且我听说周室有砥砨,宋国有结绿,魏国有县藜,楚国有和氏璞玉,这四件宝玉,产于土中,著名的工匠误认为是石头,但它们终究成为名贵的器物。同样的道理,难道圣明君主所抛弃的人,就不能够让国家强大起来吗?

"我还听说善于中饱私囊者大多取之于国,善于使一国富足者大多取之于诸侯。而天下有了英明的君主,那么诸侯便不能专权专利,这是为什么呢?因为英明的君主善于分割诸侯的权力。高明的医生可以预知病人的生死,圣明的君主可以洞察国事的成败,认为对国家有利的就实行,有害的就舍弃,有疑惑的就稍加试验。即使是舜禹再生,也不能改变呀。

"有些话,奏书中不便深说,但说浅了不足以引起大王的注意。希望您能牺牲少许游览观赏的时间,让我拜见您一次。如果我所讲的话对于治国兴邦的大业毫无作用,我愿接受最严厉的惩罚。"

秦昭襄王早已忘了"张禄"这人,读了这封奏书,才想起这个被称为奇才的魏国人,于是马上派人用专车把他接到城北的离宫。秦昭襄王觉得自己现在比任何时候都需要一个帮手,这人不仅要具备相才,还要能绝对秉承他的意志行事。或许这个"张禄"就是这样的人。

范雎好不容易等来面见秦王的机会,不忘别出心裁地表现一番。他到了宫门口,假装不知道是内宫的通道,径直往里走。恰巧秦昭襄王出来了,侍从向范雎呵斥道:"大王来了!"范雎故意大声嚷道:"秦国哪有大王?秦国只有太后和穰侯罢了。"

范雎之所以敢这样冒险,是因为他知道秦昭襄王正想要对付相国魏冉。秦昭襄王走过来问明事由,不仅没有生气,还拉着范雎的手,道歉说:"我本该早点向您请教,只因闳与战事紧急,一直没有时间。"他带着范雎进入内殿,然后屏退左右,长跪着向范雎请求道:"先生怎么教导我呢?"但范雎只是"嗯嗯"两声,什么也没有说。

秦昭襄王又接连下跪两次,反复请求范雎赐教。范雎这才说:"不敢这样。从前吕尚遇到周文王时,只是在渭水边上钓鱼的一个渔夫罢了,而文王听了他的一席话便拜他为太师,正是因为他的话说到了文王的心坎里。最终文王用吕尚的谋略统一了天下。箕子、比干身为贵戚,经常直言劝谏商纣王,但纣王不仅不听,还把他们要么杀了,要么贬为奴隶,最终商朝也灭亡了。

"从亲疏关系上讲,吕尚虽与文王较为疏远,却能被文王信任,所以周才能成就统一天下的大业;箕子、比干虽与商纣王关系亲近,却得不到信任,所以身受屠戮,而不能拯救国家。

"作为一个寄居于异国他乡的外臣,我与大王交情生疏,却要谈论大王与亲人的骨肉关系,本愿进献我的一片愚诚的忠心,但又不知道大王心里是怎么想的。如果不把话说深了,则无法挽救秦国;如果说得太深而大王又不相信,那我就会落得跟箕子、比干一样的下场。所以大王连续三次问我,我都不敢回答。"

秦昭襄王听了又连忙下跪,说道:"先生怎么会这样说呢?我正是因为倾慕先生的才华,才单独请教。先生所说的话,我不会告诉任何人,希望先生尽管直言。"

范雎说:"凡人皆有一死,但要死得其所。我只是担心我死后,天下人看见我为君主尽忠反而招致死罪,从此闭口不言、裹足不前,不肯再为秦国效力罢了。现在您既受太后压制,又被奸佞臣子所迷惑,住在深宫中,为近臣所左右,无法分辨坏人坏事。长此下去,往大了说会使国家灭亡,往小了说则使您孤立无援、岌岌可危。"

秦昭襄王再次下跪说:"秦国偏僻幽远,我又是一个愚笨无能的人,先生竟屈尊光临此地,这是上天让我来烦扰先生,使得先王留下来的功业不至于中断。能受到先生的教诲,这是上天要先生扶助先王,不抛弃我。从今以后,无论事情大小,上至太后,下到大臣,涉及任何人任何事,都希望先生毫无保留地给予指教,不要再说信不信任之类的话了。"

范雎于是进入正题:"秦国地势险要,北面有甘泉高山、谷口险隘,南面环绕着泾、渭二水,右边是陇山、蜀道,左边是函谷关、殽阪山,而且军队众多,军民勇敢,可以成就王霸之业。但闭关固守十五年,不敢进兵山东,这都是因为穰侯对秦国不够忠诚,导致大王做出错误的决策。"

范雎说到这里,顿了顿,见秦昭襄王的脸色稍有变化,便先谈穰侯对诸侯国的外交谋略,借以观察秦昭襄王的立场。他说:"穰侯越过韩、魏两国去进攻齐国刚、寿,这是失策。出兵少了,不能对齐国怎么样;出兵多了,则会损害秦国自身。我猜大王是想自己少出兵,而让韩、魏两国全部出兵,这是违背情理的。明知道盟国不可以信任,却越过其国土去进攻齐国,显然是不合适的。过去齐国攻打楚国,杀楚军、斩楚将,辟地千里,可最后连一寸土地也没有得到。难道是齐国不想得到土地吗?是形势不允许啊!各国看到齐国已经疲惫困顿、国力大衰,君臣又不和睦,于是兴兵攻打齐国,结果齐国大败。齐国之所以失败,就是因为去攻打远方的楚国，结果反而使韩、魏两国从中获得厚利。所以，大王应该远交而近攻。"

秦昭襄王问："远交近攻之道又是怎样呢？"

范雎解释道："就是结交远邦而攻伐近国。也就是与齐、楚等距离较远的国家暂时保持良好关系，而将韩、魏作为兼并的主要目标。这样攻取一寸土地就成为您的一寸土地，攻取一尺土地也就成为您的一尺土地。"

秦昭襄王赞道："说得好！"随即授封范雎为客卿（相当于副相国），让他参与谋划军政要事。

第三节 君臣相互成全

范雎被授封为客卿后，又在朝堂上进一步宣扬自己的政治主张和军事策略。

这天，秦昭襄王把五大夫以上的文武百官全都召到咸阳宫，让范雎授教。范雎也不客气，向诸位大臣拱手说道："王上，列位，惠文王之后，至今已有四十三年。在此期间，秦国开疆拓土，东夺魏国河内，南取楚国南郡，声威赫赫。然而，盛名之下，其实难副。自从赵国崛起后，秦国在阏与大败于赵，刚、寿再败于齐。两次败战，使武安君百战之功勋消于无形。现在秦、赵抗衡之势已成定局，秦军却伤亡惨重、疲惰乏力，君主没有宏图远略，军队没有战胜之功，朝臣没有奋进之心，百姓没有凝聚之力,秦国已经日见溃散!如果没有孝公、惠文王两代的坚实根基,如果没有武安君的军威震慑,怎么知道秦国不会被山东六国再度锁进关内?眼下秦国已是外强中干,如果不思振作,十年之后便要亡国了!"

范雎话音未落,大殿内便议论纷纷。谁都听得出来,范雎的矛头是指向穰侯魏冉。因为伐赵(阏与)是秦昭襄王的抉择,而攻打齐国的刚、寿则是魏冉的主意。

秦昭襄王未等别人开口,便对范雎的说辞给予了肯定:"哪个人没有痼疾,怎么能不去医治呢?但请先生开出医方!"

"谢王上!"范雎又一拱手,继续说道,"远交近攻,可作为军政的长远策略。"

"这'远交近攻'究竟是什么意思?"将军王龁问道。

范雎说道:"武安君大战山东,破城百余,斩首数十万,但六国还是六国。不能攻灭一国,不能扩地百里,原因是什么呢?"

尽管范雎的说法有失偏颇,但秦昭襄王还是抢先叫好,众臣则一头雾水,虽然没有灭掉一国,但秦国的地盘在不断增加,新设的郡邑都有好几个,怎么能说"不能扩地"呢?这不是平白抹杀了秦军将卒的功劳吗?

范雎接着说:"列国争战,城破取财,战胜还兵,远兵奔袭,坚固本土。打来打去,你还是你,我还是我。"

这显然还是针对白起。白起一向认为,战争首先是人与人之间的较量,征战最重要的不是争夺城池、占领地盘,而是消灭敌国军队的有生力量,当敌国没有足够的力量来保护城池土地,自然会把城池土地拱手相让。白起不赞同范雎的战略思想,一直保持沉默。

这时,将军王陵大声说道:"先生能把'远交近攻'讲得更具体一点吗?"

范雎说:"就眼下的形势来说,就是先亲睦韩、魏以威服楚、赵,从而迫使齐国亲睦秦国,然后再回过头来消灭韩、魏。"

朝堂上没有人吭声。秦昭襄王见冷场了,忙接过话头说道:"远交近攻真是长远之策,举朝认可。"

秦昭襄王说"举朝认可",显然是不想再有人提出反对意见。白起见秦王态度如此坚决,也不愿自找麻烦。

周赧王四十七年(前268年)夏,秦军"近攻"的兵锋首先指向魏国,五大夫绾率兵攻取了怀邑。转年,秦国送到魏国为人质的太子悼病逝,魏安釐王畏惧秦国的强大,以礼将太子悼送回秦国安葬。而秦昭襄王以太子悼在魏国病死为由,命五大夫绾为主将,再次伐魏,攻取了邢丘。

尽管两年两胜在秦军战史上不值一提,但秦昭襄王认为这是实施"远交近攻"策略的成效,对范雎更加信任,此后凡重大军政事务,都和范雎商议。范雎在秦国朝廷中站稳了脚跟,准备实行下一步的计划:增强王权,"固干削枝",清除贵族势力。

这天,秦昭襄王召范雎入宫议政。范雎早早就来到大殿上,却一言不发。秦昭襄王觉得奇怪,便问他为何沉默不语。

范雎示意让秦昭襄王屏退左右侍者，大殿中仅剩下他们二人，这才开口说道："承蒙大王信任，让我参与国事，即使粉身碎骨也无法报答。但是，我虽然有安邦定国的计谋，却不敢全部贡献出来。"

秦昭襄王闻言惊讶地说："寡人将社稷托付给了先生，先生既有安秦之计，现在不说，还等到什么时候呢？"

范雎长叹一声，说道："大王待臣恩重如山，我怎么敢不考虑周全？不过，我居住在山东的时候，只听说齐国有孟尝君，却没听说有齐王；现在又听说秦国只有太后、穰侯、华阳君、高陵君、泾阳君，而没听说有秦王。"

秦昭襄王听了，面露不豫之色。

范雎不管不顾，继续说："今太后独揽朝政，毫无顾忌；穰侯出使国外从不报告；华阳君、泾阳君各立门户，乱断刑狱；高陵君任免官吏也从不请示。秦国有这'四贵'存在，不是很危险吗？过去，崔杼在齐国专权，最终弑杀了庄公；李兑在赵国专权，最终饿死了主父。如今秦国的大小官吏以及大王的左右侍从，没有一个不是相国穰侯的人。我看到大王在朝廷中已成为真正的孤家寡人，不禁暗自为您担心，恐怕在您之后，拥有秦国的人就不再是您的子孙了。"

秦昭襄王听了如梦初醒，向范雎谢道："先生的肺腑之言，寡人只恨没有早点听到。"

得到了秦昭襄王的首肯和鼎力支持，范雎立刻行动起来。他独自赶到城南渭水边白起的府邸，向他转达秦昭襄王的密令，然后正色道:"朝中有不少人上书,说穰侯两次轻率地开启战端,结果在阏与损失近十万人马,在刚、寿又损失数万人马,实在是大秦百年未有的耻辱,必须治他的罪。武安君掌管兵权武事,对此有什么看法?"

白起沉思良久,长叹一声。

范雎说道:"您虽和穰侯情感笃厚,但岂能徇私情而乱国法,辜负大王的信任?我虽然职微言轻,但王命在身,不能不斗胆直言!"

白起知道,范雎只是秦王手中的一把剑,秦王让范雎刺哪里,他就刺哪里。他无可反驳,也不能反驳,好在秦王并没有把他和穰侯打为同伙,只是需要他站对立场。想明白了这一点,他问道:"依先生的意思,应该怎么做?"

范雎直言:"执行王法!"

白起说:"可有王令、虎符?"

"王上密诏在此,武安君奉诏!"范雎脱去黑色棉袍,再剥下苎麻夹袍,显出贴身的白色短布衣,背面缝有一块丝帛,上书密令。

白起一眼看出是秦王的亲笔,于是撕下来揣入怀中,又从范雎手里接过半边虎符,然后骑马直奔军营。

子夜,左庶长蒙骜统率数千轻骑进入咸阳城,接替新城君(即华阳君)芈戎巡防,随后,一万余步卒进城替换了城内要津、权臣府邸以及官署的护卫;骊山大营一万余禁军(包括最初随二五百主司马梗一起调入的一千余铁鹰锐士）被调往蓝田大营，编入轻骑、车兵中；数万步卒进驻渭水南的训练校场附近，以作应急预备。

第二天早晨，白起在蓝田临时大帐中宣读了秦王诏令，并严申：非国君诏书兵符俱来，任何人不得调动一兵一卒；班师大军但入大营，立即回归原定部队，不得擅出。

范雎则前往各老臣府邸，一一宣示穰侯魏冉贪腐擅权及秦王重整法制的诏令，拉拢一班被"四贵"长期冷落的元老大臣。

周赧王四十九年（前266年），穰侯魏冉、新城君芈戎、高陵君公子悝、泾阳君公子芾等被敕令迁出国都，前往各自的封邑。魏冉去往封地陶邑后，没几年便郁郁而终。宣太后则在失势后第二年，即周赧王五十年（前265年）十月薨逝，葬于骊山东陵。

秦昭襄王终于掌握了朝政大权，晋封范雎为应侯，任相国之职。其地位比白起还高一等，可谓尊贵之极。

范雎是一个有恩报恩、有仇报仇之人，他曾得到长史王稽和郑安平的帮助，于是对秦昭襄王说："我本是一个平民百姓，有幸得到大王的赏识重用，官居相国之位，但如果不是王稽带我入关，我就不可能如此显贵；郑安平是我的好友，如果没有他的帮助，我早就死了。"

秦昭襄王便任命王稽为上郡郡守、郑安平为将军。

第四节 睚眦必报

秦昭襄王独掌大权后的第一次朝议，还是讨论如何施行"远交近攻"的策略。

范雎说："靠近秦国的韩、魏，国力相当，但伐魏，就不如伐韩；伐韩，就不如用威吓的方法让其屈服。"

秦昭襄王问："如果韩国不听从，该怎么办才好？"

范雎回答："如果韩国不肯听从，那就兴兵征讨。伐韩应首先攻打荥阳，那样一来，韩国由巩县通往成皋的道路就被堵住了；在北面切断太行山要道，那么韩国上党的军队就不能南下，如此便将韩国分割成三块孤立的地区。这样韩国必将灭亡，怎么敢不听从呢？韩国屈服了，魏国必然害怕，也会屈服于秦国。"

秦昭襄王连连点头称是，随即派人出使韩国。韩桓惠王将秦使请入大殿，秦使自恃国家强大，不肯叩拜，还对韩桓惠王傲慢无礼。韩桓惠王大怒，下令将秦使驱赶出去。秦使回到咸阳后，谎称韩国不愿事秦。秦昭襄王大怒，命白起领兵，从轵道东进，连破韩国数座城邑，一直打到少曲。韩国调集兵力，在少曲奋力抵抗，可他们面对的是杀神白起及其虎狼之师，两军刚一对阵，韩军便大败。白起挥戈东进，一路攻至上党泫氏，一举破城。

韩桓惠王无奈，只好遣使向秦国请和。秦昭襄王原本只想威服韩国，现在达到了目的，便传令白起停止进攻，准备移师向南渡河伐魏。

魏安釐王很快收到军报，召集群臣商议对策。信陵君魏无忌说："魏国必倾国之力，固城强兵。"

相国魏齐反对说："秦强而魏弱，况且秦国以得胜之师来攻打我魏国，又是那个杀神为帅，我们肯定是打不过的。臣听说秦国新任相国张禄是魏国人，多少会念及乡土之情。如果派人到秦国以重金收买张禄，再向秦昭襄王纳贡请和，或许能保魏国平安。"

范雎做了秦国相国以后，秦国人仍称他为张禄，而魏相魏齐、中大夫须贾对此毫不知情，都认为范雎早已死了。

魏安釐王一时拿不定主意，中大夫须贾说："可以先请和，不能和再战。"

魏安釐王说："爱卿所言甚是，那就有劳你跑一趟了。"于是命须贾为使，入秦请和。

须贾来到咸阳，设法拜见相国张禄。范雎知道后，穿着破旧的衣服到驿馆来见须贾。须贾见到范雎，大惊失色，半晌才说："范叔原来没有死啊！"

范雎说："是啊！"

须贾看着范雎寒酸落魄的样子，心里很不舒服。他将范雎请入驿馆，笑着说："范叔是来秦国游说的吧？"

范雎闻言轻轻摇头说："我过去得罪了魏相魏齐，逃到秦国，能够活命已经很幸运了，哪敢再谈论天下大事呢？"

须贾问道："你现在在秦国干些什么？"

范雎叹口气说:"说来惭愧,我无财无力,穷困潦倒,只能给人家当佣仆,勉强糊口度日。"

须贾听了有些怜悯他,便留他一起坐下吃饭,又不无同情地说:"范叔怎么贫寒到这个样子!"说着取出自己的一件粗丝袍送给他。

范雎连忙推辞:"大夫赐给酒食已经足够了,如此珍贵的丝袍,怎么敢接受?"

须贾说:"你我是故人,天气如此寒冷,万望不要嫌弃。"

范雎推辞不过,只好收下。须贾趁便又问道:"秦国的相国张君,你知道他吧?据说他现在很受秦王宠信,有关天下的大事都由他来决定。这次我办的事情,成败也都取决于张君。你有没有跟相国张君熟悉的朋友啊?"

范雎说:"我家主人和他关系不错,我也经常随主人出入相府,跟张禄也认识。请让我把您引见给张君吧。"

须贾不以为意地说:"我的马病了,车轴也断了,不是四匹马拉的大车,我是决不出门的。"

范雎说:"我可以向我的主人借来四匹马拉的车。"

没过多久,范雎便弄来了驷马高车,并亲自给须贾驾车,来到相国府门前。范雎跳下车对须贾说:"请中大夫在此等候片刻,待小人入府通报一声。"

须贾站在门口等着,拽着马缰绳等了很长时间也不见人来,便问门卒说:"范叔进去很长时间了都不出来,是怎么回事?"

门卒说:"这里没有范叔。"

须贾说:"就是刚才跟我一起乘车进去的那个人。"

门卒说:"他就是我们的相国啊。"

须贾一听大惊失色,自知被诓骗进来,赶紧脱掉上衣,光着膀子,双膝跪地而行,托门卒向范雎认罪。

不多时,只听差人们高声呼喊:"相国升堂!"须贾进入堂中,连叩响头口称死罪,说:"我没想到您靠自己的能力达到这么高的尊位,我不敢再读天下的书,也不敢再参与天下的事了。我犯下了应该烹杀的大罪,即使把我抛到荒凉野蛮的胡貉地区,我也心甘情愿,我的死活全凭您决定!"

范雎喝问道:"你可知有几条大罪?"

须贾再叩头,答道:"拔下我的头发来数我的罪过,也不够用。"

范雎愤怒地说:"你的罪状有三条。过去楚昭王在位时,申包胥献计为楚国击退了吴国军队,楚王封给他五千户作为食邑,申包胥推辞不肯接受,因为他家的祖坟就在楚国,打退吴军也可以保住他的祖坟。现在我的祖坟在魏国,可是你认为我私通齐国,在魏齐面前说我的坏话,这是第一条罪状。魏齐把我扔到厕所里肆意侮辱我时,你没有制止,这是第二条罪状。更过分的是,你喝醉之后还往我身上撒尿,这是第三条罪状。我今天不杀你,不是你不该杀,而是你见我可怜,不仅请我吃饭,还送我衣物御寒,多少有一点故人之情,所以我决定放你一条生路!"

须贾见范雎宽恕了自己,再次拜谢。范雎转过身去,不再理他。

随后，范雎入宫见秦昭襄王，把事情的原委详细讲述一番。秦昭襄王安慰他说："如此大恨，寡人一定为相国报仇。"但须贾现在的身份是魏使，加上他和范雎还有那么一点旧情在，不能斩杀他。于是，秦昭襄王决定接受魏国求和，但必须用相国魏齐的人头作为和谈条件。

须贾回到魏国，把出使情况如实告诉魏齐，魏齐惊恐万状，逃往赵国，躲到平原君赵胜家里去了。

秦昭襄王一心想为范雎报仇，听说魏齐逃到了赵国平原君赵胜家里，便用花言巧语将赵胜骗到秦国，把他扣留起来，然后派使臣对刚继位不久的赵孝成王赵丹说："砍下魏齐的脑袋，送到秦国，否则决不放平原君回去。"

魏齐走投无路，只好去找赵国宰相虞卿，虞卿竟舍弃相印，和魏齐一起逃走。到了魏国，他们想求助于信陵君魏无忌，逃到楚国去。但信陵君害怕秦国找上门来，十分为难，没有立即见他们。魏齐非常羞愤，一怒之下刎颈自杀了。赵孝成王取到魏齐的人头，献给了秦国。

第十三章 上党之祸

第一节 远交之谋

几年来,秦军"近攻"韩、魏,接连攻取大小城邑十余座,这使秦国君臣信心倍增,随即将兵锋指向赵国。秦昭襄王召集大臣商议伐赵之事,他说:"如今赵国是孤儿寡母当家,相国蔺相如、上将军赵奢皆病闲在家,正是伐赵的大好时机。"

阏与之败后,秦军将卒都憋着一口气,复仇的心情十分迫切,所以王龁、司马梗、蒙骜等人都争相请战。白起说道:"是该向赵人讨还血债了。但赵军的战斗力不可小觑,老将廉颇仍在统率军队,又有平原君赵胜、平阳君赵豹相助,还有小将李牧近几年横扫北原,声名远扬。臣以为出兵一定要详细谋划,准备周全,争取一击制胜。"

秦昭襄王闻言略有不悦,但他并没有否定白起的说法,毕竟赵国的国力确实很强，且有胡伤的前车之鉴。他沉吟片刻，仍决定发兵伐赵，以王龁为主帅，司马梗、王陵为将。

由于赵孝成王年少，此时赵国由赵威后听政。代相国虞卿建议做好两手准备，一边调集精兵防御，一边向魏、齐求援。大夫楼昌、赵胜等人则主张求和，不赞成与秦军硬拼。这时，老将廉颇慷慨请命，表示愿率师迎战。赵威后非常高兴，当即任命廉颇为主帅，率数十万人马迎敌。

廉颇率军刚出邯郸城，就听说秦军已连取赵国三邑。赵相虞卿担心廉颇老迈，入宫拜见赵威后说："秦军来势凶猛，廉颇将军老了，应当尽快派人向齐、魏求助，才能保赵国平安。"赵太后便派人出使齐国。

此时齐襄王已是体弱多病，由相国、安平君田单掌握朝政大权。当年"五国伐齐"，燕、赵为主谋的往事，田单仍历历在目，现在听说赵国来求援，他哪里肯出兵？不过，齐、赵是姻亲之国，赵威后又是齐襄王的姐姐，田单也不好让齐襄王为难，于是对赵国使臣说："如果想让齐国出兵援赵，必须将赵长安君送到齐国作为人质。"

长安君是赵威后最疼爱的幼子，怎么可能送到齐国做人质呢？赵威后坚决不答应。田单见赵国没有诚意，也不肯出兵。这时，秦将王龁率大军乘胜强攻。赵国群臣见形势危急，纷纷请求答应齐国的要求。赵威后大怒道："谁再劝说让长安君为质，老妇必把唾沫吐到他的脸上！"群臣听了，都不敢再说话。

赋闲在家的老臣触龙听说此事，便去劝赵威后。赵威后终于同意让长安君到齐国为质。这样，田单也同意出兵救赵。

当田单率大军援赵时，秦赵两军正在交战，赵军占据地利，与秦军相持。王龁听说田单率大军援赵，赶紧写了一密简送往咸阳，请求退兵。秦昭襄王考虑再三，决定派使者去跟赵国和谈，让十七岁的王孙嬴子楚（异人）到邯郸为质子。

当然，双方都心中有数，和谈只是幌子，表面言和，背地里仍在扩军备战。秦昭襄王依范雎之计，派人与齐国谈判，约定互不攻伐。这时齐襄王已去世，其子田建为齐王，史称齐王建。齐王建懦弱无能、胸无大志，国家大事皆决于君王后，而君王后听政处事十分严谨。范雎知道齐君王后乃女中豪杰，所以建议秦昭襄王和齐国结为盟友。

周赧王五十一年（前264年），秦昭襄王命武安君白起率数十万大军伐韩，直逼陉城。韩桓惠王忙派人向齐、楚求助，但齐、楚正与秦国交好，不肯相助。韩桓惠王无奈，只得向秦国请和。

秦昭襄王召范雎商议此事，范雎说："在征战中，有的攻取人心，有的占领土地。穰侯曾多次攻打魏国却不能挫败他们，并不是因为秦国弱小而魏国强大，而是因为他所要夺取的只是土地。"于是，秦昭襄王假意答应韩国请和，却不下令白起撤军。白起率大军很快攻取了陉城。

转眼又是一年。周赧王五十二年（前263年）春，楚顷襄王身患重病。这时，楚太子熊完仍在秦国做质子，左徒黄歇是太子的侍从，在咸阳陪护太子十余年了。之前，他多次奏请放太子熊完归楚，但秦昭襄王就是不同意。

这天，太子熊完正和黄歇议论天下大事，楚使朱英带来了楚顷襄王病情严重的消息。太子熊完知道后，心里十分着急。黄歇说："楚王病重而太子仍羁留在秦国，一旦楚王薨逝，诸公子必会争抢王位。臣要去拜访应侯，请求他放太子归楚。"

黄歇马上到相府拜访范雎，并征得了范雎的同意。范雎劝秦昭襄王放楚太子熊完回国，秦昭襄王想了想，说道："可以让太子傅黄歇先回楚国问疾，如果真的病得不轻，再回来迎接太子回去。"

黄歇听说秦王不让太子一同回去，便和太子熊完商量说："秦国把您留在咸阳，和当年怀王被扣留一样，无非是想用这种方式求得利益。现在太子无权无势，还没有使秦国获利的能力，臣真的为您忧心。而阳文君的两个儿子都在楚国，楚王如果去世，而您却不在身旁，阳文君的儿子一定会被立为君主，那么太子就会终生为秦国所虏。"

太子熊完问："太傅有什么好主意？"

黄歇答："为今之计，只能尽快逃走，和使者朱英一起悄悄出关。臣将留下来，拼死挡住他们。"

三日之后，楚使朱英准备回国，太子熊完扮作马夫，为朱英驾车，顺利躲过了盘查。而黄歇则继续守在质子府。秦昭襄王问他为什么没有回楚国探视，他回答说："太子不巧也生病了，无人守视，等太子病情稍好，臣马上就回去。"

拖了半个月，黄歇估计太子出关已远，就求见秦昭襄王，叩首谢罪道："外臣担心楚王病危，太子不得立，所以就让太子先回去了，请大王治罪于我！"

秦昭襄王闻言勃然大怒，命武士将黄歇斩首。范雎劝道："大王息怒！现在即使杀了黄歇，也不能让楚太子重新回到秦国，反而会影响秦楚之谊。还不如嘉奖黄歇的忠诚勇毅。楚顷襄王死后，楚太子当上国君，一定会感念黄歇舍命相助之恩而重用他，这样一来，楚国君臣二人都会感念大王的恩德，岂不是更好吗？"

秦昭襄王听了也觉得有理，便笑着对黄歇说："左徒堪称天下忠勇之士，寡人深感敬佩！"当即命人取出黄金百镒赏赐给黄歇。第二天，黄歇也回楚国去了。

是年底，楚顷襄王病故，太子熊完继位，是为楚考烈王。黄歇被拜为令尹，封春申君。为了表示对秦昭襄王的感激之情，楚考烈王于周赧王五十三年（前262年）夏，将前任令尹州侯的封地州陵献给秦国。

范雎的"远交"之策终于有了实质性的效果。其实，"远交"只是《战国策》中的说辞，更确切地说，就是联合两个老牌大国，攻打中原韩、魏、赵三晋。秦昭襄王和范雎见和齐、楚的谋略已经成功，便加快实施伐韩、魏、赵的计划。

第二节　进取野王

周赧王五十三年（前262年）初，武安君白起再次攻占韩国陉城后，开始在汾水旁筑城，修建秦军的后勤补给地；又率军封锁南阳太行山道，阻断了赵国前往（黄）河南的道路。

这天，范雎指着地图上的韩城荥阳说："这里攻取起来最容易，对赵国的控制也最有效。"

秦昭襄王表示赞同，白起却建议攻打野王。范雎瞪了白起一眼，对秦昭襄王说："攻打荥阳，是为了切断郑都与上党的联系，而后攻取上党，进逼赵都邯郸。"

"切断上党与郑都的联系虽好，但攻打荥阳却不好。"白起直截了当地说。

秦昭襄王和范雎都用疑惑的目光看着白起，显然是想得到一个合理的答案。

白起一字一顿地说道："相国想将韩国一切两断，先攻取河内上党，然后将兵锋直指赵国都城。但是，为何要攻取大河（黄河）南边的荥阳？为何不直接渡过大河，攻取大河北边的野王？占领野王，同样可以切断上党与郑都的联系。而且野王离上党更近，从野王发兵去攻取上党，还不用渡河，岂不比攻取荥阳更为便利？"

范雎一时哑口无言。秦昭襄王见范雎默认了，忙转到下一个议题：让谁作为主帅去攻取野王邑？

范雎唯恐白起先开口，抢先说道："兵贵神速，攻取野王，显然是蒙骜将军最合适。"

蒙骜在驱逐"咸阳四贵"时，从轻骑兵部队调为都城守卫，如果派他出征，那么都城守卫就可以换成范雎信任的人。白起虽然看透了范雎的心思，但也认为要想达到奇袭之效，蒙骜的确是不二人选。可是，秦昭襄王似乎有些不满意，问道："还有其他人选吗？"

范雎又推荐了五大夫王陵，秦昭襄王依然摇头。五大夫够不上将军级别，独立作为主帅，似有不妥。他并没有说出心中的疑虑，但范雎从他的神色变化中悟出来了，立马改口道："如果王陵不行，那可以派左庶长王龁去。"

白起也看出来了，范雎显然是想把军权控制在他的手里。如果真是这样，秦国可能会出大麻烦，因为秦昭襄王对范雎的计策或个人小算盘总是言听计从。于是，他语气异常坚定地说："臣恳请挂帅出征，以方洛、司马靳为先锋，王龁为中军主将，先取野王邑，再攻上党。"

范雎一时不便反对。秦昭襄王见将相二人意见一致，便任命白起为主帅，领兵攻打韩国野王邑。

此令一出，群臣无不感到奇怪。让白起统兵数十万去打野王？且不说韩国早就被秦国打趴下了，仅听白起杀神之名，诸侯列国无不闻风丧胆。只要白起一出现，那就意味着要有一场生死大战，意味着伏尸万千，血流成河。可现在却给白起数十万人马,去打一个小小的野王城,这分明是都尉裨将干的事情。"

白起领命而去后,秦昭襄王心中十分得意,眼前如有千军万马:"寡人要不战而下上党,三个月吞并韩国,在郑都韩王的鸿台宫,庆贺寡人六十三岁大寿;一年内攻取赵都邯郸,把赵王赵丹流放到胡地放马去。"

韩国上党郡司马冯亭到都城新郑办完差事后,返回上党。他原本是相国府中庶子,去年底才被任命为上党郡司马,主掌一郡军务。他经荥阳北渡大河,快要到达野王邑时,当地人告诉他,秦军已兵临野王城下,很快就要开始攻城了,而且秦军统帅正是传说中的杀神公孙起。

冯亭闻言大惊,和两个手下直奔野王城。途中,他们又遇上了从野王城逃出来的百姓,听说秦军已经围城,但至今还没有动静。城中百姓四处奔逃。

冯亭命令手下:"我们尽快进城,再见机行事。"

秦军之所以迟迟没有行动,是因为白起改变了主意,打算让司马靳先进城劝降。司马靳来到城西门,城门已闭。司马靳也不叫门,直接奔南门而去。

这时,冯亭刚好来到南门,见一支约千人的韩军正向城内开进,他连忙赶上前去,找到一个百夫长,打听城里的情况。百夫长说:"城内驻军不过千余人,而且毫无斗志。百姓大多逃出城了,我们这支人马虽然奉命前来增援,但恐怕也无济于事。"

冯亭闻言赶紧进城。他前脚进城,司马靳后脚也来到了南门。司马靳对守卒说:"本人是秦军使者,要见你们的守城将领。"

守卒不敢阻拦,又没法向上司请示,一时左右为难。司马靳催促道:"你们还愣着干什么,还不快去禀报。再迟一点,秦军就要攻城了。"守卒这才匆忙赶去通报。约莫一盏茶的工夫,他就回来带司马靳去见城邑主官。

司马靳进到邑衙正堂,开门见山地说:"本人乃秦国武安君帐下先锋,现在秦国大军来到这里,是想借一下道,不知各位意下如何?"

邑啬夫(县令)苦笑道:"我等职位卑下,这等大事,哪里做得了主?如果武安君等得及,我马上奏报韩王。"

冯亭说:"我是上党郡守,久仰武安侯威名,早听说武安侯转战诸侯各国,身经百战,战则必胜,兵锋所至,所向披靡。这次若同意借道,给韩国带来战祸,我等岂不成了千古罪人?"

从野王往北,是冯亭在任的上党郡,秦军这不是要图谋上党吗?这个道万万借不得!

司马靳没想到上党郡司马会插上一脚,便起身告辞。白起得知劝降不成,沉吟道:"本想不战而屈人之兵,却是多此一举。"当即下令攻城。

第三节　祸水东引

上党郡司马冯亭本想在野王城过夜,没想到秦军当天晚上就攻城了,他自知野王城守不住,而他没有守城之责,于是乘乱带着自己的人溜出城去。途中,他越想越觉得不对劲,秦军取野王后,必然再图上党,白起亲自出马何曾有过小打小闹?他立刻让手下火速赶回上党,通知郡守靳黈做好防备,他自己则回新郑向韩桓惠王奏禀。

就在秦军攻占野王邑的第三天晚上,冯亭也抵达了都城,因为没能见到韩桓惠王,便向相国张平禀报,说野王邑已失,秦军将图谋上党。丢了野王邑,张平一点也不在意,只当是一场秦人的诳功战役。近几年来,秦军随意拿韩国的城邑开刀,拿下一个城邑就回去邀功受赏,他已经习以为常了。

两天后,冯亭终于见到了韩桓惠王,但韩桓惠王也觉得一个小小的野王邑,既然守不住,丢了也就丢了。冯亭见韩桓惠王不重视,劝谏说:"秦国武安君已经贵为侯公了,他不可能打个野王回去骗功。"

韩桓惠王听说是白起亲自打下野王,这才觉得事情没有那么简单。这时又有斥候传来急报,秦左庶长王龁率数十万大军(中军)进抵韩境,种种迹象表明,他们将向荥阳开进。韩桓惠王顿时慌了,秦军从野王将韩国拦腰切断,上党便孤悬于(黄)河北，从野王向北可直取上党；荥阳在（黄）河南，若从荥阳向南则可直取韩都新郑，韩国危在旦夕！

韩桓惠王急召重臣商议，然而，大臣们没有一个敢说与秦国开战。无奈之下，韩桓惠王只得派阳城君向秦国请和，表示愿意割让上党郡。秦昭襄王大喜过望，马上传旨让白起停止伐韩，同时让王龁去接收上党郡。

实际上，王龁的中军根本就没有进军荥阳的打算。数十万人马出了函谷关后，不急不慌地向东挺进，差不多一个月才到达平阴邑（孟津），然后等待方洛、司马靳的前军攻打野王邑的消息。白起接到秦昭襄王的旨令后，便回咸阳去了；王龁则留下中军大部人马驻在韩国边界，自率两万人马快进至河雍，在当地征集船只渡河，然后在轵邑征集补充粮草，经野王北上。

与此同时，韩国大夫韩阳赶往上党，对上党太守靳黈说："秦国两路出兵进攻韩国，大王一面下令集结全国之兵，准备御敌抗战；一面派遣阳城君拿上党与秦国讲和，现在派我来通知您，希望割让上党给秦国。"

靳黈说："君王有兴兵的命令，而我身为太守，自当尽太守的职责，岂能不战而降？虽然割地投诚也可能是君王的命令，但我不能不有所怀疑。我请求发动全部守军来对抗秦兵，如果最后还是守不住，我甘愿为国而死！"

韩阳只得返回新郑，向韩桓惠王禀报。韩桓惠王为难地说："我已经答应秦相范雎了，如果不献出上党，必然招来惨烈的报复。"

相国张平建议改任冯亭为上党太守，去接替靳黈之职，以便顺利办妥割地事宜。冯亭是泫氏本地人，他接任上党太守后，当地百姓纷纷请战，誓死保卫家园。冯亭也不愿把上党拱手让给秦国。

王龁原本以为接收上党，没有必要把几十万人马全部拉过去，所以只带了两万余人马，结果遭到冯亭的强力抵抗。王龁十分疑惑，又不好猛烈进攻，两军对峙了三十天。

冯亭心知如果没有外援，上党是守不住的。他与部下及百姓商议说："现在我们孤悬在外，已经不属于韩国，与其投降秦国，不如投降赵国。这样一来，秦国怨恨赵国得到土地，必然移兵攻打赵国，赵国受到攻击，必然亲近韩国，到时韩、赵两国结盟，就足以抵抗秦国了。"他将这一计谋呈报相国张平，张平当即表示同意。

赵孝成王听说冯亭要把上党献给赵国，大喜过望，但又怕秦军报复。平阳君赵豹也劝道："秦国蚕食韩国的领土，切断了上党与韩国国都的通路，以为不动一兵一卒就可以轻易拿下上党。现在韩国之所以要把上党献给赵国，是想嫁祸给赵国啊！"

赵孝成王却说："动用百万兵力，攻战一年，也得不到一座城池。现在不费一兵一卒，就能得上党郡十七座大城，为什么不干呢？"于是派平原君赵胜去接收上党。

赵胜来到上党后，把冯亭和驻留泫氏城的几个县啬夫召集到一起，对他们说："赵王派我来接收上党郡，并封郡守冯亭为华阳君，赐以三万户都邑；以千户都邑赏县令，郡内大小官吏都晋升一级；百姓能安定服从的，每家赐六金。"

太守冯亭痛哭流涕，说："请恕我不能接受封赏！我为君王守卫土地，如今不能舍身而战，却把它交给了别人。君王已把土地献给秦国，我没有听从命令，出卖国君的土地反而受封食邑、升官发财，绝不敢受。"

赵胜接收上党郡后回到邯郸，韩桓惠王这才派人转告秦昭襄王说："赵国现已出兵接收上党，韩国无力守护，请秦王宽宥！"

秦昭襄王大怒，立刻传令王龁继续攻打上党，并以王陵为副帅，统领原中军主力数十万人马增援。

第四节 上党拉锯战

王龁接到秦王的旨令，才知道自己被冯亭摆了一道。之前他和冯亭有过几次小规模交锋，但那只是想以武力威逼冯亭交出上党，现在冯亭既然已经叛秦投赵，就别怪他下狠手了。

当天傍晚，王龁将两万余人马集中起来，猛攻泫氏城。冯亭见秦军这次动真格的了，而赵国的援军还未见踪影，哪里还有抵抗的勇气。他把城中预备的礌石、滚木、弓箭全都用光了，才勉强支撑到第二天凌晨。眼看秦军就要破城而入，他只得带上三千余残兵，从北门悄悄逃走。

王龁见冯亭败逃，命司马梗率一千余轻骑追击、张唐率五千余人马入城清剿残敌；他自己则率其余人马向西去攻取光狼城。

此前两天，赵国老将廉颇已率数万人马从邯郸从发，当他的主力穿越"太行八陉"的第四陉——滏口陉时，其前锋赵茄已经向西走过壶关，从这里折西南行，进入上党腹地，与东逃的冯亭恰好相遇。听说上党已经失守，赵茄下令停止进军。不久，秦将司马梗率领的轻骑兵追了过来。赵茄先是大吃一惊，继而发现秦军只有千余人，觉得这是个立功的好机会，便指挥胡刀骑士冲杀过去。

司马梗是个能征惯战的锐士将领，与赵茄大战二十余回合，赵茄力不能支，便指挥胡刀骑士围攻司马梗。秦军毕竟兵微将寡，渐渐落于下风。司马梗心中焦急，奋力冲出胡刀骑士的围堵，拼死缠住赵茄，想要将他刺死。他认为，只有杀死赵军主将，秦军才有取胜的机会。可是，赵茄却不与他力战，秦军一时难以挽回败局。

危急时刻，秦将张唐率一路兵马从泫氏城赶来，赵军不敌。赵茄想收兵后撤，但司马梗穷追不舍，一直追至壶关，将赵茄挑于马下。

廉颇主力还未进入上党腹地，就听说上党失守，而且前军也战败了，不由得大吃一惊。但廉颇毕竟是个经验丰富的老将，他向冯亭详细了解了上党的情况，得知秦军只有王龁的约两万人马，立刻命令将军庞煖率两倍多人马去夺回泫氏城；他自己则在壶关南面的百里石修筑防御工事，据险建立防线。

庞煖是个年老的兵法理论家，又是初上战场，仗着人多势众,不计成本地与秦军死拼,终于将仅有六千多人马的司马梗、张唐赶出泫氏城。司马梗、张唐退到光狼城后,与王龁合兵一处。庞煖并不追击,遵照廉颇所嘱,坚守城池。

王龁认为仅凭手下人马去夺回泫氏城是不现实的,但至少要在王陵的援军到来之前,把赵军的部署搞清楚。当天晚上,他和司马梗、张唐悄悄地摸回去,观察赵军的布防,发现廉颇行事非常谨慎,尽管兵力数倍于秦军,仍采取稳扎稳打、步步为营的战术。

数日后,王陵的援军赶到,秦军兵力又占优势了。王龁决定向赵军发起一次反攻。他让王陵领数万人马为北路,他自己领其余人马为南路,向东横扫。王龁原以为廉颇会将上党各险要之地全部占据,但他一路进到丹河,也没有遇到激烈的抵抗。王陵的北路军也突破了泫氏关,绕过泫氏城,但遭到韩、赵联军截击。王陵不顾一切地杀到壶关,结果遭到赵军伏击,赶紧向南面的王龁靠拢。

王陵和王龁合兵后,对敌情进行了分析,认为丹河可能是赵军的又一道防线,尽管丹河之西只有泫氏城在赵军手中,但绝对是一颗硬钉子。王龁决定沿丹河一线设立防线,切断泫氏城与赵军大本营的联系,再寻机攻取泫氏城。不料泫氏城的庞煖乘机对光狼城进行突袭,王龁回援不及,光狼城落入了赵军之手。

王龁大呼上当,不顾一切想要夺回光狼城。廉颇却闭门死守,他的意图很明确,秦军劳师远伐,不占地利,而且补给线过长,必不能持久。这让王龁很着急,眼看寒冬来临,他下令全军向南撤退三十余里，靠近野王城，越冬再战。

廉颇见秦军并无退意，抓住这一有利时机，充分发挥上党地理环境优势，进一步建立防线。上党郡治所泫氏城的地势呈北高、中、南部低的簸箕状，南部平敞，有一片平原。东面，太行山由北向南迤逦而来，层峦叠嶂，延袤千里，百岭互连，几无间断，因沁河、丹河、漳河、滹沱河等河流切割，千峰耸立，万壑沟深。太行山中的通道称为"陉"，除了陉，山脊皆险峻不可攀越，上党郡与赵都邯郸之间有太行山横亘其中，交通为之阻隔。

越年，王龁重整兵马，不断向上党发起攻击。赵军死守城池，闭门不战。王龁急了，不惜一切向西夺回了光狼城，然后指挥兵马进攻空仓岭防线后侧的两个障城。赵国守将盖负、盖同兄弟拼命坚守，但毕竟城小兵少，很快城破被俘。

王龁由西向东稳步推进，除了泫氏城，赵军的丹河防线之西已全部控制在秦军手中。廉颇认为，上党之争演变成了秦赵争霸的核心战场，他一面死守丹河防线，一面向赵孝成王阐明秦人争夺上党的真实意图，就是要攻取邯郸，并请求增兵。

赵孝成王心中惊惧，召赵胜、楼昌、虞卿等人商议，打算亲率倾国之兵与秦军决战。楼昌、赵胜一向主和，认为不如派一个地位高的使臣去秦国议和。虞卿劝谏说："如果秦国决心攻打赵国，议和是很难成功的，不如派使者携带珍宝去楚国、魏国活动，使秦国畏惧各国的'合纵'抗秦。"但赵孝成王还是采纳了楼昌的建议，派大夫郑朱去秦国议和。

范雎听说赵国来求和，劝秦昭襄王假意答应。

王龁则依然与廉颇在丹水一线对峙。一晃几个月过去了，赵孝成王虽然年轻却不傻，终于意识到秦国得不到上党是不会罢休的，于是命赵豹率兵十数万增援廉颇。

与此同时，王龁的兵力也不断地得到加强。廉颇得到增援后，重新布防。丹河防线向西前出二十里，构筑坚实壁垒，封堵秦军从泫氏东攻，同时与丹水壁垒形成掎角之势，两线十数万精兵，不让秦军东进一步。与此同时，百里石长城防线也增兵数万。

长平大营驻扎的数万铁骑，由廉颇亲自统率策应各路。秦军每次主动进攻，都遭遇严阵以待的赵军，不仅占不到半点便宜，反而损兵折将。

双方在丹河一线相持数月，王龁终无破敌之策，于是召集众将商议。副帅王陵说："金泉山下有一流涧，叫'杨谷'。现在赵军大本营的兵马都饮用那里的水，若能断绝此涧，赵军断水后，不出数十日必乱。"

王龁便派王陵率将卒经丹水上游，上金泉山，切断了杨谷的水。然而，赵军根本不需要杨谷的泉水，因为廉颇让人在百里石长城的南边挖了壕沟，直接引来丹水，并不缺水。

周赧王五十五年（前260年）春，王龁再次发力，攻取泫氏城及另两个小城邑，生俘了赵军四名尉官。廉颇自知进驻上党的赵军人马并非秦军对手，于是放弃空仓岭防线，坚壁清野，退守长平，继续与王龁对峙。

赵孝成王见廉颇消极应战，且已经丢了大半个上党郡，对他渐生不满,一面派人前来责难,一面让人送书信给镇守雁门的李牧,希望他分出一部分胡刀骑士来上党援战。

王龁与退守长平的廉颇又对峙了一个多月,仍一筹莫展,他听说赵孝成王打算征调李牧的精兵前来,心中更加焦虑,也向秦昭襄王请求增兵。

秦昭襄王原以为从韩国手中取上党如探囊取物,如今却演变成秦、赵之间的生死大决战,现在秦军前进不能、后退不得,他也不知如何是好,只得召范雎商议。

范雎深知廉颇智勇双全,如今坚守长平关不出,并非不敢与秦军决战,而是在等待时机。一旦诸侯各国知道秦国取上党为虚、侵入邯郸为实,必会群起而攻之。因此,他对秦昭襄王说:"长平之战事关重大,必须进行增援。廉颇智勇双全,此人不除,灭赵则是万难!"

秦昭襄王问道:"如何除掉他呢?"

范雎献出密计,秦昭襄王听了,连连拍手叫好。随后,秦昭襄王紧急召回了在河东(河内)汾水边视察新城的白起,准备让白起去代替王龁。

第十四章 长平血战

第一节 纸上谈兵的赵括

赵孝成王整天忧心上党的战事，一方面秦赵两军相持不下，一方面马上就要秋收了，数十万青壮年在长平无法返回，而且要消耗大量军需物资。不久，又传来了老将军廉颇想要降秦的谣言，他心中更为焦虑。

"备车，去马服君府。"他对侍从吩咐道，决定先去听听赵奢的说法。

赵奢自从在阏与作战负伤，加上年事已高，一直在家养病。他有个儿子叫赵括，颇知兵法，父子俩经常讨论，赵奢有时还说不过他。赵府上下都认为赵括是个将才，连赵孝成王也知道赵奢有个懂兵法的儿子，但知子莫如父，赵奢知道儿子只是夸夸其谈。

赵孝成王来访时，赵奢父子二人正在讨论兵法，赵孝成王开门见山，让赵奢谈谈对上党战事的看法。

赵奢不紧不慢地说："赵国有山河护卫，有上党阻隔。秦国要进攻赵国，必须先渡过西（黄）河，还要翻越吕梁、太行，进而占领上党，这样才能攻扰赵国。但这样一来，秦军战线过长，粮草不济，又有韩、魏纠缠，即使战胜攻克，也难以久守。"

赵孝成王说："上党如此重要，为何廉颇老将军却消极避战？"

赵奢解释道："秦军远途来攻，力求速胜。廉颇将军是想避其锋芒，寻机歼敌，并非消极避战。"

赵孝成王面有不悦之色。这时，赵括插嘴道："父亲的看法恐怕不妥。一则，两军相持不仅敌方损耗甚巨，我方同样有很大损失，所以对国力强大者有利，唯有主动出击，才能为国力弱小者争取机会。二则，士气并非敌人才有，想当年阏与一战，我军的士气也胜于秦军。"

赵孝成王闻言哈哈大笑："马服君也服老了，令郎后生可畏啊！"

赵奢见儿子妄议军事，大声呵斥了几句，然后又向赵孝成王赔罪道："小儿狂言，望大王恕罪！"

但赵孝成王认为赵括说得有理，想让赵括领兵。赵奢坚决反对，赵孝成王也没有强求，只是将赵括召入宫中继续谈论战事。赵孝成王问："秦、赵两军相持于长平，已将近两年时间，不知小将军有何破敌之策？"

"将军？"赵括愣了一下，心想，大王这是封我为将军了吗？他顿时兴奋起来，回答说："臣以为，长期据守，怎么可能退敌？"

赵孝成王说："小将军可知为将者的必备条件？"

赵括流利地答道："《吴子·论将》云，凡人论将，常观于勇。勇之于将，乃数分之一耳。夫勇者必轻合，轻合而不知利，未可也。故将之所慎者五，一曰理，二曰备，三曰果，四曰戒，五曰约……"

赵孝成王满意地点点头，又问："小将军觉得秦将王龁用兵怎么样？"

赵括自信满满地说："臣以为，秦军诸将中只有武安君公孙起尚可与臣一战，王龁之辈则不值一提。"

赵孝成王又问："那你说说，武安君用兵究竟如何？"

赵括回答："公孙起的确是大将之才，曾大败韩、魏于伊阙，斩首数十万；再攻魏国河内，取大小城邑六十一座；南伐楚国，攻克鄢、郢，火烧彝陵，定巫、黔之地；后又攻伐魏国，斩首数万；攻打韩国连拔五城，杀赵将贾偃，沉溺赵军数万于河中。公孙起战必胜，攻必取，名闻天下。不过，公孙起之所以没有败绩，可能是因为还没有遇到臣。如果臣与公孙起对战，胜负难以预料。王龁久为秦将，但并没有立过大功。现在他趁廉颇将军老迈力衰，又有怯敌之心，所以才敢于孤军深入，与数十万赵军相持于长平。如果大王能派臣去领兵作战，必能荡平秦军，活捉王龁!"

赵孝成王大喜过望,想拜赵括为将军,但又怕其父赵奢阻止。不久,赵奢病逝。赵孝成王当即拜赵括为上将军,赐黄金千镒、锦帛万匹,又把征召的新兵数十万人交给他统领,代替廉颇与秦军作战。

赵括带着赵孝成王的赏赐回到家中。赵母听说赵孝成王已经让赵括为将,大惊失色,急忙去拜见赵孝成王:"我儿虽然熟读兵书,但从来没有参加过实战,他的父亲生前认为他不堪为将,请大王收回成命!"

赵孝成王没有答应。赵母又请求道:"赵括的父亲为将时,将大王的赏赐全给了军中将卒和士大夫;从他接受任命那天起,就不再过问家事。现在赵括为将,大王赏给他的金银绸缎,他全都拿回家。父子用心不同,大王不要派他领兵。"

赵孝成王听了沉思良久,说道:"老夫人所言虽有道理,但朝中实在是没有能带兵征战的将才了。老夫人就不要管了。"

赵母见赵孝成王不肯换将,便说:"既然大王不肯听信老妾的话,万一赵括出了什么差错,我请求不要连累赵家的人。"

赵孝成王同意了。

此时,上卿蔺相如已经年迈体衰,身患重病,很久没有入朝议事了。他听说赵孝成王拜赵括为上将军,去取代老将廉颇,连忙入宫劝阻,但没有成功。

第二节　战前大调整

赵括带来的援军加上原本就在长平的数十万人马，赵军总兵力达四十余万人。赵括到达后，先去见了廉颇将军，见老将军虽然头发花白，但依旧健壮。廉颇很不满赵孝成王派赵括来取代自己，但又不能违命，只得将兵权交给赵括。因为不放心，他又将战况详细交代了一番。

赵括微微一笑，指着地图说："将军请看，这里是韩王山、泫氏城，还有我们身处的大粮山，是我们的第一道防线；从长平关到羊头山再到金泉山，是我们的第二道防线。两道防线之间由两条河谷相连，分别是小东仓河谷和大东仓河谷。大王给我的命令是必须主动出击，我们要出击的话，先要诱敌过丹水，最佳的方向应当是韩王山之北。"

赵括一边说，一边观察廉颇的反应，但廉颇却毫无表情。他又接着说道："我将集中兵力，在丹水河谷与秦军决战，然后分两路铁骑，西路出沁水，东路出白陉，两侧夹攻河内秦军。如此三面夹击，一战必胜。"

廉颇不同意，正想要争辩，赵括却不容他说话，让他马上离开军营。廉颇只好带着百余名亲随离开长平。赵括废除了廉颇的全部将令，调换军官，撤出坚守在各险要之处的将卒，将所有人马集中在长平大营，准备与秦军决战。

在赵军重新布防时,白起也从河东汾水边的新城秘密赶到了上党的秦军大营。王龁见主帅来得神速,转忧为喜,向白起细述了赵军的军事调动情况。白起一听便知道赵括想以大规模决战来化解自己的分割围歼战术,觉得有些好笑。他和王龁一起到两军正面阵前察看,然后重新部署了上党防线。

西部是沁水壁垒。沁水中游河谷是秦军在上党西边的屯兵要地,也是进军上党的防线。这段沁水河谷呈西北东南走向,长八十余里,河谷宽阔,水源充足,堪称天然屯兵之所。河谷中段一片突兀的高地上有一座石砌城堡,叫端氏城,是春秋时期晋国端氏部族的封邑。这座石头城是沁水秦军的防守枢纽。赵将廉颇也曾这样建立防线,但被王龁攻破。白起让最熟悉这一带的王龁率数万大军驻守沁水壁垒,作为秦军的西部大本营。

中部为乏马岭壁垒。乏马岭是秦军新近夺取的赵军西壁垒,西边背后二十里便是秦军的沁水防线,东边与赵军的丹水防线隔水相望,是秦军的前沿阵地。它居于咽喉冲要,除了无法攀缘的陡峭高山,凡可进兵的山坡地段都挖掘有壕沟,秦军还储备了滚木礌石进行防守。数万守军前后呼应:山腰壁垒有约一半守军,泫氏关背后(东)的河谷地带则驻扎余下人马,以策应各方险情。白起派司马梗率精锐轻骑、步卒数万人驻防乏马岭,大本营设在险峻的泫氏关。

南部是三陉壁垒。这个壁垒实际上是以河内山塬为依托的太行山南部三陉口的防线。这道防线西起轵关陉,东至白陉,东西二百余里,正对北面赵军的丹水防线,既是秦军的南部大本营,也是秦军重要的后勤补给线。

三陉口分为三道防守线：进入陉口十余里的太行山北麓，每个陉口修筑一道东西横宽二十里的山石壁垒，作为陉口北端的第一道防守线；三陉口关隘加固壁垒，作为第二道防守线；陉口南出太行山十里，筑起一条东西横宽二百里的最后防线。依据地形，石山则筑壁垒，土塬则挖深阔的壕沟。太行山北麓防线每段一万余步军，共三万余精兵防守；陉口关隘每陉五千余步军，其中包括弓弩手三千余人，共一万五千余人；太行山南麓防线则由数万步军严密布防，大部分重型防守及攻城器械都设置于此。南三陉三道壁垒的十万余大军，白起派了曾为都城城防禁军将领的蒙骜统领。

在三大壁垒之外，白起还部署了两支策应大军。

第一支，由机动性最强的骑兵锐士主将司马靳率领数万人马，策应各方险情。由于陉口之外便是河内丘陵平川，南边更有粮草保障之所野王与大（黄）河舟船水道，一则需要重兵防守，二则有利于骑兵展开，秦军的骑兵主力也驻扎在野王以北的开阔地带，确保随时驰援各方。

第二支，驻扎沁水下游河谷的数万步骑精锐大军，由王陵统领，作为伐赵大军的总策应。

为了让赵括相信秦军正在按他的步骤走，白起又命令丹水一线的秦军主营向东前移十里，做出与赵军正面对抗的态势；暗中则将正面的人马调向两翼。

一切准备就绪，白起命王陵率数千人马到赵军长平大营挑战，以试探赵军的虚实。赵括显然不知道白起的暗中部署和出击的意义，见秦军前来挑战，为了鼓舞赵军士气，他亲率万余精兵出大营迎战。赵括与王陵大战不过十余回合，王陵便力不能支，大败而回。赵括又亲自指挥赵军追杀，幸亏王陵跑得快，不然就被俘虏了。

初战获胜后，赵括十分得意，高兴地对手下将卒说："人们都说秦军如狼似虎，我看也不过如此。像这种小打小闹，本帅还不放在眼里。我军完全有跟秦军大战一场的实力，现在要做的就是诱敌上钩，在有利于我军的战场与之决战。"

他开始组织小规模的主动出击，因为连连出击皆能获胜，每次出动的人马便都有所增加。冯亭听说后，劝阻道："上将军，千万不要轻敌冒进，秦人一向狡诈多端，恐怕是想诱惑我军出击。"赵括却毫不在意地说："郡守多虑了！赵军的实力不在秦军之下，现在连连取胜，士气正盛，而秦军在外征战已久，人疲马乏，正是大破秦军之时，即使他们施诡计又有什么可怕的呢！"

第三节　赵军自掘坟墓

连续取得的小胜，使赵括更加渴望大胜。白起便主动迷惑赵军。赵括亲自指挥上万人马来到秦军营，正遇见王陵小队人马出营，他放过不追，直接向秦军大营发起进攻。但秦军却坚守壁垒不出战，赵括屡次进攻，都损兵折将。赵括认为秦军怯战，于是传令在秦军营地前安营，并催促后军跟进，与秦军主营隔水相持。

一个大雾弥漫的清晨，白起出动数万人马，突然向赵军长平大营发起猛攻。赵括见秦军主动来攻，心中暗喜，立刻命令主力出击，同时传令小东仓河谷地附近的赵军夹击。但在赵军夹击之势未成时，秦军就"战败而逃"。

赵括立刻亲率主力追击，追了不过四五里，右侧杀出一支秦军，为首的是秦将蒙骜，想切断赵军的后路。另有一支骑兵的快速部队，楔入赵军的百里石营垒与长平大营之间。

蒙骜追上赵括，高声叫道："赵括竖子，你已经中了武安君之计，还不快快下马投降！"

赵括心中一惊："难道武安君公孙起已取代王龁了？"

他半信半疑，准备挺戟迎战蒙骜。这时，他身边的老将庞煖说："上将军息怒！此等无名鼠辈，待老夫取其首级！"说罢挺枪迎战蒙骜。二人大战二十余回合，难分胜负。

关键时刻，丹水北段百里石附近又杀出一支几万人的步军。驻守这个壁垒的赵军根本没有料到秦军会在此时开战，一时惊慌失措，向长平大营方向溃逃。

与此同时，大粮山赵军的南大本营也遇到了秦军数万人马前来进攻，被杀了个晕头转向，慌忙向北边的韩王山方向撤退。

正在长平的赵括直接率军来到秦军营垒前，但秦军营垒十分坚固，一时不能攻入。赵括见天色已晚，便鸣金收兵，下令在河谷水草丰盛处安营扎寨，准备明日再战。冯亭听说赵括在河谷扎寨，立即劝说："上将军，如今将卒斗志正盛，虽有三路秦军到来，但其兵力远弱于我军，应当趁此时机，挫伤秦军锐气。再说此地远离百里石壁垒，无险可守，不适合扎营。"但赵括根本不听，冯亭只好长叹一声离开了。

白起得知赵括率二十余万赵军在长平大营十里外扎寨，连夜调集各路兵马，包围了赵军。

次日，赵括准备再战，但是他的人马已经被秦军从南、北、西三面压制到小东仓河谷地狭长地带。长平大营腹背受敌，秦将蒙骜率领铁骑杀入赵军壁垒。

赵括非常慌张，与秦军激战十几天仍无法突围。他只得组织起四支敢死队，冒死突围。但白起早有防备，让弓弩手埋伏在南、北、西三面重要的出口。赵军冲击了四五次，仍不能突围。

这时，赵将王容向赵括建议："分兵突围难以奏效，唯有集中一路，拼死一战，才能有一线希望。"于是，赵括挑选五千余精兵皆穿重甲，与仅存的千余匹战马组成骑兵进行突击，赵括在前，冯亭、庞煖各率一队策应，苏射、王容率后队跟进。但他们又被秦军的强弓劲弩射回。赵括无奈，只得筑长垒坚守。

白起并不急于和赵军进行最后的决战，只是围而不攻。赵括派人回邯郸向赵孝成王求救。赵王孝成王听说赵括大军被围，焦急万分，长平的兵马已是倾国之兵，李牧的大军正在北疆驻守，现在哪里还有人马可以增援？他勉强征集了数万兵马，但都遭到秦军半路截杀。

这时，庞煖对冯亭说："郡守，赵军大势已去，你熟悉地形，不如我们趁混乱之际冲出包围圈，或许可以保住性命。"

冯亭推辞说："我降赵就是打算合力抗秦，而我几次劝谏，赵括皆不从，所以有今天这个结果。我已无求生之念，望将军自去！"说罢拔剑自刎。

到了九月，赵军断粮已经四十六天，困饿已极，于是发动自杀式突围。秦军万箭齐发，但赵军毫无退意。蒙骜和王陵见赵军已突至大营，大惊失色，一面组织人马阻击，一面急报白起。白起连忙调兵增援。

秦、赵两军三十余万人又混战在一起。赵括见秦军援兵越来越多，自知难以突围，想再次退回自己的营垒。此时白起已经亲临战场，见赵括想往回退，立即传令："不许放走赵军一兵一卒，如有后退者，立斩！"赵括这才知道武安君在秦军阵中，心胆俱裂。就在这时，忽然一支利箭飞来，正中赵括的咽喉，赵括当即身亡。

庞煖正在与蒙骜力战，见赵括已死，心中慌乱，被蒙骜挑于马下，死于乱军之中。赵军见主帅战死，顿时阵脚大乱，不敢再战，纷纷投降，被俘者二十余万。

由于战事更年日久，秦军补给线过长，已出现缺粮问题，现在又加上几十万赵军俘虏，根本无力供应口粮。白起下令将二十余万赵军俘虏分为十营，诱骗到百里石营垒。这个营垒是廉颇老将军组织赵军修建的，有数十里的长城，长城南边还有一条长十五里的壕沟，与丹河相通。俘虏安营后，秦军对他们说："你们在此休息几日，武安君打算挑选能征战者，发给兵器，加入秦军听用。老弱不堪者，皆放归赵国。"降卒听了都欢天喜地，即使不能归赵而入秦，仍有一条活路。结果，白起下令坑杀赵军降卒，仅放二百余老幼回到赵国。

长平之战结束已是深秋，白起尽收上党十七城，但仍不想罢手。他深知长平战后，赵国元气大伤，只要秦军一鼓作气，兵指邯郸，便可灭掉赵国。这是一个稍纵即逝的好时机，不可错过。于是，他命王龁率十余万兵马进攻皮牢、武安；司马梗率十数万兵马进攻太原，并牵制赵将李牧之军；他和王陵则率中军十余万主力，直取赵都邯郸。

安排好后，白起派人回咸阳将自己的计划呈报秦王，并请求速速征调粮草。

第十五章 杜邮之刎

第一节 悲喜之间

秦军在长平之战中大获全胜,捷报传到咸阳,秦人奔走相告,欢声雷动。

赵孝成王见四十余万赵军仅剩二百余人,惊骇不已,举国上下哭声一片。雪上加霜的是,又传来急报说:"秦武安君亲率十数万大军来攻邯郸。"赵孝成王更为惶恐,急召群臣商议对策,但满朝文武个个低头不语,满面愁容。谁都明白,四十余万大军尚不能抵挡秦军,如今兵将折损殆尽,亡国在所难免了。

平原君赵胜从宫中回家后,询问门客如何退敌。当时谋士苏代恰巧暂住他家,声称自己若能到咸阳去,必能阻止秦军攻赵。于是,平原君把苏代引荐给赵孝成王。赵孝成王病急乱投医,而且早就听说苏代有谋,急问御敌之策。

苏代说:"外臣虽然老了,但愿效犬马之劳。过去我出使韩国时就听说赵国有亡国的危险,赵国若亡,必然危及韩国,所以韩桓惠王已有割地向秦国求和之意。"

赵孝成王说:"如今赵国兵微将寡,无力与秦国交战,也有割地求和之意,只是担心秦国不答应。"

苏代说:"大王若有此意,事情就好办了。外臣便可到咸阳去游说秦王、应侯范雎等,必能解除赵国的危机。"

赵孝成王听了很高兴,当即让苏代带重礼前往咸阳。苏代到了咸阳,先去拜见应侯范雎。范雎请苏代入上座,问道:"先生为何事而来?"

苏代回答:"特为侯爷您而来。"

范雎听了十分纳闷,不知道苏代什么意思,追问道:"请苏先生赐教!"

苏代郑重其事地说:"老夫不敢相瞒,实为侯爷的安危而来。"

范雎微微一笑道:"先生这话可说错了。我受大王信任,有什么危险呢?"

苏代低声说:"侯爷可知道秦、赵长平之战的详情?"

范雎得意地说:"长平之战是王上、武安君和本相共同谋划的,先生为何有此一问?"

苏代没有正面回答,只是说:"如今武安君兵分三路,攻打赵国腹地,已攻取太原、皮牢、武安,打算围困赵都邯郸。此事想必侯爷也知道吧?"

范雎说:"武安君破邯郸灭赵正是大王的愿望,本相岂会不知?"

苏代说:"这样一来,侯爷就真的危在旦夕了。"

范雎闻言大惊,问道:"先生何出此言?"

苏代说:"侯爷难道不知,武安君自穰侯魏冉为相时就为秦将,至今已有三十余年,攻无不克,战无不胜。如今武安君兵围邯郸,赵国眼看就要灭亡了。一旦赵国灭亡,韩、魏则不可守,燕、齐、楚也就不能长久生存下去。如此,秦国帝业指日可成,武安君功高盖世,成为佐命元勋,如同商朝的伊尹、周朝的吕望。那时,侯爷虽然身份高贵,还是要屈居于武安君之下。如果武安君不忘昔日穰侯魏冉的知遇之恩,侯爷的地位恐怕就保不住了。"

范雎听了恍然大悟,拉住苏代的手说:"先生说得很对,但不知如何化解?"

苏代说:"侯爷若听老夫之言,不如答应让赵、韩割地请和。秦国不动刀兵而得数城,这也是侯爷您的功劳。秦军撤兵而回,武安君便没有立大功的机会,回国后马上解除其兵权,侯爷就不需要担忧了。"

第二天,范雎去见秦昭襄王。秦昭襄王刚刚接到白起送来的急简,见范雎求见,急切地说:"丞相来得正好,寡人有要事相商。"说罢,将白起的急简递给范雎。

范雎双手接过急简细看一番,对秦昭襄王说:"大王恕臣无罪,臣才敢直言。"

秦昭襄王说："寡人凡事皆依丞相之力，说什么都不会怪罪你，尽管讲来。"

吃了定心丸，范雎才说："臣以为，秦国在长平之战投入近六十万将卒，虽然取胜，但损失也很惨重，国库积蓄耗费已空，加上有局部灾害，收成欠佳，饥民遍野，粮草奇缺。而且，能否灭赵也是个未知数，而秦军在外征战已久，劳苦困顿。臣以为不可再战，应当撤兵休整，待兵精粮足时，再灭赵伐韩不迟。"

秦昭襄王沉吟半晌，叹了口气说："相国的话虽然有道理，但眼下也是武安君灭赵的一个好时机。"

范雎说："大王可以不必着急撤兵，遣使告诉赵、韩，允许他们割地求和。这样一来，秦国不动刀兵便得数城，国力增强，而赵、韩割地后将更弱。如果赵、韩不肯割地，再攻打他们也不迟。"

秦昭襄王勉强同意。

苏代正在相府等消息，范雎回来后将自己与秦王商议的情况叙述一番，然后请苏代去游说韩、赵。苏代高兴万分，满口答应。范雎以黄金百镒相赠。

苏代先到韩国面见韩桓惠王，讲明秦国同意韩国割地求和之意。韩桓惠王心里顿时踏实了许多，但韩国的领地已所剩无几，思来想去唯有将与秦界相连的垣雍城给秦国。与韩国谈妥后，苏代又到赵国面见赵孝成王，赵孝成王同意割让六城给秦国。

秦昭襄王见赵国献六城，很满意，而对韩国仅献垣雍一城有所不满，问道："赵国愿献六城，为什么韩国只献一城？"韩国使臣解释说:"上党郡十七城实际上是韩国所献。"

秦昭襄王听了也就不再深究,传令白起停止攻赵,班师回朝。

白起正在前线苦苦等待粮草补给,做梦都没想到秦王会下达撤军的旨令。其时,司马梗已攻取太原,王龁攻取了皮牢、武安,白起正准备三路大军会师后,一起围攻邯郸,一举灭赵。现在要撤军,白起长叹一声说:"莫非天不灭赵吗?山东诸国中以赵国最为强大,现在且夕可灭,而大王一时不明,将错失良机,以后想要灭赵,就千难万难了!"

王龁说:"不如将使臣暂留军中,速速攻赵,先破邯郸,擒拿赵王,灭掉赵国,再回咸阳向大王复旨不迟。"

白起却说:"我何尝不想一举灭赵,以成万世之功呢?但军中粮草不足,将卒无食,军心必乱,难以取胜。"

第二节 削官褫爵

回到秦都咸阳后,白起立刻觐见秦昭襄王,询问撤兵的原因。秦昭襄王云淡风轻地说:"相国从大局着想,担心长平杀降,使诸侯再次'合纵'与秦国对抗,所以先一步与韩、赵议和,不费一兵一卒就能得到六七座城邑,何乐而不为呢?"

白起无言以对,郁闷不已,不久便生病了,从此闭门不出。

一天,司马靳奉秦昭襄王的旨意从太原回到咸阳,听说白起患病在家,便去探望。白起见到老兄弟,既高兴又悲戚,一肚子的话想要倾诉。他对司马靳说:"长平惨败使赵国元气大伤,邯郸城内一夜十惊,兵不能战,民心涣散。如果秦军能以得胜之师,一鼓作气,很快便可以攻破邯郸,灭掉赵国。可惜王上对应侯言听计从,而应侯又不知军事,贪图名利,力主撤兵班师,错失了灭赵良机。"司马靳深有同感,连连点头称是。

然而,他们私下的谈话不知怎么就传到了秦昭襄王耳中。秦昭襄王有点后悔,召范雎来说:"武安君既然知道邯郸月余可破,却没有及时向寡人奏明,不知是为什么?"

范雎闻言心头一震,但仍努力保持平静,说:"虽然没能灭赵,但我们不用刀兵而得到赵、韩七城,也不是没有收获。"

秦昭襄王听了稍感宽慰,但范雎心里却波涛翻滚,很不是滋味。

过了大半年,只有韩国将垣雍城割让给了秦国,赵国六城却迟迟没有消息。秦昭襄王几次派人催促,赵孝成王却百般推脱。

赵孝成王之所以突然有了底气,一是获得了诸侯的军事援助;二是赵人已经从悲痛惊恐中走出来,誓报俘虏被杀之仇;三是赵将李牧驻守北疆的十几万大军并未在长平之战中受损,还有一定的军事实力。

秦昭襄王满腔愤怒,想再兴兵伐赵,于是召群臣商议,白起因病没有参加。秦昭襄王心中不悦,特地派人去请。白起无奈,只好勉强入宫。

秦昭襄王见白起面色憔悴,但依然身形挺拔,看来病情并不严重，便对白起说："寡人息民养士、广积粮草已经半年多了，现在赵王言而无信，答应的六城至今不肯割让，还想行'合纵'之术抗秦。所以寡人想兴兵伐赵，彻底消灭赵国，不知武安君怎么看？"

白起心想，大王每次受骗，便让军队给他出气，可秦军将卒也是血肉之躯，一次次用性命为决策者的错误买单，实在是不可取。于是他说："臣以为不可。现在的赵国，已经不是半年前的赵国，不易攻取了。"

秦昭襄王不解，问道："为何不易攻取？"

白起解释道："老臣以为，长平之战，秦军大胜，赵军大败；秦国人欢喜，赵国人害怕。那时才是灭赵的最佳时机。可现在半年过去了，赵国的国力有所恢复。再者，长平之战，各国震恐，纷纷与赵国结盟，以抗秦避祸。所以说赵国不易攻取。"

秦昭襄王闻言，愤愤地说："难道要等赵国结成'合纵'之盟伐秦吗？"

白起不明白秦昭襄王为何发怒，料是听信了应侯范雎的逸言，便不再强辩，默然退下。

待白起退出大殿，范雎对群臣说："赵国不讲信用，不肯割让六城，使大王受辱，所以大王才决意伐赵。可武安君抗拒王命，不肯领兵出征，现推举五大夫王陵为上将军，兴师伐赵，不知诸位意下如何？"

王陵性格优柔，比较听话，与王龁、蒙骜、司马梗等相比稍逊、军功爵稍低，不过也是久经沙场、能征惯战的老将，因此大臣们都表示赞同。

王陵也知道白起言之有理,而且自己的才能不及白起,不过,他知道相国为何推举自己。因为王龁、蒙骜、方洛、司马梗、司马靳一班将领全是白起的铁哥们,范睢拿捏不住,所以自己就成为首选。君命难违,王陵只好遵命而行。

周赧王五十七年(前258年)正月,王陵点兵数十万,兴师伐赵。而赵国并不与之力战,将精兵强将集中于都城邯郸,打算据城久战。

王陵率军攻到邯郸城下,见高墙壁垒坚固无比,又听说赵王重新起用老将廉颇,布兵设防甚严,无懈可击。但是,大军既然来了,不打几仗,显然交不了差。于是,他以三十营的兵力向邯郸城发起猛攻。

王陵站在离城二里的土冈上,眼看着士卒就要冲到邯郸西门下,只要撞开城门,一万余人马一拥而入,邯郸城就拿下了。然而西门大开后,城上几排箭矢射下,接着一队弩兵蜂拥出城,在护城河桥两侧单膝跪地,朝攻城的秦军两面放箭。几排箭矢过后,又有一队骑兵冲了出来,挥刀乱砍正在攻城的秦军步卒,秦军不敌,四散而逃。

王陵不甘心,接连几天攻城,但每次刚接近城下,赵军便万箭齐发,秦军将卒死伤无数,损失惨重。赵将廉颇还散尽家财,招募死士,经常在深夜趁秦军不备,用箩筐缒下城来进行偷袭,使秦军昼夜不安。

秦昭襄王接到王陵屡战屡挫的战报后,召范睢商议对策。范睢无计可施，沉思半晌才说："这样看来，王陵非大将之才，只有换将了。"

秦昭襄王说："那就请武安君为将代替王陵吧。"

范睢担心白起东山再起，劝道："今日的武安君，已经不是过去的武安君。他身染重病，恐怕不能为大王效力了。"秦昭襄王却很有把握地说："丞相不必多虑，以武安君的忠诚，他虽然身体欠佳，但仍可以为寡人攻破赵国。"随即派遣特使召白起代王陵领兵伐赵。

这时，白起已经病愈，但是他心里明白，秦昭襄王这是明知不可为而为之，这是以成千上万秦军将卒的生命为代价的。秦人虽不畏死，但要死得有价值。所以，他让特使给秦昭襄王带话："邯郸本来就不易攻打，而且诸侯的增援人马陆续到来。诸侯怨恨秦国已经有一段时间了。秦国的军队虽然在长平取得大胜，但也消耗了一多半的兵力。请王上及早罢兵！"

秦昭襄王听了白起的回复，勃然大怒：你不愿去就罢了，还说这样的风凉话。但他已年近七十，有些话实在说不出口，也不能说出口，只能派范睢去请白起。

范睢代秦昭襄王指责白起说："楚国土地广阔，方圆五千里，将士百万。过去您率领数万军队攻打楚国，轻而易举就攻下了楚都鄢郢，烧了他们的宗庙，一直打到东面的竟陵，楚人震惊，往东迁都而不敢向西抵抗。韩、魏两国动员了大批军队，您率领的军队人马不及韩、魏联军一半，却在伊阙大败韩、魏联军。现在赵国士卒死于长平的有十之七八，国内空虚，所以大王才发动几倍于赵国的大军,希望您领兵出战,消灭赵国。"

是啊,白起十六岁加入行伍,到长平之战时已征战五十年有余,功劳业绩实实在在,有目共睹。而范雎有什么功劳呢?不用生死搏杀,就靠一张嘴,蛊惑人心、挑拨离间,一脚便跨过十九级军功爵,受封应侯;为了报私仇,他不惜借用邦交手段,动用国家力量;为了报私恩,他为两个平庸之辈讨要官职。范雎唯一的功劳是帮助秦昭襄王扳倒了"咸阳四贵",对于这样的人,白起岂能不鄙视?所以,白起也不给范雎面子,拒不受召。

范雎未能说动白起,只得回去向秦昭襄王告状。秦昭襄王恨恨地说:"没有他白起,寡人就不能灭掉赵国了吗?"他改派王龁代替王陵,于八、九月围攻邯郸,但依然没能攻下来。

转年,赵孝成王派轻兵袭击秦军后路,秦军接连失利。同时,楚国派春申君黄歇同魏国公子信陵君魏无忌率领数十万大军攻击秦军,秦军损失甚巨。

白起惋惜地说:"我早就说过邯郸不易攻取,大王不采纳我的建议,结果如何?" 秦昭襄王知道后大怒,亲自去见白起,强迫他从病榻上起来,说:"你虽然生病,也要为寡人带病指挥。如果建立军功,这是寡人的意愿,一定重赏你;如果你不去,寡人就会怨恨你。"

白起赶紧叩头谢罪,说道:"臣明知出战虽然不会成功,却可以免于获罪;不出战虽然没有罪过,却不免被处死。但还是希望大王接受臣愚见,放弃攻打赵国,让百姓养精蓄锐。臣听说,明君爱他的国家,忠臣爱他的名誉;灭亡的国家不可能再复国,死去的士卒不可能复活。臣甘受重罪，也不能做一个辱军败国的将领，希望大王谨慎考虑！"

秦昭襄王没有说话，气哼哼地走了。

第二天，秦昭襄王宣布了对白起的处罚：免去国尉一职，褫夺武安君爵位，降为士兵，流放阴密。

第三节　一刎永生

白起被削官夺爵后，本该马上离开咸阳去往阴密，但因病未能成行。过了三个月，各路诸侯加紧进攻秦军，秦军节节败退。

战局对秦国越来越不利，范雎整天忧心忡忡。他并不只是为国忧心，更是为自己忧心。秦王迟早会冷静下来，到时把这场战争从头到尾梳理一遍，便不难发现真正有过的是他自己，还有他信任的相国范雎。史上能罪己之过的君王太少了，如果秦王要找人顶锅，范雎在劫难逃。

范雎越想越害怕，就在这时，郑安平匆匆来到应侯府。范雎问道："函谷关的情况如何？"

郑安平见应侯那惶恐的样子，觉得有些莫名其妙，说道："函谷关平安无事。不知相国为何有此一问？"

"既然平安无事，你跑回来干什么？"

郑安平一脸认真地说："属下是来向相国请战的。"他身为将军，从未上过战场，寸功未立。现在驻守函谷关，也没有"敌情"，别人只当他是一个摆设，这让他心里十分难受。

范雎盯着他看了半晌，问道："你是认真的？难道你不知道秦军正在败退？这不是自找霉头吗？"其实范雎心里还有一句话没有说出来：如果你郑安平真有上阵杀敌的本事，本相早就让你领兵去立功了。

郑安平说："正因为战局混乱，大王才更需要人为他冲锋陷阵，扭转当下的颓势。属下若能侥幸得胜，也能为相国争光呀！"

"那败了呢？你以为征战是靠运气吗？"范雎不高兴地说。

郑安平呵呵一笑道："相国您足智多谋，一向能未雨绸缪，战败的罪责不是已经归为武安君先谎报战功，后临战为敌、抗旨不遵了吗？属下万一战败，自然也是这个原因。"

范雎心想，真是阴险小人，想趁乱捞取功勋，晋爵立威，却又不想担责，天下哪有这等便宜的事情？所以，他很不满地说："你尽往好处想，武安君虽然被削官褫爵，但他如果暗中联络老部下，控告你我，只怕我们都得遭殃。"

郑安平看了范雎一眼，二人几乎同时想到了一个办法——彻底铲除后患。当年商鞅两次处罚公子虔，却没有取他性命，秦孝公崩逝后，公子虔得势，不仅将商鞅处死，更是使用了残酷的车裂之刑，而且将商鞅一家满门抄斩，祸及九族。

周赧王五十八年（前257年）十一月，大雪纷飞，咸阳城里的街衢上，积雪没膝。白起满头白发，麻衣裹身，顶风冒雪，蹒跚前行。

咸阳城里的百姓前来看热闹。还有不少官吏远远地伫立，算是给白起送行，这些官员有些是白起平日的知己，有些则是单纯地敬仰他。

同一天，秦昭襄王在兴乐宫侧殿用早膳，内侍拿着急报闯进来，报说伐赵大军在败退途中被大雪所困，急需物资支援；赵、魏、楚三国准备联合对秦国进行反击。秦昭襄王急了，连忙召几位重臣商议对策，但众臣面面相觑，无人敢言。仗打到这个份上，大家都不知道秦王是要继续增兵，还是休兵息战。

这时，范雎突然跪拜于前，奏道："危急时刻，臣不能为大王分忧，罪该万死！但臣有为大王尽忠、为国捐躯的决心和意愿，臣愿领兵与赵、魏、楚拼死一战。"

秦昭襄王自然知道范雎不懂行军打仗，他这样说只是支持继续用兵罢了。于是客气地说："应侯忠心可嘉，但冲锋陷阵是将军们的事情，不知应侯心中可有上佳人选？"

范雎便推举郑安平为主帅。秦昭襄王虽然不太满意，但也别无他选。他突然想到了白起，问道："武安君受罚后，是否有悔罪之意？"

范雎立马上前奏道："他内心非常不满，颇有怨言。"

秦昭襄王怒火中烧，一时说不出来话。他沉默很久，忽然拿出自己的宝剑，扔到地上，怒道："把此剑赐给他！"

白起出了都城咸阳，西行至杜邮，正想歇歇脚，突然见一禁军校尉带着十几名士卒飞驰而来。等到了近前，校尉翻身下马，手捧一柄利剑，对白起说："传大王旨令，赐公孙起秦剑，自刎谢罪！"

白起双手颤颤巍巍地接过剑，这正是他熟悉的秦王剑。当年秦王赐剑、太后赠马的情景在他脑中一一闪过。他站起身来，昂首挺立，愤然质问苍天："我有什么罪过，竟落得如此下场！"他静默良久，又说："我本来就该死。长平之战，赵军降卒几十万人，我用欺骗的手段把他们全部坑杀了，这就足够死罪了！"言罢自刎而死。

"自古功成祸亦侵，武安冤向杜邮深。"关中百姓听说白起死了，纷纷身着麻衣，涌向白起的故里周原。老秦人如丧至亲，搭起了二十余里的芦席长棚，"以王侯礼仪"为白起送葬。

若干年后，从杜邮一路西去，每隔三五里便有白起庙或白起祠堂，香火缭绕，贡品如山。数百年后，人们仍在叹息：

杀尽降兵热血流，一心犹自逞戈矛。
功成若解求身退，岂得将军死杜邮。